兒童詩寫作研究

陳正治 著
臺北市立師範學院
語文教育學系教授

五南圖書出版公司 印行

解除「詩」的困惑

——序「兒童詩寫作研究」

林良

詩能迷人，
但也能困惑人。

讀到一首好詩，或者一個動人的詩句，不論你是心動而微笑，還是心酸而落淚，你的內心深處藏著的是一種「發現新境」的喜悅。你會一再的復誦，一再的提起，因爲你已經入迷，而且是一種「清醒」的心悅誠服的入迷。

但是，一旦你心意一轉，動念要親自握筆寫一首詩，你立刻就會感到無比的困惑。曾經令你動心、令你感到親切的詩，曾經帶給你「手捧明月」那種喜悅的詩，忽然退回極高極遠的幽昧夜空，像一顆寒星。詩，變得冷漠而陌生。

喜愛一首詩，往往是因爲你被「觸動」了。

寫作一首詩，情形就很不相同，你需要「知道」得多些。「詩」是這樣，「兒童詩」也是這樣。

陳正治教授的這本著作，「兒童詩寫作研究」，是爲「發心」從事兒童詩創作的人而寫的。他依循一定的程序，對兒童詩作一層一層的剖析，從「宏觀」到「微觀」，從「外在」到「內在」，一層一層的剝，一件一件的按位置排列。卸下來的零件，有的要靠你用視覺去觀察，有的要靠你用聽覺去接觸。一直剝到最後，才碰到了核心，那是「創作之門」，等著你去「叩」，去「推」，去「敲」。

這樣的課程，好像只是爲寫作者安排的，但也因此使你在「欣賞」方面具備了更優越的條件。你讀兒童詩，會體會得更多。這更多的體會，也會使你在「寫作」方面獲益。「欣賞」和「寫作」，一向是相互哺育的。

這本「剖析性」極强的書，卻能使讀者讀來不覺得是一種「負荷」，主要的原因在著者所提供的可愛適切的實例。可愛適切的實例可以化「抽象」爲「具體」，使「菜單」變成「一桌菜」。這本書的讀者，不難在閱讀的過程中，時時處處發現著者對實例的搜集、篩選、安置所下的工夫。

陳正治教授是我所欽佩的兒童文學工作同伴。這本新著代表他又一項的兒童文學研究成果。作爲一個志同道合的朋友，怎能不獻上喜悅的賀詞。我的賀詞是：

你的工程：
剖析兒童詩彩蝶的舞姿。
你的希望：
我們像彩蝶一樣的飛翔！

一九九五・四・十一

施序

施隆民

我國是個詩歌的民族，詩歌最能夠抒發人類的感情。它的產生，雖在語言之後，卻在人類有文字以前。因此可以說是人類最早的文學，也是一種最精緻而純真的文學。

兒童詩是詩歌領域中的一部分，但是它在我國的發展，卻是相當的晚。民國初年五四運動時期還只是它的萌芽階段，及至六十年代以後，才逐漸趨於茁壯而成熟。同時，從事於兒童詩創作的人，除了一些有成就的前輩詩人之外，也有不少中生代的作家加入，於是兒童詩的詩壇，開始呈現了一片蓬勃的朝氣。但是，遺憾的是兒童詩文學理論體系的建立，卻很少有完整的專著。吾友陳正治老師的《兒童詩寫作研究》應運而生，無疑的，這在我國兒童文學發展史上，是一項極其重要的建樹。

本書是陳老師繼其《童話寫作研究》之後的又一力著。陳老師研究兒童文學有他的進程和步驟，他從兒歌及童話的創作開始，自文藝寫作的體驗，邁入學術研究的階段，包括兒童文學課程教材的編撰、兒歌的研究、童話理論與寫作的研究，以至於現在兒童詩的研究。由此可以瞭解陳老師在他獻身於兒童文學教育工作的規畫，人生奮鬥的目標能夠如此明確，實在令人敬佩。而這樣有系統的研究，也確實有相當可觀的成績。

陳老師近年來對於兒童詩的研究，陸續的發表了他的心得，比如在臺東師院語文學刊發表「兒童詩的主題」；在中華民國兒童文學學會會訊發表「兒童詩的題材」；在臺北市立師院語文學刊發表「兒童詩的語言」；在臺北市立師院國教月刊發表「兒童詩情意的表現手法」；在人文及社會科學教學通訊發表「兒童詩的結構」等等，每篇都有他獨到的見地，因此他的論著能夠受到普遍的重視。陳老師建立了這一套兒童詩內容與形式的骨幹之後，再進一層結合了理論的認識和創作的方法，使得兒童詩的寫作研究有了一個完整的學術領域和文學地位，這也是本書的價值所在。

文學理論與創作是兩個相扣的環節，它不但相輔相成，更是具有啓發與引導的功能。陳老師自己從事於兒童文學的創作，完成兒童文學的理論，建立了完整的體系，並進而實際的將它運用在教學上，充分的發揮了它的作用。陳老師這十幾年來，擔任兒童文學課程的教學，除了要求學生課業上的習作之外，還主動的指導學生嘗試創作，鼓勵學生參加各項相關的寫作比賽。他指導的學生，表現得非常優異，像臺灣省政府歷屆兒童文學獎和後期洪建全兒童文學獎，幾乎都有學生獲獎；八十三年教育部的第一屆師院生兒童文學創作獎，獲獎的學生更是佔了總名額的半數，其中還包括優等獎；另外，陳國政兒童文學新人獎，獲獎的學生有第一屆的童詩首獎、童話首獎，第二屆的童詩第二名、圖畫故事第二名，以及各組的佳作數名。這一些成果，正代表著陳老師在兒童文學的研究上，確實收到了學理的印證和應用的功效，也更肯定了他研究的正確性。

本書出版在即，個人深深的感覺到陳老師的研究精神和教學績效，實在有很多地方值得稱述，所以不揣固陋，贅繫數語，以爲序。

民國八十四年四月於臺北市立師院語文系

自序

三十年前，我讀臺南師專的時候，修讀林守爲教授的「兒童文學」課。林教授是國內有名的兒童文學專家，他爲人溫文儒雅、關愛學生，講課內容豐富、有條不紊，使學生如沐春風，受益良多。因此，好多位同學愛上了「兒童文學」。在林教授編的《兒童文學》教科書內，我讀到一首意境很美的兒童詩：

小河唱歌

聽啊！／小河在唱歌：／波波！嗬嗬！／波波！嗬嗬！／鑽過一座橋，流得打漩渦。／河邊小草拉拉手，楊柳彎腰點點頭，／他們都在喊：「小河慢慢流！」／不能慢，不能慢，／要流的路還很長，／轉個彎，再轉彎，／找個大河哥，／才有工夫玩。／／聽啊！／小河在唱歌：／波波！嗬嗬！／波波！嗬嗬！／越過石頭堆，／追上鴨婆婆。／

鯽魚過來，／青蛙坐著招招手，／他們都在喊：／「小河慢慢流！」／不能慢，不能慢，／快快流過這個灘，／流過去，河水漲，／農夫好車水，／種田不怕難。

這首兒童詩的節奏明快，富有迴環反覆的音樂美，適合朗誦；再加上主題積極、健康，內容富有情趣、畫趣、理趣、諧趣之美，因此深深地把我吸引住。我除了背誦它外，心中也暗暗自許，希望自己能成爲兒童文學界中「唱歌的小河」，快快樂樂的奉獻自己的心力，努力不停地往前進。

兒童詩是兒童文學中最精緻、最優美的文體。國內兒童詩在近二十年內，發展很快，佳作迭出，令人贊賞；但是兒童詩論的著作不多，尤其是有系統的探討它的寫作技巧的書更少。這對有心研究兒童詩寫作、指導兒童寫作兒童詩、或想進一步深入欣賞兒童詩的人，是一件很遺憾的事。筆者擔任臺北市立師院兒童文學課程多年，深知兒童詩寫作理論著作的缺乏，於是全力投入研究。根據自己以往修讀兒童詩、創作兒童詩的經驗，以及分析、比較、歸納中外兒童詩作品的寫作技巧，並參考古今詩論，完成了這本「兒童詩寫作研究」。希望本書的出版，能對認識兒童詩、創作兒童詩的人，有所幫助。

本書共分九章，約二十萬字。首章緒論，總介有關兒童詩的知識以及作者應具有的素養。這是屬於兒童詩創作的準備工夫。二至三章，介紹兒童詩的主題及題材，這是針對兒童詩的內容加以探討。四至七章，介紹兒童詩的語言、情意的表現手法、結構、外形排列，這是針對兒童詩的形式而申論。第八章的創作過程，爲前述幾章寫作理論的應用。各章的寫作方式，除了論述原理、原則及介紹各種知識外，儘量提供具體的寫作方法，並加上實例印證，做爲讀者瞭解、比較、應用的參考。第九章則總述全書內容並探討幾個有關兒童詩寫作的問題。

本書從立下寫作綱要，至完成著作，前後總共五年。五年來，筆者除了教學及必要的雜事處理外，大部分的時間都投入兒童詩的研究。由於兒童詩是非常迷人的文學作品，因此研究中雖然非常辛苦，但是仍舊快快樂樂的研究它，忘了自己已逾天命之年。

研究期間，承蒙師長：吳宏一、黃慶萱、黃永武、劉兆祐等諸位教授，或指正架構，或解答疑難；文友：林文寶、林武憲、林煥彰、謝武彰、黃基博、馮喜秀、莫渝、顏炳耀、陳木城……諸位先生，或提供資料，或精神鼓勵；內人張美英女士幫忙抄稿，使得拙作早日完成。在此，致上衷心的感激與誠摯的祝福。另外，兒童文學界大家長——國語日報社董事長林良先生，以及本校語文系主任施隆民教授，在百忙中賜序鼓勵，關愛之情也令我永銘五內。在此一併致上最深的謝意。

陳正治

民國八十四年四月十二日
於臺北市立師院語文系研究室

兒童詩寫作研究 目次

第一章

緒論

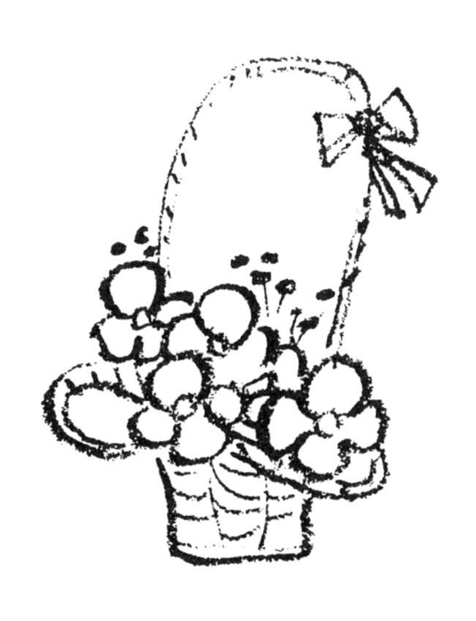

我國是一個詩的王國，有豐富而優美的詩歌作品；我國也是一個善於應用詩的民族，在教學、在日常生活上常活用詩。但是我國傳統留下的詩歌，多爲文言文寫成的作品，而且多站在成人的立場抒發情感，因此對目前兒童的詩教效果，並不很高；也不能滿足兒童對詩歌的需求。

兒童有兒童需要的文學作品，因此「兒童文學」應運而生。兒童文學的文體有三大類：故事類、詩歌類、戲劇類。其中詩歌類中的兒童詩，便是兒童文學中最精緻、最優美的文學作品。兒童詩是專供兒童欣賞的新體詩。兒童詩可以陶冶兒童性情、美化兒童心靈、增進兒童智慧、提昇兒童語文程度。但是兒童詩是什麼?它的內容如何?形式又怎樣?想從事兒童詩創作要如何努力?想分析兒童詩要如何入手?這是本書所要探討的重點。本章先從兒童詩的定義、特質、類別、作品內容與形式及作者應具有的素養，這幾個方面探討，以供認識兒童詩以及從事兒童詩創作的人參考。

第一節　兒童詩的定義

兒童詩是什麼?各家都有自己的看法。現在列舉幾家看法並說明於下：

1. 林良先生說：「從創作的觀點來看，應該是指『爲兒童寫的詩』。」[1]

2.詹冰先生說：「『兒童詩』是什麼？我認為『兒童詩』就是兒童也可以欣賞的詩。」[2]

3.蕭蕭先生說：「寫給兒童看的詩，適合兒童看的詩，就是兒童詩。不論作者是成人，或是兒童。」[3]

4.梅沙先生說：「兒童詩是指為少年兒童創作，切合他們的心理特點，適於他們閱讀欣賞的詩歌。」[4]

5.傅林統先生說：「兒童和少年們所閱讀的，或為了給他們閱讀而寫的新體詩。」[5]

以上五家的兒童詩定義，可以歸納為：兒童（或少年兒童）、詩（或新體詩）兩項。「兒童」，是指兒童詩的欣賞對象；「詩或新體詩」，是指兒童詩的文體特質。

6.劉崇善先生說：「兒童詩是指切合兒童的心理，抒兒童之情，寄兒童之趣，適合不同年齡的少年兒童閱讀和欣賞的詩歌。」[6]

7.徐守濤女士說：「兒童詩是專屬於兒童的文學作品，它是新詩的支流，具有新詩的特質。講求美感，講求意境，講求修辭、鍊句，更強調深入淺出、淺顯易懂、感情真摯。」[7]

8.冉紅先生說：「兒童詩是為兒童創作，結合兒童的理解，表現出濃烈感情的詩歌。」

9.林飛先生說：「兒童詩是切合少年兒童心理特點，適合他們閱讀、吟誦，為他們所理解、欣賞和喜愛的詩歌。」[9]

10.林武憲先生說：「兒童詩是以分行的、想像的、有韻律的口語，來表現兒童見解、感受和生活情趣的一種兒童文學形式。」[10]

11.洪中周先生說：「作者受到某種感動，運用語料與文字來發抒個人的情感，並且具有眞善美的藝術價值的一種文學作品。」[11]

以上六家的兒童詩定義，可以歸納爲：兒童（或兒童少年）、詩的形式、抒情或功用等四項。「兒童」，指兒童詩的欣賞對象；「詩的形式」，指文體特質；「抒情」，指兒童詩的內容本質；「功用」，指兒童詩的影響。

12.吳鼎先生說：「兒童詩歌，是一種有思想、有情感，用和諧的文字把它表達出來，與兒童生活有密切關係，兒童喜愛它、吟誦它、因而增進兒童美感、發展兒童想像力，這便是兒童詩歌。」[12]

13.許義宗先生說：「兒童詩是專爲兒童寫作，用最精鍊而富有節奏的語言，以分行的形式，將兒童世界的一切事物的主觀意念，予以形象化和創造意境，而能適合兒童欣賞的詩。」[13]

14.蔡尚志先生說：「兒童詩是用精鍊而富有節奏感的文字，以詩的形式，發抒兒童誠懇眞摯的情意，或描述多采多姿的兒童世界，展現具體明晰的啓示，藉以引導兒童體驗美妙情趣的意境，品味親切溫馨的感情，能啓發兒童的想像和智慧，開拓他們的生活經驗，充實他們的生活意志的作品。」[14]

15.張淸榮先生說：「童詩是以精鍊、音樂性的文字，詩的技巧及形式，表現兒童眞摯感情世界的人己事物，重視意象的浮現，造成音韻、圖畫美感的意境，具明快趣味，兒童樂於閱讀，且能促進正面成長的作品。」⑮

以上四家的兒童詩定義，可以歸納爲：兒童、口語或文字、情感或意念、詩歌形式、功用等五項。「兒童」，屬於兒童詩的欣賞對象；「口語或文字」，屬於兒童詩的表達工具；「情感或意念」，屬於兒童詩的內容本質；「詩歌形式」，屬於兒童詩的文體特質；「功用」，屬於兒童詩的影響。

由以上十五家的兒童詩定義來看，兒童詩的構成要素，有的採用簡說的方式，只舉欣賞的對象是「兒童」和文體的性質是「詩」等兩項，也就是指：專供兒童欣賞的詩的意思。有的採用詳述的方式，舉了欣賞的對象是「兒童」，文體的性質是「詩」，以及詩的功用。而在文體的性質是「詩」下，又詳舉了「語言文學」、「思想情感」、「詩體形式」的特色。愚意以爲，「簡說」有簡明的好處，可惜略欠深入；「詳述」有詳細的優點，可惜略顯冗長。另外，「詳述」部分中有關兒童詩可以啓發兒童想像和智慧、促進兒童發展等等條件，這是屬於優良兒童詩的功用範圍。「兒童詩」是個普通詞，「優良兒童詩」或「理想兒童詩」是特稱詞。因此，在普通詞的「兒童詩」裡，「功用」的要素就可以不必列入。這樣的界定，也許可以使「兒童詩」的定義跟範圍會更明確。

根據上面的分析，兒童詩的構成要素，簡單說就是「兒童」和「詩」等兩項。如果我們採用簡單的解說法，兒童詩的定義，可以說是：「兒童詩簡稱做童詩，它是專供兒童欣賞的新體詩。」

如果採用詳述法說明，則「兒童」的項目下，應說明兒童詩的作品，在主題、取材、語言、結構上都該考慮兒童的閱讀興趣、身心需要和理解能力等條件；在「詩」的項目下，也要列舉兒童詩的作品，在表達工具的「語言」上，應注意淺顯、藝術美；在構成詩體的「形式」上，應注意精巧、美好；在「內容」的本質上，應屬於「情感」的要素。現在，試擬出較詳盡的兒童詩定義如下：「兒童詩是專供兒童欣賞的新體詩；它是根據兒童興趣、需要和能力，應用淺顯而藝術的語言，以及自然而精美的形式，抒發情感的文學作品。」

第二節　兒童詩的特質

「兒童詩」一詞，從詞語結構來說，屬於「偏正結構」合成的固定詞組。「兒童」是修飾、限制詞；「詩」是中心詞。由文法觀點的分析來看，兒童詩的特質應包含的有「兒童性」和「詩質性」。「兒童詩」是兒童詩的獨有特質，說明這種詩體跟其他詩體的不同；「詩質性」是兒童詩的共通特質，說明這種詩體應具備的詩質特色。詩的共通特質可以細分為：抒情性、精鍊美、語言美。兒童詩的特質應包含獨有特質和共通特質，因此兒童詩的特質可分爲：兒童性、抒情性、精鍊美、語言美四項。現在逐項說明於下：

一、兒童性

兒童性指的是兒童詩的內容和形式，必須適合兒童的思想、情感、想像和需要，並適合兒童的理解能力。

兒童詩是給兒童欣賞的詩，因此兒童詩的內容和形式，必須考慮兒童的特性。以往大家把兒童當做「小大人」，未注意到兒童的特性，因此給兒童看的兒童讀物，便常以成人的觀點來編寫，結果社會寫實、成人意識、用詞艱深等等現象就常出現。十八世紀以後，教育家、社會學家對兒童的研究，有了很大的發現。他們認爲兒童不是「小大人」，兒童在身心發展上，有獨自的特性，於是「兒童中心」本位的教育方式開始盛行。供給兒童閱讀的兒童文學作品，也跟著注意到兒童的特性。兒童詩是兒童文學裡的一種文體，因此兒童詩的作品，便要適合兒童的特性。

兒童詩要如何適合兒童的特性？從兒童詩的內容來說，兒童詩的主題要主確、有趣、新穎；題材要多注意適合兒童的興趣和需要，並能增進他們的智慧，啓發他們的思想。從形式來說，語言要深入淺出、明朗而優美，符合他們的閱讀能力；表現技巧要生動活潑；結構、主題安排等，也要考慮他們的吸收能力。兒童詩的作品能注意到這些要求，自然會得到兒童的喜愛、增進兒童的智慧、陶冶兒童的性情、美化兒童心靈、提昇兒童的語文程度。如果不能注意這些，則兒童便自然地合上這些詩集，杜絕了詩的欣賞和教育。我們試著比較以下兩首詩，就可以知道「兒童性」的重要。

下巴上的洞洞　魯　兵

從前，／有個奇怪的娃娃，／娃娃有個奇怪的下巴，／下巴／有個奇怪的洞洞，／洞洞／誰知道它有多大。／瞧他／／一邊飯往嘴裡划，／／一邊從那洞洞往下撒。

如果／飯桌是土地，／／而且／飯粒會發芽，／／那麼／一天三餐飯，／／他呀，／／餐餐種莊稼；／可惜／啥也沒有種出來，／只是／糧食白白被糟蹋。

你們／聽了這笑話，／都要／摸一摸下巴；／要是／也有個洞洞，／那就趕快塞住它。

——《一片紅樹葉》一六二—五頁

兒童吃飯掉飯粒是常有的事。詩人捕捉到這個題材，透過具體的人物和事件，應用淺顯、精鍊、意象、音樂的語言把它寫出來，兒童看了，不是感到趣味無窮嗎？兒童看完了這首詩，在吃飯的時候，不是也會小心地不讓飯粒掉下來嗎？這樣的詩，既可以吸引兒童欣賞，又可以美化兒童心靈、教育兒童，就是符合兒童特質的兒童詩。

不注意「兒童性」的詩，也許只能供成人閱讀了。例如〈浪〉這一首詩：

是落魄的醉漢，／踉蹌在海邊。／呵，那一片溫暖的港灣，／能收容這飄泊無定的浪子。

——《論兒童詩》一五六頁

大陸兒童詩人兼詩論家樊發稼先生說：「兒童詩是寫給兒童看的，當然應該具有鮮明的兒童特點。各個不同年齡階段的孩子，在生理、心理特點和智力、知識、理解事物的程度上，有很大的差異，因此，在執筆寫兒童詩時，思想上不僅應當明確是寫給孩子的，而且要明確是寫給哪個年齡階段的孩子的……。我們現在有不少兒童詩，缺乏兒童特點，『成人化』的弊病十分明顯……。語言是成人的，感情是成人的，詩裡的形象是孩子所不易理解的，缺乏或者說不符合兒童形象思維的特點，沒有濃郁的感人的兒童情趣，對孩子們缺少一種親切感。因此，有的同志把這類詩戲稱爲『寫給成人看的兒童詩』。例如一位作者寫的〈浪〉詩，顯然不是兒童詩，但卻明明發表在一家文學叢刊的《兒童文學專輯》裡。」[16]

樊先生的這段話，說得非常好。不但批評了〈浪〉詩成人化不妥，而且指出如何依據兒童年齡階段來寫詩，以適合兒童性。我們爲兒童寫詩，要多站在兒童的角度來思考，要多應用童心。詩人雁翼提出了幾項很好的建議。他認爲寫兒童詩，要：「用兒童眼睛觀察世界；用兒童的感情感受世界；用兒童的思想思索世界；用兒童的心理理解世界；用兒童的美感要求去描寫世界。要用兒童的語言來完成他的描寫。」[17]由此也可以知道，寫作兒童詩應如何適合兒童特質的方法；也可以知道寫作兒童詩的愼重，以及辛苦。

二、抒情性

抒情性指的是兒童詩的本質是抒情，兒童詩應該重視抒情性。

詩的本質是抒情。杜松柏教授說：「詩以抒情爲主，所以『詩以道性情』，幾乎是昔人一致的肯定……。在〈詩大序〉以前，主張詩以道志，《尚書》有『詩之志』之說……至〈詩大序〉特別拈出了情字。〈毛詩序〉云：『詩者，志之所之也，在心爲志，發言爲詩。情動於中而形於言，言之不足故嗟嘆之，嗟嘆之不足故永歌之，永歌之不足，不知手之舞之，足之蹈之也。』志與情，是二而非一，然如何調和？有無矛盾？前人似未加細論。最合理的解釋是〈詩大序〉繼承了『詩言志』的主張，而又補充了『情動於中而形於言』的說法，自此之後，『詩以道志』，逐漸爲『詩以道性情』的主張所取代。」[18]

正如杜教授所說，自從〈詩大序〉以來，詩以抒情爲主，幾乎是大家一致的看法。例如晉代陸機〈文賦〉中就說：「詩緣情而綺靡。」[19]宋朝嚴羽《滄浪詩話》裡也說：「詩者，吟詠性情者也。」[20]民國以來，新詩興起，但是大部分的人也是主張詩是抒發感情的。例如楊昌年教授在《新詩品賞》中比較詩與散文的不同，提到：「詩是抒情遣性（興），主觀的文學。欣賞憑感情去感，意會。……散文是敍事狀物，客觀的文字。欣賞憑理智去懂，言喻。」又說：「感情是文學中重要的要素，詩文學中最應具備的條件是『眞』，唯有强烈眞摯感情的貫注充具，才能使詩作眞切感人。古今中外，多有作者因作品中充具自身情感，所以特能使讀者感動，發生共鳴或同情，獲得成功。」[21]

由以上各家的話可以知道：詩的本質是抒情的。兒童詩是詩體中的一支，因此兒童詩的本質也是抒情爲主。寫作兒童詩，應該多抒兒童的情，或者抒寫跟兒童有關的情。例如：

橘子　**林鍾隆**

總以爲沒有兩個一樣大的橘子。
每次分橘子的時候，
都覺得給姊姊的那個比我的大。

讓我自己先拿的時候，
明明是抓了大的，
看姊姊很滿意，
又彷彿自己是錯抓了小的。
跟姊姊交換過來，
姊姊的又變大，我的又變小了。

——《小河唱歌》八頁

這是一首描寫兒童內心感情的詩。作者回想小時候的事情，或者觀察兒童的行為，體會到兒童的這種矛盾的心理，於是把它寫出來。這種詩，抒寫的是兒童的情。當然，詩裡自然也含有作者批判兒童的情。再如：

吊橋　**周孫元**

吊橋最淘氣，
有人在上面，
他用力搖；

你愈緊張，
他愈高興。
嘻嘻嘻嘻，
一邊搖一邊笑。

——《國語日報》民國83年5月12日

這首詩似乎寫吊橋的情，寫吊橋是個淘氣的孩子，愛捉弄人。上橋的人愈緊張，他愈得意，還一邊搖一邊嘻嘻的笑。其實這種詩，抒寫的也是跟兒童有關的情。兒童把萬物都當做有生命，作者模擬兒童的想法和兒童的感情，而寫出了這麼富有情趣的詩。這種詩，也是把握了兒童詩的抒情本質。

好的兒童詩，都富有抒情的本質。好的兒童詩，除了抒情詩當然富有抒情的本質外，敍事詩也是富有抒情本質。例如前述〈下巴上的洞洞〉那首詩，表面上是寫有個娃娃吃飯掉飯粒的事，其實詩裡也寄寓了作者的感情。寄寓作者希望兒童快快成長，吃飯不掉米粒的情；寄寓作者珍惜物品的情。這些情，表面看來似乎是大人的情，其實深入想想，這些情都跟兒童有關，都是兒童能體會出來的情。寫兒童詩，不論是抒情詩或敍事詩，都要注意抒情性，這樣才能感動讀者。

三、精鍊美

精鍊美指的是兒童詩的內容和形式，要像鑽石、寶石一樣，質地高而形體精美。

詩歌文體，在內容取材上，採用「點」的方式，不是「面」的方式；也就是選擇最動人的一個點，或是幾個點來呈現。不像小說、童話等等文體的採用各個面來表達。因此，詩歌文體，比其他體裁來說，就顯得概括、集中的精鍊美。李聯明先生說：「《孔雀東南飛》是我國最長的一篇古典敍事詩，全詩有三百五十七句共一千七百八十五字。詩篇所反映的事件過程，十分複雜漫長，諸如主人公劉蘭芝在婆家所經歷的痛苦艱辛的生活，回到母家以後所遭受的家庭、社會各方面的責難，以及主人公的掙扎、鬥爭、殉情，此中情事千頭萬緒，錯綜複雜。然而，作爲古典敍事詩的傑作，詩篇不企求詳盡地寫出全部過程的一切細枝末節，而是截取了蘭芝請出、仲卿受斥、夫婦話別、嚴妝辭行、道口盟誓、家母責女、縣令遣媒、阿兄逼嫁、府吏別母、雙雙赴難和華山合葬等十來個最精采、最激動人心的場面，刻畫出人物主要性格，描寫出封建社會的一齣愛情悲劇。顯然，像詩裡所揭露的社會生活，不論就深度或者廣度來說，都不是小說、戲劇之類的體裁能用同等篇幅數字概括得了的。」[22]成人詩這樣的注意概括、集中的精鍊美，兒童詩也是這樣。例如前述〈吊橋〉詩，只有一個「吊橋最淘氣」的「點」而已，至於什麼地方的吊橋？已經建了多久？吊橋的樣子如何？誰上了吊橋？吊橋搖晃，在吊橋上的人如何緊張？這些材料都省略不寫了。再如：

冬令進補　　**謝新福**

放學回家，
老番鴨已經被媽媽殺了，
望著空空的鴨舍，
我的眼睛就熱辣辣地想哭，
老番鴨從來沒招過我，
我拿東西給牠吃的時候，
牠還高興地沙沙沙地笑。
可是……唉！
爲什麼要冬令進補？

——《國語日報》民國82年4月11日

這首詩的取材，放在反對可愛的番鴨被當做冬令進補犧牲品的「大重點」上。大重點下只有：「難過、番鴨可愛、反對冬令進補」等三個「小點」而已，至於我是讀幾年級，什麼時候養番鴨、老番鴨有多少兄弟姊妹、冬令進補的習俗由來、媽媽爲何要做冬令進補的工作等等跟主題關係不密切的材料，都省略不寫了。兒童詩的選材，就要做到這樣的扼要、精鍊。

至於兒童詩的形式，也是講求高度壓縮謹嚴的。例如：

晨霧　詹冰

整個天空下來地面上。

天空的白雲下來，
覆蓋美麗的風景，
天空的星星也下來，
變成一盞一盞的路燈。

整個天空下來地面上。

——《布穀鳥》十四期十二頁

這首詩，屬於「總分式」邏輯結構中的「先總後分再總」的結構。開頭，很奇特的揭示富有懸疑效果的「總提」詩句——「整個天空下來地面上」。中段四行，分寫天空下來地面上的兩幅景象：白雲（霧）蓋風景、星星變路燈。末段再呼應第一段的總提。短短的一首詩，結構有總提、分寫、總括，多麼嚴謹。很多兒童詩，也都像〈晨霧〉詩一樣的富有嚴謹的結構。兒童詩的形式，正像「痲雀雖小倒也五臟俱全」一樣，具有精緻、凝鍊的美。

四、語言美

語言美指的是兒童詩的用字遣詞，重視新鮮、簡鍊、意象、音樂的美。

語言是所有文學表情達意的工具。所有的文學都需要語言美，但是詩歌尤其重視語言美。許多詩人，爲了寫出優美的詩篇，絞盡腦汁在鍛鍊語言。蘇聯詩人馬雅可夫斯基在《和財務檢查員談詩》中說：

做詩——
和鐳的提煉一樣。
一年的勞動，

一克的產量。
為了提煉僅僅一個詞兒，
要耗費
幾千噸
語言的礦藏。
——《詩美學》五八八—九頁

由這首詩可以知道，詩人是如何的重視鍛鍊語言。

兒童詩的語言，基本上跟其他兒童文學作品一樣，要注意語言新鮮。如果形容時間過得很快，詩人仍寫「光陰似箭、日月如梭」，這種語言便是陳腔爛調不新鮮。因此，為兒童寫詩，除了考慮兒童語文的接收能力而多用簡鍊，也就是淺顯精鍊的語言外，還要在簡鍊的語言中，注意新鮮。其次，兒童詩的語言還要注意語言的意象美和音樂美。例如有個孩子在一首〈老師的話〉的詩中，寫了「考試不要作弊／上課不要多嘴／放學不要逗留／回家不要懶惰／哎！老師的話一大堆。」的詩。他的指導老師要他把抽象的「作弊」等詞語改為具體、看得到形象的語言來代替。後來他的詩句改為「考試不要當長頸鹿／上課不要當麻雀／放學不要當野狗／回家不要當懶豬。／哎！老師的話一籮筐。」這樣一改，這首詩的語言，除了具有新鮮、簡鍊的特色外，還具有意象美。金波先生發表在民國八十三年六月十二日的國語日報上的一篇文章中談到：金近先生寫的〈小貓釣魚〉：「貓媽媽打開窗子，太陽光就笑著跑進來，把屋子裡照得金光透亮」的詩句說：「說太陽光『笑著跑進來』就變靜態為動態，把天亮了這一平常的自然現象，有聲有色、生動表現出來；聽起來也自然格外有趣。故不僅多用口語，還有如何選擇口語和調配得當的問題。」由金波先生的話看出，用淺顯的口語來寫詩，還要注意調配的問題。例如把「光線照進來」寫成「太陽光就笑著跑進來」，這是把沒生命的陽光，虛擬成有生命的意象語，因此詩句便靈活生動了。

兒童詩的語言特色，還很重視音樂美。林良先生對這個問題，有一段非常精采的話。他說：「『詩』裡的語言，不但給我們『意義』，也給我們『聲音』。詩人，比任何其他行業的從業員，比任何其他形式的作品的作者，更應該用『耳朵』來處理語言。詩人是『用耳朵寫作』的人！他應該『聽到』他們寫的每一個字，『聽到』他們寫的每一個句子，『聽到』他所寫的每一行詩。只有詩人才為語言的『聲音』耗心血……。小孩子和語言的關係，是：由『聲音』捕捉『意義』。他們先感受到的是『聲音』，然後才是那聲音所代表的『意義』。」林先生接著舉例說：「下面的『看羊的孩子要睡了』，是運用『節奏』的一個例子，也是用『耳朵寫詩』的一個例子：

……

小河唱歌給我聽

小河唱歌這麼輕
小河唱歌
這麼輕
小河
唱歌
這
麼
輕

『看羊的孩子在小河的歌聲中睡著了』……這就是那幾行所要表現的。……楊喚的兒童詩，或者說，楊喚的詩，最值得稱道的，是他對詩的美好傳統『語言的節奏』的繼承。他寫詩的時候，對於『語言的節奏』始終是清醒的。在詩的『聲音』方面，他比同時代的任何一個詩人更像詩人，因為他的『語言節奏』感從來沒有昏睡過。他的〈童話裡的王國〉的第一段：

小弟弟騎著白馬去了，
小弟弟騎著白馬到童話的王國裡去了。

媽媽留不住他，
爸爸也留不住他，
就是小弟弟最愛聽的故事，
和最喜歡的小喇叭，
也留不住他。

他對語言節奏的始終清醒，使他所寫的詩不僅僅是『意義』的舖陳，或者說，『意義』的平臥。他使詩裡的『意義』都醒過來，爬起來，成爲聲音，成爲有意義的聲音，邁著詩的步子。」[23]

由林先生的說明和所舉的例子來看，兒童詩是多麼的重視音樂美。深入探討，兒童詩語言的音樂美，有根據音頓等時性反覆的意義節奏美；有根據情緒強弱等量性反覆的情緒節奏美；有根據音韻周期性反覆的聽覺節奏美；有根據詩中段式同形性反覆的視覺節奏美。寫作兒童詩，能注意音樂美，詩的語言就更有味了。

第三節　兒童詩的發展

人類文明中，詩歌文體的產生很早。例如我國的《詩經》，到現在已近三千年；西方希臘人荷馬的史詩《伊利亞特》、《奧德賽》，也近三千年。儘管詩歌的產生很早，但是符合兒童特性，專為兒童編寫的兒童詩，中外都是很慢的。現在針對兒童詩的發展探討於下：

兒童詩的發展，西洋國家比我國早。不過它們的發展，也是經過一段奮鬥的路程。西洋的兒童文學史裡，十七世紀以前仍是兒童文學的黑暗時期。那時期的詩，大多為韻文而少詩質，或者是教訓性的，忽視文學美質。也就是說，詩人是以父母或師長的立場寫給兒童看的。不過，十七世紀裡的法國人拉封登，寫下了二百四十首的「寓言詩」，雖然仍是教訓性，可是已具有了文學性。例如：

馬和驢子　（法）拉封登　作　遠方　譯

在人間大家應該互助。
假如你的伙伴死亡。

重負就會落到你的身上。

一隻驢陪伴一匹不講禮貌的馬，
這匹馬只背上自己一副簡單的鞍具。
但是可憐的驢子有那麼重的負擔，
他被壓趴在地上。
他請求馬來幫他一把，
要不還沒進城他就得累垮。
「我的請你，」他說，「算不得不禮貌，
分一半負擔給你，對你眞不算一回事。」
馬拒絕了他的請求，還放了一串屁，
這樣他就看到他的伙伴在重負之下死去，
他這才知道自己做錯了事。
發生了這一事故之後，
人就把驢的負擔讓他負起來，
並且還加上一張驢皮。

——《世界兒童詩名篇精選》五七—八頁

十八世紀，西洋的兒童文學進入萌芽時期。傅林統先生依據日本兒童文學學會編的《世界兒童文學概論》及史密斯女士的《兒童文學論》說：「在兒童詩逐漸現代化的路程中，有個重要的人物，他就是以《天路歷程》揚名世界的約翰・班揚。他寫了一本《獻給少男少女的書——兒童們的田園詩》。這一本詩集或許是不合現代人的心理吧，就是兒童文學研究者也懶得談到它。但是在當時卻因爲它首先把農村生活和大自然納入兒童詩，所以被認爲是劃時代的創舉。十八世紀時深受約翰・班揚影響的瓦茲，在兒童詩的歷史上可說是扭轉詩觀的重要人物。由於他的創作，兒童詩才由教訓詩的時代，踏進了文藝詩的時代。不過這個時期並沒有完全擺脫教育和韻文的因素，只是把韻文的地位由主角移到配角罷了。當時最重要的改變應是詩人的態度。……很明顯的有了『詩人』的自覺。」[24]

十九世紀，西洋的兒童文學進入茁壯時期。《格林童話》、《安徒生童話》、《愛麗思夢遊奇境記》、《湯姆歷險記》、《金銀島》相繼出版，這時候的兒童詩，也有很好的成績。例如威廉・布萊克（William Blake, 1757–1827）出版了《天眞之歌》和《經驗之歌》等兩本優美的兒童詩集。現在我們來欣賞他的〈保母之歌〉的詩：

保母之歌　（英）威廉・布萊克 原作　袁可嘉 譯

青青的草地上聽到孩子們的聲音，
山頭上他們的歡笑可聞，
我胸中的心靈安寧，
四周的一切也都寂靜。

「孩子們，回家吧，太陽已經西下，
夜晚的霧水也已出現；
來，來，別玩啦，我們走吧，
且等明天曙光照亮天邊。」

「不，不，讓我們玩吧，天還明亮，
我們還不想上床；
而且天上小鳥還在飛翔，
滿山滿谷綿羊遊蕩。」

「好，好，玩到陽光消逝，
然後回家上床。」
小東西們笑著又叫又跳，
滿山回聲激蕩。

——《世界兒童詩名篇精選》三七—八頁

這首詩利用對話的技巧，把孩子們熱愛大自然的快樂心情，以及保母疼孩子的心，寫得非常深入。

另外，安・泰勒和珍・泰勒姊妹倆（Ann Tayloy, 1782–1866, Jane Tayloy, 1783–1824）合寫的《嬰兒詩》（Original Poems for Infant Minds），共有一三一首，也是很有分量的兒童詩。這些詩從日常生活中發掘題材，並以兒童的眼光來看事物，以兒童的直觀來發抒心靈上的感觸。例如：

星　星　　**珍・泰勒**

閃亮！閃亮的小星星，
我想知道你的身影，

你高高的掛在天上，
就像顆顆鑽石閃耀在天空。

燦爛的太陽，已悄悄的西沈，
只有你眨著眼睛，
　徘徊在漆黑的天幕，
散布柔和的光輝，一直照我到天明。

雖然我無法捉摸你的身影，
　但是，你永遠永遠是，
　　閃亮！閃亮的小星星。

——《兒童文學——創作與欣賞》八四頁

另外，《金銀島》的作者史蒂文生（Robert Louis Stevenson, 1850–1894），於一八八五年出版了一本很好的兒童詩集《童詩之園》（A Child's Garden of Verses），由於寫得非常好，因此被尊爲「童詩中的桂冠詩人」。現在我們來欣賞一首他寫的〈風〉詩：

風 （英）史蒂文生 作

我看見你，顛顛簸簸像風箏一樣，
又見你，吹送鳥雀飛入雲端，飄飄蕩蕩。
　風啊！你整天的吹。
　風啊！你高聲的唱。

我覺得你做的事情眞不少，
　爲什麼故意隱藏自己的形狀？
我有時感到你在推我，又好像你在叫我，
但是我永遠無法看清你眞的影像。
　風啊！整天的吹。
　風啊！高聲的唱。

我覺得你的力氣最大，身體最壯，
但不知你是翩翩的少年，
　還是年邁的老丈？
　風啊！整天的吹。
　風啊！高聲的唱。

——《兒童文學創作與欣賞》一〇六—七頁

這首詩的內容充滿想像美，把兒童的天眞可愛、樂觀好奇的心理表達出來了；全詩的音樂性非常高。這種詩，眞是兒童詩中不可多得的精品。

同時期的詩人愛德華・李耳（Edward Lear, 1812–1888）也寫了不少給兒童看的好詩，例如一八七一年出版的《無稽之歌》（Nonsense Songs and Stories），把許多事物，用十分有趣的筆觸寫出；同時辭藻美麗富有韻律。而且他又會畫畫，常爲自己的詩作畫（如附圖）[25]

這時期的英國詩人還有一位叫狄拉・梅雅，一八七三年出生的。他的詩大部分是抒情詩，不說教，只從兒童生活中覓求素材，把兒童引入想像的世界裡。

二十世紀，西洋兒童文學進入現代化，呈現全盛時期，西方各國的兒童詩也顯現出一片絢爛的景象。例如英國兒童詩人瑪爾（Walter De La Mare, 1873–1956）出版的《童年之歌》（Songs of childhood），美國的羅勃・佛斯特（Robert Frost, 1874–1963）出版的《你也來》詩集（You Come Too），都是很好的兒童詩。一九五六年得到第一屆的國際兒童文學獎（即安徒生獎）的伊莉諾兒・法瓊諾（Eleanor Farjeon, 1881–1965），詩作如《王與后們》（Kings and Queens），《孩子們的鈴》（The Children's Bells），也都是令孩子喜愛的詩。再如一九七〇年得到國際安徒生兒童文學獎的意大利的姜尼・羅大里（1920–1980），著有《好哇，孩子們》的詩

There was a Young Lady whose bonnet,
Came untied when the birds sate upon it;
But she said, "I don't care! all the birds in the air
Are welcome to sit on my bonnet!"

There was a Young Person of Smyrna,
Whose Grandmother threatened to burn her;
But she seized on the Cat, and said, "Granny, burn that!
You incongruous Old Woman of Smyrna!"

愛德華・李耳自畫自寫的幽默詩兩首

集（本書第二章有他的一首：〈一行有一行的氣味〉詩可參考），站在兒童觀點寫，寫得很吸引人。法國雅克．普雷韋爾（1900—1977）的《景象》、《夜裡的太陽》等詩集，作品形式活潑自由，形象和比喻清新有趣。現在我們來欣賞他的一首諷刺性較高的寓言詩：

兩隻奔喪的蝸牛之歌

（法）雅克．普雷韋爾 作　馮漢津 譯

兩隻蝸牛去參加／一張枯葉的葬禮。／牠們背著一個黑殼，／黑紗往兩隻角上披。／牠們連夜出發，／一個秋夜真美麗。／唉，牠們到達時，／已經春回大地。／那枯萎的樹葉，／又變得扶疏旖旎。／那兩隻蝸牛哇，／多麼灰心喪氣。／可是太陽出來了，／太陽對牠們說：／「勞駕你們，／請你們坐一坐，／喝一杯啤酒，／可以解解渴。／要是你們願意，／就乘車去巴黎。／你們今晚出發，／不妨遊歷遊歷。／可是不要披麻戴孝，／就是我跟你們說的，／那樣眼白會變黑，／變得其醜無比。／棺材那玩意兒，／苦淒淒，不美麗，／你們要臉色紅潤，／充滿生氣。」／於是所有的動物、／樹木和花卉，／都齊聲歌唱，／唱得震天響。／這是真正的生命之歌——／夏天之歌。／人人都來飲美酒，／人人都來乾杯。／這是一個極美的夜晚，／一個美麗的夏夜。／那兩隻蝸牛哇，／跑回老家去了。／牠們非常感動，／牠們非常幸福，／只是酒喝得太多，／步子有點兒蹣跚。／好在那高高的天上，／有明月把牠們照亮。

——《世界兒童詩名篇精選》六八—七〇頁

這首寓言詩寄托的寓意是：做事情要行動快些，不要慢吞吞。

德國的約瑟夫・雷丁（1929——）的兒童詩也很有名。現在我們來欣賞一首他專爲女孩子們寫的詩：

姑娘，別指望王子！

（德）約瑟夫・雷丁 作　綠原 譯

沒有王子會來把你搭救，
如果你在昏睡中送走歲月，
如果你不運用腦子，
老把思考推向明天。

沒有王子會來把你擁抱，
從現在起就得開步快跑。
自己掙脫自己的長眠，
不然你仍是個可憐的笨蛋。

沒有王子會來送你一個吻，
別因憂傷送了你的小命；
也沒有王子打這兒走過，
把你從鍋台帶到寶座。

你可以自己建立生活，
必須自信有力量這樣做。
今天就得去嘗試，
別指望童話書裡的王子！

——《世界兒童詩名篇精選》八二頁

這首詩可以啓發愛幻想的女孩子，要靠自己，不要依賴他人；也就是別寄望童話中的王子會來到現實裡。

蘇聯兒童詩人馬爾夏克（1887－1964）寫了很多很好的兒童詩。現在我們來欣賞一首他的寓言詩，這首寓言詩寫的是小老鼠的任性，結果釀成大禍的故事。詩中寫的是小老鼠，其實也就是寫一些任性的孩子的事。

笨耗子的故事　（蘇聯）馬爾夏克 作　一丁 譯

耗子媽媽搖她的小寶寶：／「吱吱吱，快睡覺，／蠟燭頭給你吃個飽。」／小耗子說：「不要你搖，／你的聲音細得不得了！」

請來鴨子搖那小寶寶：／「呷呷呷，快睡覺，／小蟲給你吃個飽。」／小耗子說：「不要你搖，／你的聲音像爭吵！」

請來青蛙搖那小寶寶：／「呱呱呱，快睡覺，／蚊子給你吃個飽。」／小耗子說：「不要你搖，／你的聲音太單調！」

請來母馬搖那小寶寶：／「依呀呀，快睡覺，／弄袋麥子給你吃個飽。」／小耗子說：「不要你搖，／你嚇得我的心撲撲跳！」

請來母豬搖那小寶寶：／「兒兒兒，快睡覺，／紅蘿蔔給你吃個飽。」／小耗子說：「不要你搖，／你的聲音太粗暴！」

請來母雞搖那小寶寶：／「咯咯咯，快睡覺，／我張開翅膀把你蓋牢。」／小耗子說：「你的嗓子不大好，／叫我睡也睡不著！」

請來魚兒搖那小寶寶：／只見魚嘴張一張——／什麼也聽不到。／小耗子說：「不要你搖，／你的聲音實在小！」

請來大貓搖那小寶寶：／「妙妙妙，快睡覺，／快睡覺，妙妙妙！」／小耗子說：

「你的嗓子真正好，／甜得……不……得了……」

——《世界兒童詩名篇精選》一五二—四頁

蘇聯馬雅可夫斯基（1893–1930）也是一位出色的兒童詩人。他的代表作有《穿褲子的雲》、《好》等詩集。本書第六章中選了他的一首〈什麼叫做好，什麼叫做不好〉的詩可供欣賞和瞭解他的詩風。

南斯拉夫詩人約萬・茲馬伊（1833–1904）的兒童詩，感情眞摯、動人，也具有兒童觀。例如下面這首一個孩子對大自然和生活充滿好奇而令人逗趣的詩：

假使和如果　**（南斯拉夫）約萬・茲馬伊　作　任溶溶　譯**

假使給鹿兩只翅膀，
牠就能夠把鷹追上，

如果玩偶能縫能裁，
衣服它就能穿起來。

假使天上掉下糧食，
天下的人就全夠吃。

如果河裡是奶在流，
乾酪終年隨吃不愁。

假使冬天像五月，
屋裡不用生火取暖。

如果河裡生著爐灶，
到河邊魚湯就能喝飽。

不過光是「假使」、「如果」，
請問又能解決什麼？

——《世界兒童詩名篇精選》一〇〇——一頁

加拿大的童詩詩人但尼斯・李（1939——）著有《但尼斯・李兒童詩選》，能站在兒童的觀點寫作，因此也受到兒童們的普遍喜愛。例如：

我將做一個什麼？　（加）但尼斯・李　作　任溶溶　譯

「你將做一個什麼？」
大人問個沒有完。
「做舞蹈家？做醫生？
還是做個潛水員？」

「你將做一個什麼？」
大人老是纏著問，
好像要我不做我，
改做一個什麼人。

我大起來做噴嚏大王，

把細菌打到敵人身上！

我大起來做隻癩蛤蟆，
呱呱呱專問傻話！

我大起來做個小小孩，
整天淘氣，把他們氣壞！

——《世界兒童詩名篇精選》一九三頁

這首詩，表現了大人期望孩子的心情，也表現了兒童不耐煩及天眞、可愛的心。但尼斯・李的兒童詩，跟其他西洋有名的兒童詩人一樣，都已能佔在兒童觀點抒發兒童的心聲和感情。

西洋還有很多傑出、影響深遠的兒童詩，由於篇幅考慮，我們只有簡單介紹到這兒了。

我國的兒童詩，也可以跟西方一樣加以分期。例如許義宗先生、林文寶先生，都把五四時期起，列爲我國兒童詩的「萌芽期」；政府遷臺以後，列爲「幼苗期」；民國六十一年起，列爲「成長期」。趙天儀先生在〈臺灣詩的回顧〉一文中，把臺灣光復至大陸淪陷，列爲「接觸時期」；民國三十八年中央日報臺灣版〈兒童週刊〉創刊後至六十年十月《笠》詩刊第四十五期開闢

「兒童詩園」間為「播種時期」；民國六十年《笠》詩刊第四十五期以後至六十六年四月《月光光》兒童詩刊創刊間為「成長時期」；六十六年四月《月光光》創刊以後至今為「覺醒時期」。㉖現在參考三位先生意見，加上自己的淺見，把我國兒童詩的發展，分為：萌芽期、幼苗期、成長期、開花期四個階段：

(一)萌芽期：

萌芽期是由民國初年的五四運動左右，以淺顯口語寫的兒童詩起，至中央政府遷臺期間。我國給兒童朗誦的詩歌，如果把文言文也算進去，那麼像唐朝駱賓王相傳七歲時作的〈詠鵝〉詩：「鵝，鵝，鵝，曲項向天歌。白毛浮綠水，紅掌撥清波。」賀知章的〈詠柳〉詩：「碧玉妝成一樹高，萬條垂下綠絲絛。不知細葉誰裁出？二月春風似剪刀。」以及明朝于謙的〈詠石灰〉：「千鎚萬鑿出深山，烈火焚燒若等閒；粉骨碎身渾不怕，要留清白在人間。」也都是很好的作品。但是自從中國詩歌進入新詩以後，大部分的人認為，兒童詩應該是用淺顯的口語寫的。根據這個看法，我國兒童詩的正式誕生，就跟新詩一樣，誕生在民國初年的五四運動前後。如果我們依據兒童詩的發展來分期，這一時期就是「萌芽期」。

萌芽期裡，也有不少的詩人在為兒童寫詩。《中國兒童文學大系》詩歌部分收的兒童詩，即從五四時期左右的作品蒐集起。例如胡適先生的〈蝴蝶〉詩：「兩個黃蝴蝶，／雙雙飛上天。／不知爲什麼，／一個復飛還。／剩下那一個，／孤單怪可憐。／也無心上天，／天上太孤單。」這首詩雖不是爲兒童寫的，但是富有兒童詩特色，因此被蒐入。其他如朱自清的〈小草〉，劉大白的〈兩個老鼠擡了一個夢〉等等也列入。這一期裡的作品，有的還是成人本位，有的已能從兒童立場寫作。這一期中，根據林鍾隆先生在《月光光》詩刊上的報導，臺灣小朋友已會寫兒童詩，也接觸兒童詩了。

(二)幼苗期：

幼苗期就是中央政府遷臺，至民國六十年間。萌芽期的兒童詩，由於受到政治不安定的影響，諸如軍閥割據、北伐、剿共、抗日、國共會戰等等因素，所以進步很慢。民國三十八年政府遷到臺灣，「中央日報」兒童週刊版開始刊登兒童詩後，我國的兒童詩進入「幼苗期」。幼苗期中，有好幾位詩人的兒童詩作，都非常出色。例如經常以「金馬」爲名的詩人楊喚，就是其中的一位。楊喚寫了好多篇內容好、形式美的的兒童詩，像〈夏夜〉、〈家〉、〈小螞蟻〉、〈童話的王國〉、〈水果們的晚會〉、〈春天在哪兒呀〉……都是兒童詩中不可多得的珍寶。又如王玉川先生。王先生是位語文專家，他的《兒童故事詩》、《大白貓》，不但內容有趣，而且非常重視語言美。再如王蓉子女士、茲茲先生、鍾梅音女士、嚴友梅女士等等，也都有很好的兒童詩作品。

(三)成長期：

成長期就是民國六十一年起至民國七十年的十年間。也就是國語日報徵求兒童詩，至《布穀鳥》詩刊發行一年，社會重視兒童詩這一段時期。許義宗先生說：「寫作兒童詩的熱潮，是從民國六十一年的冬天開始的。一方面受到『笠』詩刊提倡兒童詩的影響，再方面是國語日報在兒童文學周刊第二十九期」刊出「徵求兒童詩的啓事」。這個啓事，就像一顆石頭，投入了平靜的水中，激起了寫作兒童詩的漣漪。」[27]許先生的這個見解非常公允。國語日報在民國六十一年四月起，開闢「兒童文學」周刊版，請馬景賢先生主編後，便帶動了兒童文學的發展。在周刊裡，常出現討論詩歌的文章，也引起了政府、作家、老師、家長、學生的注意。在這段時間裡，國語日報「兒童版」刊載兒童詩的作品，其他的報紙、雜誌，也陸續刊載兒童詩。因此，寫作兒童詩、研究兒童詩，成了風氣。其間，《月光光》詩刊、《大雨》詩刊、《風箏》詩刊、《布穀鳥》兒童詩學季刊，相繼創刊，並以刊載兒童詩爲主。洪建全教育文化基金會也設立「兒童文學兒童詩」獎。而個人詩集的出版也很多。例如：林武憲先生的《怪東西》、張彥勳先生的《獅子公主的婚禮》、林良先生的《今天早晨眞熱鬧》、曾妙容女士的《露珠》、黃基博先生的《看不見的樹》、謝武彰先生的《天空的衣服》、林煥彰先生的《妹妹的紅雨鞋》、林鍾隆先生的《星星的母親》、嚴友梅女士的《葉兒船》、謝新福先生的《媽媽有兩張臉》、詹冰先生的《太陽、蝴蝶、花》、杜榮琛先生的《稻草人》

……都是很好的作品。而指導兒童寫詩的先生也非常多。像黃基博、林鍾隆、陳千武、杜榮琛、趙天儀、林仙龍、洪中周、林加春、陳清枝等等先生，都有很好的成績。這時期的兒童詩作品，大多篇幅短小。

(四)開花期：

開花期就是民國七十一年以後至今。這時期的兒童詩，已被大衆接受了。寫詩的人，除了已有成就的詩人，像林艮、林鍾隆、詹冰、黃基博、趙天儀、陳千武、薛林、林武憲、林煥彰、謝武彰、舒蘭、藍祥雲、傅林統、杜榮琛、謝新福等等以外，又加入了許多中生代，如：蔡季男、洪中周、方素珍、陳木城、林月娥、馮俊明、林清泉、林建助、劉正盛、陳玉珠、李國躍、林美娥、馮輝岳、夏婉雲、馮喜秀、莫渝、洪志明、褚乃瑛、姜聰味、邱雲忠、沙白、王金選、魏桂洲、蔡榮勇、楊傑美、范姜春枝……。這個時期，《滿天星》兒童詩刊創刊了，出刊達十多年的《月光光》詩刊，改爲《臺灣兒童文學季刊》；「國語日報」、「兒童日報」也闢了專版刊載兒童詩。兒童詩作品，到處呈現花團錦簇的面貌。

民國三十八年我政府從大陸撤退後，四十年來，留在大陸的中國人，也有很多人寫作兒童詩，而且也有很好的成績。例如：冰心、金近、賀宜、柯岩、聖野、魯兵、阮章競、熊賽聲、金波、郭風、田地、劉饒民、張繼樓、任溶溶、羅丹、劉崇善、傅天琳、樊發稼、鄭春華、于之、張秋生、聰聰、王泉根等等。

兩岸由於分隔了四十多年，因此詩風也略有不同。金波先生比較兩岸的童詩後，有了精要的看法。他說：「海峽兩岸的童詩在藝術風格上表現出如下的差異：一、臺灣童詩多表現兒童的生活情趣，大陸的兒童詩則多表現富於教育思想的內容。二、臺灣童詩較注重審美價值，大陸兒童詩更注重社會效益。三、臺灣童詩所表現的空間較貼近兒童的本位，以及他們幼小的心靈世界，而大陸的兒童詩較注意面向闊的社會生活，力圖通過兒童狹小的生活與社會接壤。」[28]由金波先生的比較，也可以供我們認識兩岸四十年來兒童詩發展的參考。

第四節　兒童詩的類別

兒童詩的分類，各家不同。例如祝士媛女士分爲：故事詩、童話詩、科學詩、抒情詩、諷刺詩。[29]徐守濤女士依作法上分爲：敍事詩、抒情詩、描繪詩。描繪詩下分爲寫人的、寫景的、寫物的。依形式上分爲：圖象詩、文字詩。[30]宋筱蕙女士分爲：敍事詩、描繪詩、抒情詩、故事詩、圖象詩。[31]張清榮先生分爲：抒情詩、敍事詩、描繪詩。[32]林飛先生分爲：敍事詩、童話詩、寓言詩、諷刺詩、抒情詩。[33]蔣風先生分爲：童話詩、故事詩、寓言詩、謎語詩。[34]鄭光中先生分為：抒情詩、故事詩、童話詩、寓言詩、散文詩、科學詩、諷刺詩、朗誦詩。[35]

研究文學理論的李聯明先生說：「詩歌可以從不同角度、按不同標準進行劃分：按內容分類，可以分為抒情詩和敍事詩；按形式分類，可以劃分為格律詩和自由詩；甚至按體裁格式產生時間分類，又有舊體詩、新詩；按題材性質分成童話詩、寓言詩、哲理詩……。」[36]研究詩歌分類的古遠清先生說：「詩歌體裁的分類並不是絕對的，而是具有相對性的特點。造成詩歌體裁分類相對性的主要原因有三點：一是詩歌種類的概念帶有一定的模糊性。有不少詩歌種類的稱呼，並不是詩歌理論家規定的，而是在羣衆中約定俗成流傳開的……。二是分類的角度和方法不同……。三是各種詩歌體裁的互相滲透。」[37]由於這三個因素，古遠清將詩歌的分類，先採用「種類」的分類法，依據詩歌作品的性質將詩歌作品分為抒情詩和敍事詩兩大類；然後為了彌補不足，再依據形態分類法，根據題材而在抒情詩、敍事詩下分為若干小類。[38]現在依照這種分類方式，將兒童詩依據內容性質方面分為抒情詩和敍事詩兩大類，然後在各大類下依題材分為若干小類。如下面圖表：

- 兒童詩
  - 抒情詩
    - 生活抒情詩
    - 景物詩
      - 詠物詩
      - 寫景詩
    - 諷刺詩
  - 敘事詩
    - 生活敘事詩
    - 童話詩
    - 寓言詩
    - 故事詩

(一)抒情詩：

抒情詩是作者應用各種意象語言，抒發內心思想感情的詩。抒情詩的內容複雜多樣。從題材上分，常見的詩作，可以分爲生活抒情詩、景物詩、諷刺詩等等。現說明如下：

1.生活抒情詩：生活抒情詩，主要是以兒童生活中直接或間接有關的片斷事件爲題材來抒情，而不含諷刺的詩。例如前述林鍾隆先生的〈橘子〉詩，以及下列的〈百元硬幣〉詩：

百元硬幣

(日)倉 さとし作 蔡惠美 譯

上次借的一百元
怎麼不還我呢?

今天向他說吧
明天說吧
後天吧

上次是什麼時候
我不記得向你借過錢
是不是記錯了
要是他這樣說
要怎麼辦
? ? ? ?
只是一百元而已

計較什麼
要是這樣說
就討厭
？？？？

耐心點　耐心點　也許不久
會想起來還我吧
？？？？

在腦子裡
空轉中
日子
卻一天又一天過去

明天　一定還你
裝出

一本正經的臉要求
才借給他的
可是　從那明天起
就是
忘得一乾二淨的
那副面孔
還沒開始催討
一百元已無法填滿的
大洞
早已　在心中
迸裂開了

——《臺灣兒童文學》季刊第十三號十八—二〇頁

這首詩，寫出了兒童生活裡，借錢給他人，爲了討錢而掙扎的痛苦感情，屬於生活抒情詩。

2.景物詩：景物詩，主要是描繪風景或物品來抒情的。這個詩體內，還可以分為詠物詩、寫景詩等。王國維說：「昔人論詩詞，有景語、情語之別。不知一切景語，皆情語也。」[39]由王國維的話可以知道，詩人抒情，可以把自己的感情移到外物上，因此寫的是外面的景、物，其實也就是抒自己的情。例如前面提到明人于謙寫的〈詠石灰〉詩，似乎只是歌頌石灰為了淸白，不怕錘鍊，不怕粉身碎骨；其實後世欣賞此詩的人，都認為這首詩是于謙借石灰來表明自己的心意的。兒童詩中的詠物詩、寫景詩很多。例如：

貝　殼　　**蔡季男**

海濱淺灘，
是誰留下這漂亮的小屋？
裡裡外外，
貼著五彩的壁紙，
我左盼右顧，
就是找不著屋主。

一道螺旋梯，

直通屋子裡，
已好久沒有訪客的足跡，
顯得好靜寂。

我把它貼近耳朵，
它卻不停地對我訴說。
只是我聽不清楚，
因爲它的聲音好輕，好細，好弱。

——《國語日報》

蔡季男先生這首詩，寫出了兒童好奇的心情，也寫出了關心萬物和欣賞萬物美的情。

3. 諷刺詩：諷刺詩是指利用詩中的情景，暗示不當的行爲，提醒兒童或啓迪兒童不要犯了相同的毛病。例如：

螃　蟹　　國小兒童　陳歷和

螃蟹要和我做朋友

又要和我握手
結果把我的手夾住了
牠又不把我放開
我才知道
和螃蟹握手不好玩
牠也不是我的好朋友

——《滿天星》兒童詩刊四期二一頁

這首諷刺螃蟹行爲不當的詩，目的是提供兒童在選擇朋友的時候要愼重，不要跟會害人的人做朋友。

(二)敍事詩：

敍事詩是指通過事件的敍述和人物的刻畫，以表達作者的思想和感情的詩。敍事詩，仍以抒情爲主。正如呂進先生說的：「凡是敍事的地方，詩裡就出現『快鏡頭』；凡是抒情的地方，詩裡就出現『慢鏡頭』。凡是涉及『事』，詩就像一個專抄捷路的伶俐者；凡是涉及『情』，詩就會變成一個專走彎了路的慢行者。」[40]敍事詩有以下幾種：

1. 生活敍事詩：生活敍事詩，主要是以兒童生活中直接或間接的有關事件爲題材來抒情，而這題材是略有情節的。例如：

性急的弟弟　　雁翼

弟弟從爺爺家裡，
帶回了一包落花生。
選了幾顆肥胖的仁兒，
在院裡翻了土，下了種。
他盼望落花生發芽、生長，
不要讓爺爺的希望落空。
爲防備雞鴨搗亂，
還特意罩上竹籠。
雞鴨是防住了，卻沒有防住
他發癢的手，
早晨起來扒開土看看，
彷佛擔心仁兒還沒有睡醒；

放學回來又扒開了土，
仔細觀察仁兒的動靜。
就這樣，他一天扒開三遍，
總不見芽兒萌生。
是弟弟性急的愛，嚇得仁兒
躲在紅帳裡面不敢動。

——《兒童文學集》四〇九—一〇頁

這首生活敘事詩，雖然有情節，但是重點卻擺在刻畫弟弟性急的個性上。

2.童話詩：童話詩是指具有童話特色的詩；也就是詩中的故事，屬於專爲兒童編寫，以趣味爲主的幻想故事。例如大陸童話詩人阮章競寫的《金色的海螺》、熊塞聲寫的《馬蓮花》[41]，都是很精美的長篇童話詩。台灣詩人楊喚的童話詩《童話裡的王國》，也寫得很美。這三篇童話詩都很長，這兒就不引錄了。

3.寓言詩：寓言詩是指具有寓言特色的詩，也就是詩中的故事，寄寓著高深哲理。前述拉封登的《馬和驢子》就是寓言詩。林武憲先生的《井裡的小青蛙》一書，也有許多是寓言詩。現在我們來欣賞一篇較長的寓言詩：

兔子烏龜第二次賽跑

羅 丹

一

小溪樂得又蹦又跳，／狗尾草喜得頭兒搖。／小兔子和大烏龜，／在這兒舉行第二次賽跑。／／第一次比賽的結果，／大家都已知道。／由於兔子驕傲，／烏龜倒得了錦標。／／這次勝敗如何，／都想看看熱鬧。／赤腳螞蟻擠滿路旁，／光屁股青蛙又蹦又跳。

二

猴大哥喊聲「預備——跑！」／小兔子箭一般往前直跳。／大烏龜懶懶地望了一眼，／不慌不忙地爬上了小道。／／螞蟻弟弟拍拍手叫：／「烏龜大叔加油跑！」／烏龜搖頭笑了笑：／「急什麼，反正牠會睡一覺！」／／光屁股青蛙跺著腳兒叫：／「小兔子已跑到前面了！」／烏龜搖頭笑了笑：／「怕什麼，反正這小子會驕傲！」

三

小兔子連蹦帶跳奔上山坳，／烏龜還在山下搖頭晃腦。／小兔子叮囑自己：／「一定要把缺點改掉！」／／牠一想到自己跑得多快多好，／耳邊就想起媽媽的教導：／

「不要只看到自己的優點，／要把別人的長處學到！」／／牠剛想到樹下去睡一覺，／馬上記起山羊公公的勸告：／「能改正缺點的人才會進步，／老抱著錯誤就會摔跤！」

四

想起媽媽的教導，／想起山羊公公的勸告，／小兔子把嘴脣咬成三瓣，／下狠勁往山頂飛跑！／／翹尾巴小貓說：「歇一會兒吧！／這兒離山頂不遠了。」／小兔子把頭搖搖：「不能歇呵，／不遠了並不等於已經跑到！」／／花蝴蝶說：「小兔子玩一會吧，／這錦旗肯定飛不了。」／小兔子把頭搖搖：「不呵，／難道比賽就是爲了錦標？」

五

跑完一條又一條小道，／翻過一座又一座山包，／小兔子一口氣跑上山頂，／百花都向牠祝賀叫好。／／松鼠妹妹捧來鮮花，／熊貓姊姊忙給牠拍照。／小兔子連忙搖手：／「應該感謝大伙對我的幫助和勸告！」／／小伙伴們正在歡樂地舞蹈，／烏龜大叔才呼嚇呼嚇爬到。／大伙罰烏龜回答個問題：／「小兔轉敗爲勝有什麼奧妙？」／／烏龜眨巴一陣眼睛，／忙把頭縮進去了。／小溪見了嘩嘩大笑，／一路飛奔，把消息報告……

——《中國兒童文學大系》詩歌(二)二〇八—一一頁

這首長篇的寓言詩，敍述小兔子記取教訓，結果跑贏了；烏龜仗恃他人會再犯錯而慢慢爬，結果輸了。這首寓言詩，寄寓了高深的哲理，要兒童有錯就改；也要兒童不要心存僥倖。

4. **故事詩**：故事詩是指情節較完整，具有兒童故事特色的詩；這種詩，又有別於幻想性童話詩，寄寓哲理的寓言詩。例如有人如果以「和氣的劉寬」或「機智的司馬光」的故事爲背景而寫出詩來，就是屬於故事詩。張彥勳先生的《獅子公主的婚禮》書中，有一首〈小麻雀的眼淚〉詩，就是兒童故事詩。詩中敍述有個名叫阿城的孩子，捉了三隻小麻雀回家養，結果小麻雀不吃不喝。後來有一隻小麻雀餓死了，阿城很難過，便把其他兩隻送回樹上，從此不再捉小鳥了。全詩共有一百一十八行，是一首長篇的故事詩。

第五節　兒童詩的內容與形式

寫作一首兒童詩，最早浮現在腦子裡的問題是「寫什麼」？決定寫什麼以後，接著考慮的問題就是「怎麼寫」?「寫什麼」,屬於作品的內容;「怎麼寫」,屬於作品的形式。兒童詩的內容有哪些重點?如何得到理想的內容?兒童詩的形式已知道的有哪些?如何活用這些形式?這是本節要提到的,也是本書的寫作重點。

一、兒童詩的內容

兒童詩的內容,指的就是兒童詩中的主題和題材。

主題就是作品中的中心思想;題材就是作品中表現主題的材料。主題和題材配合得好,才能構成有意境的作品。例如〈手套〉這首詩:

手套　　**聖野**

一隻手套不見了
另一隻手套
不知藏在袋裡好
還是藏在手裡好
覺得非常的冷清

——《兩岸兒童文學學術研討會論文特刊》三四頁

這一首詩的主題沒有直接說出來，但是由詩句裡，我們可以體會得出。寫詩的人常把想表現的主題，先化爲情感，再把情感利用事實表現出來。在呈現事實的時候，就會尋找合適的材料來呈現。這首詩的作者找到的材料是「手套」。平常手套是整雙在一起，不是只出現一隻，另一隻捨棄的。作者找到了這個材料後，就以留下來的一隻手套由於失去另一隻手套的彆扭不自在的事，表現了懷念的情。我們由這個懷念的情，就可以體會出：「失去常在一起的人很痛苦」的主題。這首的主題正確又新穎，題材跟主題又配合得那麼巧妙，於是成爲一首不可多得的好詩。

寫作一首詩，有的先從主題入手，再找題材；有的先從題材入手，再尋找妥切的主題。不管如何獲得，主題和題材，都要配合得很好。

有了主題，寫作方向才有目標。兒童詩的主題跟成人詩的主題有何不同？兒童詩的主題應具備什麼條件？寫作的時候，主題是採用直接表現好，或是間接表現好？如果採用直接表現，則又應如何安排？如果採用間接表現，主題如何呈現？這些問題，都是寫作者在得到靈感，醞釀詩情時，要考慮的問題。

兒童詩的內容，除了要注意正確、趣味、新穎的主題外，還要注意選擇妥切的題材。所謂「落花水面皆文章」，題材是充斥在四際的，只要我們有靈眼，有慧腕，就可以看見它，捉住它。但是什麼樣的題材兒童最感興趣，最感需要呢？是自然現象題材？兒童生活題材？社會及國家題材？知識性題材？幻想性題材？這也是寫作兒童詩的人要研究的。

二、兒童詩的形式

有了主題，有了題材，內容確定了，接著考慮的就是怎麼寫。兒童詩的形式，依據篇法、章法、句法、字法來看，寫詩的人應該了解一首詩的結構、外形排列、情意表現的手法和語言的鍛鍊等等問題。

語言是文學的建築材料，是文學構成的媒介。寫作兒童詩，首先面臨的是我們要用什麼樣的語言來寫詩？兒童詩的語言，除了跟其他文學一樣要講求新鮮、不陳腐外，還特別講求淺顯而精鍊、意象的、音樂的語言。因此這些語言特性，也是寫詩的人應該知道，而且要去活用的。

詩句要如何表現詩情呢？這是詩情表現手法的範圍。一般的詩句，有直接表現詩情，也有間接表現詩情的。直接表現詩情，常用直抒胸臆的方式，直揭表露。當遇到詩情噴薄，不能不直接宣洩的時候，我們當然可以採用直抒胸臆的方式；當遇到詩情委婉、含蓄，不應直接揭示的，我們當然要用間接表現。間接表現裡，有的是以形傳神，採用白描法、陳述法、寫景法；有的是以神造形，採用移情型、虛擬型來表現。至於詩句的修辭技巧，主要的有生動、比喻、對比這三類；語句形式，常見的有直進式、跳躍式、並列式、迴環式、轉折式、總分式。這也是寫詩的人應該瞭解、活用的。

寫作的材料要如何組織，外形要如何排列呢？這是屬於結構和排列的範圍。結構依照簡繁，有單層結構、雙層結構、多層結構。單層結構，常見的方式有點狀式、直進式、迴轉式、並列式；雙層結構，常見的方式有對比式、交叉式、總分式、反覆式；多層結構，常見的方式也有立體式、複雜式。外形的排列，常見的有分行詩體和圖象詩體等兩種排列法。分行詩體中依據整首詩的形式，常見的有均齊形、對稱形、參差形三種；依據個別詩行的外形，常見的有平頭式、齊足式、高低式、跨句式、空格式。至於圖象詩的外形，常見的種類也有象形、圖形、會意等。這也都是想成爲一位大詩人該知道的。

三、兒童詩內容與形式的關係

金波先生說：「給兒童寫詩，不但要理解兒童的思想感情，還要注意兒童詩抒發感情和表現主題的方式，要給兒童的思想感情穿上一件色彩絢麗的衣裳，把抽象的思想和感情變成了可感的形象。」㊷金波先生的這句話，就是我們前面提到的，寫作一首詩，要把思想層次的「主題」，化爲「感情」，然後再化爲有形象的「事實」。如何化呢？這就是屬於形式方面的寫作技巧。

樊發稼先生在〈進一步提高兒童詩創作的質量〉一文中提到內容和形式的整合。他說：「兒童詩的質，是一個大的概念，它是一個綜合體現：正確的富於美感的內容同優美的形式，有機的完美的結合；作品鮮明的兒童特點、生活氣息和時代特徵；考察一篇具體作品，還要看它的選材角度、立意、構思、感情、語言、形象、節奏感、音韻、意境、爲小讀者提供的美感享受等等。這一切，同詩人的生活、思想和藝術表現功力緊密有關。」[43]

由金波和樊發稼先生的話，我們可以知道，有很好的主題和題材，就應該配合優美、妥切的表達技巧；也就是有好的內容，也就要有好的形式。因此，內容和形式是相輔相成，互爲關係的。不過，在主從或先後方面，它們也有不同。大致上是：內容爲主，形式爲從；內容爲先，形式爲後。

詩人覃子豪先生說：「詩的表現法則，因內容而定。詩的全部的創造、詩的內容，各有不同，勢所必然。其表現法則，因內容不同而有無窮之變化。」[44]他在《論現代詩》中又說：「詩沒有一定的形式。……由內容決定形式，已是一個常識。故形式之存在，是根據內容之變化而變化，這已成爲創作上一個定律。在五四運動期中，中國新詩的產生，主要的就是詩在形式上的一個革命，就是打破固定的形式和格律的束縛，求詩的自由發展。」[45]

我國的兒童詩跟新詩是同一期出現的，因此覃先生指的由內容決定形式的新詩創作法則，雖然講的是新詩，其實兒童詩的內容與形式的先後問題也是這樣。兒童詩的創作，在有了內容之後，才去考慮如何安排形式，也就是內容為主、為先，形式為從，為後。寫作兒童詩，應該努力去追求內容的感動，然後再去安排形式的妥切。許多詩藝高超的詩人，甚至不必考慮形式，當有了「感動」的內容後，很自然的就出現相應的合適形式。當然，要達到這種高技藝層次，就得多寫、平時多揣摩表達技巧了。

兒童詩的內容和形式等原理、技巧的認識和應用，是兒童詩作者應該努力研究的。本書的二至七章，即針對這些問題提出研究心得，希望能供有志創作兒童詩的人做參考。

第六節　兒童詩作者應具備的素養

寫作兒童詩，要寫得多又寫得好，就得具備寫詩的素養。寫詩應具備什麼素養呢？古今許多詩論家提出了不少的見解。例如梁朝的劉勰在《文心雕龍》〈神思篇〉裡提出的辦法是：「積學以儲寶，酌理以富才，研閱以窮照，馴致以繹辭。」[46]積學以儲寶，指的是多讀書，累積學問，以充實知識的寶庫；酌理以富才，指的是多明辨事理，以豐富寫作才力；研閱以窮照，指的是多體驗實際的生活，以增進觀察的能力；馴致以繹辭，指的是寫作時能順應情感的發展，以演繹出美妙文辭。覃子豪先生在《論現代詩》中提出的辦法是：「要擴大視野、體驗人生、豐富思想、認識社會，尤其是對於寫作方法的學習和技術的武裝。」47蔣風先生在《兒童文學概論》中提到兒童文學作家的修養有：思想、生活、技巧等三樣。48洪中周先生在《兒童詩欣賞與創作》書中，摘引黃永武教授的話，認爲要：廣學識、富歷練、語作法等三項。49以上各家都說得不錯。現在參考各家高見，提出兒童詩作者應具備的四項素養於下：

一、勤讀有關書籍與開擴偉大胸襟

勤讀有關書籍，目的是爲了「儲寶」，爲了「廣學識」，以作爲寫詩時發揮的根本。宋代詩論家嚴羽在《滄浪詩話》中說：「夫詩有別材，非關書也；詩有別趣，非關理也。然非多讀書，多窮理，則不能極其至，所謂不涉理路不落言筌者上也。」由這段話可以知道，寫詩需要多讀書，多培養寫作的根本，才能進入詩的高境界。

有關的書籍，可以分爲直接相關和間接相關的書。直接相關的書，例如兒童詩的詩集、兒童詩的寫作技巧、兒童文學概論、文學概論、各種詩學詩話、成人詩、古詩及其他文學作品。間接相關的書籍，例如音樂、哲學、倫理學、美學、兒童心理學、自然科學、社會科學等等對作者的觀念、取材有間接幫助的書。

閱讀有關書籍中，兒童詩集是最重要的。有心從事童詩創作的人，除了看臺灣本土的兒童詩外，也要看同為中國人的大陸童詩作品；除了看本國人寫的兒童詩外，也要看外國人寫的兒童詩。多看以後，自然增廣見聞，才能寫出有分量的詩作。劉勰在《文心雕龍》〈知音篇〉內說：「凡操千曲而後曉聲，觀千劍而後識器；故圓照之象，務先博觀。」[50]劉勰雖然講的是批評家鑑賞各體文章，必須先要廣博的閱讀各種作品；其實也告訴寫作者，要多看他人作品，才能寫出好作品來。

多讀後，還要挑選自己喜愛的詩深入讀。林良先生說：「學詩的路子是多讀詩，細讀、熟讀，甚至抄讀。對詩有較廣泛的接觸，再來寫詩，就會有較好的收穫。」[51]這也告訴我們深讀的重要。例如下面這首詩：

我要往哪兒去

〔英〕布萊克　著　葛琳　改譯

我要往哪兒去呢？
順著潺潺的溪流，
傾聽泉水幽幽的歌唱。

我要往哪兒去呢？

沿著綠色的山坡，
　傾聽松濤引吭高歌。

我要往哪兒去呢？
　望著飄浮的白雲，
淡淡的一絲，小小的一片，
　飛越清澄的藍天。

我要往哪兒去呢？
　看著自由自在的山鳥，
迎著朝陽，倚著輕風，
　穿過山林和花叢。

我要往哪兒去呢？
　溪流、松濤、白雲、山鳥，
都是那般快樂逍遙。

我要往哪兒去呢？
我真的不知道了。
——《兒童文學創作與欣賞》八〇——二一頁

看了這首詩，如果我們覺得好喜歡，就要研究這首詩寫了什麼內容？它的主題和題材是什麼？詩人用什麼方式寫的？它的結構、外形、詩句的表現、語言的處理如何？從整首詩的意境來看，這首詩的表層意蘊，也就是詩面意思是什麼？深層意蘊，也就是作品底下所含蘊的意味如何？聯想意蘊，也就是由詩作中可以觸類引發的涵義是什麼？能深入探討、欣賞，自然增進自己欣賞和創作的能力。

童詩作者勤讀有關書籍時，也要時時開擴偉大的胸襟。偉大的詩人，除了靠跟詩藝有關的書籍得到認知、技能方面的素養外，還要注意情操的修養，也就是人格的修養；注意抒發個人的情，也要抒發衆人的情。

大陸童詩詩人柯岩女士說：「如果一個作家的作品，老是在一個狹小的圈子裡迴旋，在一個感情水平線上浮沈，那麼，無論他寫得多麼秀麗、纖巧，他的讀者也會厭倦，因爲單調和重覆是藝術所最不能容忍的。因此，作家在豐富別人的內心世界時，必須先豐富自己；在開拓讀者視野時，必須先擴大自己的胸襟。『讀萬卷書，行萬里路』是古人給我們的座右銘，但對今人來說，更明確地提出的則是作家的人生信念和美學理想問題。」[52]詩論家呂進先生說：「抒情詩人應該有兩個方面的基本修養：一個是人格精神，一個是藝術功力。詩人的人格精神的核心，一是他作爲詩人在詩中的狀態，二是他作爲詩人對自己使命的把握。前者就是詩人的非個人化問題，後者就是詩人的使命意識問題，後者是前者的自然引申。……」[53]柯岩女士提的擴大自己的胸懷和呂進先生提的人格精神，都是屬於「開擴偉大胸襟」的範圍。詩人的胸襟開擴了，題材的選擇、主題的擬定，自然也隨著水漲而船高；內容也由「小我」走向了「大我」，提昇了童詩的境界。例如以自然爲題材來寫詩，如果胸襟開擴了，便能寫出「以物爲師」、「物我合一」的高境界內容。由亞美尼亞詩人艾敏的〈在森林裡〉一詩，我們可以體會出這種素養的重要：

在森林裡

〔亞美尼亞〕艾敏 作　王守仁 譯

樹上的鳥兒／教我歌唱。／蜜蜂教我／莫要浪費時光。／大地耐心地教我／容忍謙讓。／而植物的根卻教我／緊緊地依靠土壤。／／無論哪一條小溪，／都教我要有溫柔／和善良的心地。／高山教我／在困難面前，／莫把頭低。／蝴蝶教我／珍惜每天的光陰，／不要放過瞬息。／而橡樹教我：／在死神面前／要昂首挺立，／不呻吟，／不哭泣，／也別用漸漸變冷的雙手，／去捕捉黎明的空氣，／而要泰然處之，自豪無比，／像大樹，／如岩壁。

——《世界兒童詩名篇精選》一七四—五頁。

二、體驗各種生活與瞭解兒童世界

體驗各種生活，目的是爲了得到實際經驗，成爲寫詩的題材來源；瞭解兒童世界，目的是爲了選擇兒童喜愛的題材，以及表達兒童的心聲。

李元洛先生在《詩美學》中說：「社會生活永遠是文學創作的源泉。詩，是詩作者對於作爲審美客體的生活的一種藝術反映和表現，而不是詩作者在象牙塔中的顧影自憐，或是封閉在蝸牛角裡的自彈自唱。」[54]覃子豪先生在《詩的表現方法》中說：「生活是詩底源泉。《詩之研究》曾說：『無論哪個詩人，依舊還是一個園中的亞當（Adan）。他一看見前面走過去的新奇的動物——可驚的或可喜的——便發明新名字去叫它。』這是說明宇宙萬物，無不有詩的存在，可驚的或可喜的事物，都能引起詩人的興感，他要發明一個方法，把他的『驚』或『喜』表現出來。……詩人的生活愈充實，詩也愈豐富，其詩也就愈富生命力。所以詩人的生活要廣，生活的體驗要深。生活空虛的人，其詩只有詩底形式，而無生命的跳動。達文西說：『智慧是經驗之女』。經驗是從生活得來，而不是從書中得來。詩是智慧的產物，所以生活是詩底源泉。」[55]

由這兩位詩論家的看法可以知道：生活是詩底源泉，要寫好詩，就要體驗各種生活。寫作兒童詩的人，如果能夠接近自然，在自然界中生活，那麼就可以發現自然界中花草石樹、飛禽走獸、日月星雲等等秘密，而把它們寫成詩章；如果能夠多體驗社會的生活，在人羣中生活，就可以發現各行各業、各家各戶、鄉村城市等等人的不同生活情形，以他們爲題材而寫成詩篇。例如：

清晨的聲音　**（英）埃莉諾·法傑恩 作　任溶溶 譯**

我從大清早起，／在睡夢中聽著，／傾聽屋外的聲音，／傳進我的耳朵。／／送報生的腳步，／報紙窸窸沙沙；／風和樹枝問好，／彼此一問一答；／／馬蹄聲很有節奏，／嘀嗒，嘀嗒，嘀嗒；／車輪在路上面，／嘰嘎，嘰嘎，嘰嘎；／／賣牛奶的女人，／在還遠處叫賣，／牛奶桶乒乒乒乒，／噗嚕嚕倒牛奶；／／還沒有睡醒的牛，／哞哞地在叫喚，／像是遠處草原／發出歎息一般。／／這時窗子下面，／趕過一羣綿羊，／我像聽到林中，／峽谷發出回響。／／狗吠，鳥叫，人聲——／聲音越來越鬧，／太陽透過百葉窗，／終於把我找到。／／「快點醒過來吧！」／它悄悄地說道，／「聲音聽得夠了，／該起來去瞧瞧！」

——《世界兒童詩名篇精選》五四—五五頁

這首詩裡，詩人把早晨的各種聲音，例如：送報生、風吹樹枝聲、馬啼聲、車輪聲、賣牛奶聲、牛叫聲、綿羊聲……寫得非常生動。如果不是作者有如此深刻的「生活體驗」，能得到這麼多聲音的題材嗎？能寫得出這麼美的聲音感受嗎？

寫作兒童詩，除了體驗各種生活之外，還要多瞭解兒童世界。梅沙先生在《兒童文學概論》中說：「創作兒童詩要遵循一般詩歌創作的藝術規律，同時也有一個熟悉兒童，深入兒童生活，從中吸取詩情的問題。只有熟悉孩子，瞭解他們在思索什麼，理解他們的快樂和憂愁，懂得是什麼引起了他們的興趣和喜愛，又是什麼使他們迷惑和煩惱，才可能發現和提鍊出有意義的命題，寫出有藝術魅力的詩篇。」[56]彭斯遠先生在〈兒童的情趣，傳統的形式〉文章中，贊美童詩作家張繼樓的兒童詩作品成就後，介紹張繼樓詩作和產生背景說：「詩人在兒童詩的寫作上之所以能取得這樣的成績，是和他長期深入兒童生活的嚴謹創作態度分不開的。在節假日或周末，他常常出現在少年宮的木馬秋千旁，出現在山村小學的教室裡，出現在紅領巾所點燃的篝火邊，和孩子們談心交朋友；有時他也常躑躅於機關大院或街頭巷尾，凝神傾聽和認眞思索著孩子們所吟詠的歌謠……就這樣，日積月累地長期深入兒童生活，使他練就了那種善於用兒童的眼光、兒童的語言去觀察、體驗和表現現實生活的能力！」[57]

由這兩位先生的話裡可以知道，要寫兒童詩，要多接觸兒童，要跟兒童交朋友，要深入兒童世界裡，瞭解兒童的思維和感情。這樣，不但可以找到寫作題材，而且找到的題材才是兒童喜愛、需要的題材。寫出來的詩，才能符合兒童特質。例如：

我長大以後　（阿根廷）阿爾瓦羅·榮凱　作　楊明江　譯

媽媽，
當我長大了，
我要搭一個長長的梯子，
一直通到雲端，
我要爬到天上去摘星星。

我要把所有的口袋，
都裝滿閃閃發光的星星，
然後帶回來，
分給學校裡的小伙伴們。

對於您，我的好媽媽，
我要給您帶回那輪明月，

讓它照亮咱們的家，
不再費一點兒電。

——《世界兒童詩名篇精選》二〇八頁

這首詩把兒童喜好幻想的特色以及天眞、可愛的心，表現出來了。如果作者不是深入的瞭解兒童，就不能寫出這麼富有兒童特質和兒童情趣的詩來。

三、保持高度靈敏心與發揮豐富想像力

保持高度靈敏，目的是爲了獲得又多又好的寫作題材；發揮豐富想像，除了幫忙找尋題材外，還可以把題材醞釀成詩篇。

詩人蕭蕭在《青少年詩話》中說：「一個寫詩的人要常常保持心的靈敏，一點點風吹草動，都能有所警覺，這樣才能把詩寫好。對於任何事物，要保持新鮮感，去觀察他，找出他的特色來。初到一個地方，初見一個人，初次嘗試一件新事，都要能把那份新鮮感記下來，那份激動記下來，這樣的「感動」就是詩的『題材』。」[58]

蕭蕭先生說的，就是詩人捕獲靈感的秘訣。想要寫兒童詩，就要時時尋找有用的題材。看到

任何事物，主動去找尋「感動」，找尋詩的「火苗」，然後再發揮想像，把「感動」的事物——詩的「火苗」化成詩。例如雙十節的前後幾天，總統府附近或是五院以及重要政府機關前面的樹上，都披掛閃爍的彩燈。我們看到這個美麗景象，是不是感覺很美？是不是想到它表示什麼意思？有了心得，再深入想像，就可以把它寫成詩。張曉風教授的〈雙十節的晚上〉這首詩就是從樹上披掛彩燈而得到靈感的：

雙十節的晚上　張曉風

雙十節的晚上多麼好哇
樹忽然結了一身的果子
紅的、藍的、黃的、綠的
它們在說
親愛的中華民國，生日快樂呀！
雙十節的晚上多麼棒啊
天忽然畫上了滿篇的圖畫
是孔雀睜開了一百隻眼睛
是滿滿的花籃倒掛

它們在說
親愛的中華民國，生日快樂呀！
——《自己編的歌兒》二七頁

時時關心寫作，處處保持心的靈敏，得到靈感以後，就多發揮想像力去把詩的「火苗」加大，使詩的火苗變成火把，光芒照射四處。例如我們如果住在都市小房子裡，被附近建起來的一座座高樓，擋住視線，甚至讓我們看不到完整的天空。我們會想到什麼？如果想表達這個感受，要從什麼角度來寫？張水金先生捕獲了這個靈感，應用移情方式，利用「小窗子」來抒情，並以圖象方式排列詩體外形，寫出了這一首感人的詩：

小窗的思念　張水金

七層、八層、九層的灰色大樓
　　　　　　把矮小的
　　　　紅色瓦屋
一層又一層緊緊的團團的圍住
　　小瓦屋的小窗

再也看不見圓圓的藍天
　　天天仰望
被擠成一條線的藍帶
　　想念著
愛談天愛眨眼睛的小星星
　　想念著
笑起來又甜又美的月亮
　　想念著
溫暖又明亮的大太陽

——《自己編的歌兒》四〇—一頁

由這首詩，我們可以知道：四處都有詩歌題材，只要保持高度靈敏，與發揮豐富想像，就可以寫成詩篇。

四、熟悉詩歌作法與活用寫作技巧

熟悉詩歌作法，目的是爲了完成詩篇；活用寫作技巧，目的是爲了使自己的童詩作品多采多姿。

蔣風先生在《兒童文學概論》中說：「兒童文學作家應該努力提高自己的藝術技巧。技巧之所以極爲重要，就在於它確乎像魔術師的魔棒，以其各種高妙的藝術手段，把讀者帶進迷人的藝術世界，接受感染和教育。準確優美的語言和精巧新穎的藝術構思，對於少年兒童讀者是能夠發生强烈而深刻的作用的。當然，技巧是表現生活眞實的藝術，是爲內容服務的。但是，要表現生活、描寫人物、抒發感情，而沒有藝術技巧，這是完全不可設想的。」[59]

正如蔣風先生說的，寫作文學作品是需要技巧的。古今中外最優秀的文學家，沒有一個不是重視寫作技巧的。寫作技巧不是研究文學的理論家設訂的，而是文學理論家歸納已有的文學作品，找出它的寫作脈落來的。文學作品講求寫作技巧，兒童詩是文學作品之一，當然也要講求寫作技巧。詩歌的作法跟一般散文或小說的文體並不完全一樣。例如在語言應用上，詩歌的語言就比散文、小說、童話來得精鍊、富有意象美和音樂美；在結構方面，也比較講求精鍊美、外形美。寫詩的人，在瞭解一般寫詩的技巧後，才能快速地、有效地組合意象，完成詩篇。

不過，理論家們歸納出來的詩論，不見得都已完備；何況藝術是無止境的，詩人可以不停地創造新的技巧。因此有志寫詩的人，在熟悉一般詩歌作法以後，就得活用寫作技巧，而且創新技巧。

活用和創新技巧對詩人是很重要的素養。尤其有些詩人，在習慣應用某種技巧寫作後，更需要活用和創新技巧。鹿國治先生在《詩歌藝術教程》中說：「克服習慣性的思維方式，也是觸發靈感、啓迪想像的一個重要方面。一個詩人常常有一種習慣性的感受生活、展開想像、構成形象的特有方式。長此以往，也容易使自己趨向於某種感受遲鈍、靈感枯竭、詩路定局的凝固狀態。這時候，如果能改換習慣性思維爲『逆向式思維』或『擴散式思維』，就很可能激發靈感，新的詩情、新的構思、新的意象、新的語言就會紛至沓來，就會突破別人，也突破自己，永保其詩歌創作的火熱青春。」[60]鹿先生要詩人改變方式去思考，也就是活用技巧。詩歌的理論中，有一則爲「反常合道」的技巧。黃永武教授在《中國詩學、設計篇》的〈反常合道與詩趣〉一章中說：「詩既有創新語言創新想像的任務，所以從形式上說，詩句是可以不用日常語言習慣的聯接法，也可以改變字的詞性作用；就內容上說，它可以跳出習慣的聯想，它可以賦予常用字一種新鮮的用法，它可以超出常理的過份誇張，它也可以改變日常的景物，使任何無情的變爲有情，它可以自定一套主觀的推理方式，看似無理，卻生妙意。凡此種種創作的技巧，前人或稱之爲『無理而妙』或稱之爲『反常合道』，蘇東坡說：『詩以奇趣爲宗，反常合道爲趣』（詩人玉屑卷十引），指出奇趣往往可以從『反常合道』的技巧中產生。」[61]黃教授所提的「反常合道」，也就是活用技巧。

寫作兒童詩可以多用「反常合道」的技巧。例如一般人會指自己住的房子說：「這是我的家。」但是大陸一位女詩人鄭春華卻改變它而說：「房子不是家」，然後舉出理由而寫成一首〈家〉的詩：

家　鄭春華

一、

路邊有一座房子
那不是家
那只是房子
房子裡有人進出
那也不是家
那還是房子
只有一座房子到了晚上
會從窗帘裡透出燈光
會從門縫裡滲出笑話

那座房子
才是一個家
二、
家是一盆溫暖的水
讓你泡進去洗澡
家是一張柔軟的床
讓你躺下來睡覺
家是一個熱水袋
會焐熱你冰涼的手腳
家是一片薄薄的口香糖
讓你總是不停地嚼

——《一片紅樹葉》一一九—一二〇頁

這首詩的構思，屬於「反常合道」的應用，也就是活用技巧的好詩。

以上列舉了兒童詩作者應具備的素養，目的就是要增進兒童詩作者的創作能力。兒童詩作者具備了這四大項素養，在專業知識、思想情操、藝術層面、語文能力上，必定有了基本，再配合創作的熱誠，就可以成爲一位優秀的兒童詩作家了。

回附註回

1 林良：〈詩、童詩、兒歌〉載於《慈恩兒童文學論叢(一)》九三頁（高雄：慈恩出版社，民國七四年）

2 詹冰：《太陽、蝴蝶、花》書前作者的話（臺北：成文出版社，民國七〇年）

3 蕭蕭：《現代詩入門》一六二頁（臺北：故鄉出版社，民國七一年）

4 梅沙等：《兒童文學概論》四四頁（四川：四川少年兒童出版社，一九八二年）

5 傅林統：〈從兒童詩的發展歷程談起〉載於《國語日報》民國七二年六月十二日

6 劉崇善：《兒童詩初步》三頁（臺北：千華出版公司，民國七八年）

7 徐守濤：〈兒童詩〉載於林文寶等著的《兒童文學》一〇〇頁（臺北：國立空中大學，民國八二年）

8 冉紅：《兒童文學寫作概說》四三頁（福建：福建少年兒童出版社，一九八九年）

9 林飛：〈兒童詩〉載於陳子典等編的《兒童文學大全》二一六—七頁（廣西：廣西人民出版社，一九八八年）

10 林武憲：《兒童文學詩歌選集》前言二四頁（臺北：幼獅文化事業公司，民國七八年）

11 洪中周：《兒童詩欣賞與創作》十八頁（臺北：益智書局，民國七六年）

12 吳鼎：《兒童文學研究》三三七頁（臺北：遠流出版社，民國六九年）
13 許義宗：《兒童文學論》九八頁（臺北：作者切行，民國六六年）
14 蔡尚志：〈兒童歌謠與兒童詩研究〉載於《嘉義師專學報》第十二期六二頁（嘉義：嘉義師專，民國七一年）
15 張清榮：《兒童文學理論與實務》二五頁（臺南：供學出版社，民國七七年）
16 樊發稼：〈進一步提高兒童詩創作的質量〉載於《論兒童詩》一五五—六頁（廣西：廣西人民出社，一九八八年）
17 雁翼：〈兒童詩美的基礎〉載於《論兒童詩》九一頁（廣西：廣西人民出版社，一九八八年）
18 杜松柏：《詩與詩學》八五—六頁（臺北：洙泗出版社，民國七九年）
19 陸機：〈文賦〉載於《評注昭明文選》三二八—三四頁（臺北：學海出版社，民國七〇年）
20 嚴羽：〈滄浪詩話〉蒐錄於《歷代詩話》六八八頁（臺北：漢京文化事業公司，民國七二年）
21 楊昌年：《新詩品賞》四—十頁（臺北：牧童出版社，民國六八年）
22 李聯明：《文學概論》二七一頁（福建：福建人民出版社，一九八四年）
23 林良：〈談兒童詩裡的語言〉載於《布穀鳥》第二期四〇—三頁（臺北：布穀出版社，民國六九年）
24 傅林統：〈從兒童詩的發展歷程談起〉載於《國語日報》民國七二年六月十二日（臺北：國語日報社）
25 葉詠琍：《西洋兒童文學史》七七—九頁（臺北：東大圖書公司，民國七一年）

26 見許義宗《兒童詩的理論與發展》五五—九九頁（臺北：作者印行，民國六八年）、林文寶：《兒童詩歌研究》一四九—六〇頁（臺東：作者印行，民國八四年）、趙天儀：《兒童詩初探》十九—三八頁（臺北：富春文化事業公司，民國八一年）

27 許義宗：《兒童詩的理論與發展》七七頁（臺北：作者印行，民國六八年）

28 金波：〈海峽兩岸童詩藝術風格的比較〉載於《童詩童話比較研究論文》六八—七〇頁（臺北：中國海峽兩岸兒童文學研究會，民國八三年）

29 祝士媛：《兒童文學》八一—二頁（臺北：新學識文教出版中心，民國七八年）

30 林文寶等：《兒童文學》一〇一—一六頁（臺北：國立空中大學出版部，民國八二年）

31 宋筱蕙：《兒童詩歌的原理與教學》一五九—八七頁（臺北：五南圖書出版公司，民國七八年）

32 張清榮：《兒童文學理論與實務》三一頁（臺南：供學出版社，民國七七年）

33 陳子典等：《兒童文學大全》二一九頁（廣西：廣西人民出版社，一九八八年）

34 蔣風：《兒童文學概論》一一〇—一頁（湖南：湖南少年兒童出版社，一九八二年）

35 蔣風主編：《兒童文學教程》三三五—六頁（山西：希望出版社，一九九三年）

36 李聯明：《文學概論》二七七頁（福建：福建人民出版社，一九八四年）

37 古遠清：《詩歌分類學》五—七頁（高雄：復文圖書出版社，民國八〇年）

38 同37六—七頁。

39 王國維：《人間詞話》四二頁（臺北：宏業書局，民國六四年）

40 呂進：《新詩的創作與鑒賞》二四頁（重慶：重慶出版社，一九九一年）

41 見蔣風主編：《中國兒童文學大系》詩歌(一)五五三—八三頁；六〇八—三〇頁（山西：希望出版社，一九九〇年）

42 錢光培：〈論金波兒童詩的美〉載於《論兒童詩》三四七頁（廣西：廣西人民出版社，一九八八年）

43 樊發稼：〈進一步提高兒童詩創作的質量〉載於《論兒童詩》一五〇頁（廣西：廣西人民出版社，一九八八年）

44 覃子豪：〈詩向何處去〉載於《現代詩導讀——理論——史料篇》一頁（臺北：故鄉出版社，民國六八年）

45 覃子豪：《論現代詩》十六頁（臺中：曾文出版社，民國七一年）

46 （梁）劉勰著，王更生注譯：《文心雕龍讀本》下篇，三頁（臺北：文史哲出版社，民國七二年）

47 覃子豪：《論現代詩》二三三頁（臺中：曾文出版社，民國七一年）

48 蔣風：《兒童文學概論》二九五—九九頁，（湖南，湖南少年兒童出版社，一九八二年）

49 洪中周：《兒童詩欣賞與創作》五六頁（臺北：益智書局，民國七六年）

50 （梁）劉勰著，王更生注譯，《文心雕龍讀本》下篇三五二頁（臺北：文史哲出版社，民國七二年）

51 林良：〈兒童詩的語言〉載於《認識兒童詩》三四頁（臺北：中華民國兒童文學學會，民國七九年）

52 柯岩：〈金波的世界〉載於《論兒童詩》三三二頁（廣西：廣西人民出版社，一九八八年）

53 呂進：《中國現代詩學》二六一頁（四川：重慶出版社，一九九一年）

54 李元洛：《詩美學》二頁（臺北：東大圖書公司，民國七九年）

55 覃子豪：《詩的表現方法》二三—四頁（臺中：曾文出版社，民國六六年）

56 梅沙等：《兒童文學概論》五四頁（四川：四川少年兒童出版社，一九八二年）

57 彭斯遠：〈兒童的情趣、傳統的形式〉載於《論兒童詩》三七六頁（廣西：廣西人民出版社，一九八八年）

58 蕭蕭：《靑少年詩話》四三頁（臺北：爾雅出版社，民國七八年）

59 蔣風：《兒童文學概論》二九九頁（湖南：湖南少年兒童出版社，一九八二年）

60 馮中一等：《詩歌藝術教程》一三一—二頁（山東：山東教育出版社，一九九〇年）

61 黃永武：《中國詩學・設計篇》二五〇頁（臺北：巨流圖書公司，民國七八年）

第二章

兒童詩的主題

「主題」的詞彙是二十世紀才引入中國的。文學理論家劉孟宇先生說：「主題一詞源於德語詞（thema），原指樂曲中的主旋律，即樂曲的核心，後借用到文學創作中，指作品的中心思想……我國古代沒有『主題』這個詞，它是在本世紀二十年代翻譯外國文學理論時引進的。……我國古代雖沒有『主題』這個詞，但在古代文論中，涉及作品思想意義和作者創作意圖的論述還是不少。古文論中的志、道、意、主意、旨、主旨等概念，指的正是文章的思想意義和作者的寫作意圖。……這裡所說的意……其含義和今天所說的『主題』，顯然是一致的。」①由劉先生的這段話可以知道，兒童詩的主題，也就是兒童詩作品的中心思想。

主題是文學作品的靈魂，許多的詩論家，都非常重視詩歌中的主題。杜松柏教授說：「主題乃一詩之範圍，如畫地為牢，不可逾越。王夫之云：『意猶帥也，無帥之兵，謂之烏合，李、杜之所以稱大家者，無意之詩，十不得一二也。煙雲泉石，花鳥苔林，金鋪錦張，寓意則靈（薑齋詩話卷二）。』所謂意，實即一詩所欲表達之主題，無主題則材料、辭句均漫無統率，如烏合之衆。有主題則無論材料之選取，辭句之表達，均受統制而臻於靈活。」②牟世金先生說：「所謂『詩以言志』，詩歌必然是為了表達詩人的某種思想感情而寫，沒有任何思想感情的詩是不存在的。」③陳伯吹先生說：「衡量一首詩的質量，該把思想性放在第一位的尺度，兒童的詩和成人的詩完全一致，絕不稍稍減輕其比重。……各種、各方面的藝術手法，都是為了唯一的共同的目的，體現詩的『靈魂』——思想性。」④覃子豪先生說：「什麼是目前新詩方向的正確原則？第

一、詩的再認識。自十九世紀末法國高蹈派的先驅詩人戈底埃提出『爲藝術而藝術』的口號以後，影響所及，以後的詩人們很少在詩中去要求人生的意義。……我的論點，並非在强調爲人生而藝術的主張，是强調一種新的哲學思想。凡屬具有永恆性的藝術，必蘊蓄著人生的意義。」⑤前面幾個人所强調的「意、思想情感、思想性、人生的意義」等，都指的是主題。由此也可以知道主題在詩中的重要。

兒童詩需要主題，兒童詩的主題特色和表達方式如何？現在針對這兩個範圍申論於下：

第一節　兒童詩主題的特色

兒童詩的主題有自我的特色。兒童文學作家張劍鳴（安珂）先生說：「兒童文學雖然就是文學，但是它跟大人常說的『文學』究竟還是有些不同。……這兩者之間的眞正差別是存在於兒童文學的作者在思想上、觀念上和語文運用上所受的限制。兒童文學爲什麼要求作者在思想上、觀念上和語文運用上受限制呢？這跟兒童文學是以『兒童』爲讀者有關。因爲兒童是在一個人的成長階段，知識、經驗、和閱讀能力有限……所以爲兒童寫作的時候，就不能像給大人寫作那麼自由。必須考慮到主題意識是否正確，有沒有違反教育，或社會道德要求的地方？會不會產生副作用

——誤導的地方？」⑥張先生的這段話，也說明兒童詩的主題跟一般文學不同。現在針對兒童詩主題的特色論述於下：

一、正確的主題

正確的主題不但可以使兒童認識社會、瞭解人情，而且可以發揮倫理、啓迪人生、美化人生、指導人生，因此對兒童有非常大的益處。寫作兒童詩應該把握這個原則，否則寫出的作品就會傷害到兒童。著名兒童文學作家潘人木先生曾說，她小時候學的第一首詩：「昨日入城市，歸來淚滿襟，遍身羅綺者，不是養蠶人。」有很長的一段時間，她的小心靈裡認爲世事太不公平了！怎麼養蠶的人反倒沒有綢緞穿呢？她甚至反對家人穿綢緞，穿了就想哭。潘先生說這個幼稚的想法影響她很深。後來幸虧她慢慢長大，而且受到父親的開導，事理明白了很多，不然思想會走入歧途。⑦由潘先生的話可以知道，正確的主題對孩子的重要。

兒童詩的正確主題是什麼？那就是：「存眞去僞、揚善抑惡、褒美貶醜」的主題，也就是「眞、善、美」的主題。

「存眞去僞」的主題，就是「眞善美」特性中「眞」的主題。兒童詩作者在擬訂主題的時候，要先想想自己所訂的主題是否出於自己體驗過、激動過的眞感情？是不是符合客觀事物的眞實以及客觀事物的規律性？如果是，所訂出的主題才有價值，才能感人；如果不是，則所訂出的主題，必是搔首弄姿、矯揉造作、「為文造情」的虛偽思想。李元洛先生說：「蘇東坡的〈讀孟郊詩〉『詩從肺腑出，出則愁肺腑。有如黃河魚，出膏以自煮。』雖說評價的是孟郊詩的風格，但也揭示了詩歌創作的一個不可違背的法則：『詩從肺腑出』。」[8]這兒提到的法則——詩從肺腑出，也就是告訴我們，擬訂主題，要考慮外界現象和內心世界的合一，然後出於眞摯感情，噴薄而出。例如寫母雞愛小雞的詩，黃基博先生這樣寫：

自立　　**黃基博**

小雞漸漸長大了。
小雞偎到老母雞的身旁，
老母雞就啄痛小雞的身子。
小雞心裡不明白，
啾啾哭了幾聲，走開了。
過了不多久，
小雞忘了剛才的事，
又回到老母雞的身邊，

老母雞再一次啄痛小雞的身子。
小雞好像明白了，
再也不回到老母雞的身旁了。
——《看不見的樹》十二頁

趙天儀先生評論說：「這首詩，可以看出作者觀察事物的仔細與用心。詩中母雞對待小雞，猶如母親要給孩子斷奶一樣，母雞以啄痛小雞的身子，要小雞離開老母雞而自立，自然表現了一種寓意，一種象徵的意味。」⑨黃先生這首詩正如趙先生說的，要小雞離開老母雞而自立；也就是母愛不是溺愛，母愛的大目標是訓練孩子，讓孩子自立起來。我們看到大自然界裡的小雞長得可以自己覓食了，母雞都是這樣啄開小雞。黃先生看了這種客觀事物的眞實現象及規律後，觸動眞情而擬出這個主題，因此這個主題屬於「眞」的主題。如果黃先生改以母雞愛孩子，爲孩子找食物，一直到孩子長成大雞。這樣的「母愛」主題，跟客觀事物的眞實性不合，不是眞實的情感，就是「僞」的主題，就不是正確的主題。

「揚善抑惡」的主題，也就是「眞善美」特性中的「善」的主題。善，就是合乎倫理道德的規範，也就是能使兒童分辨是非、肯定人生、樂觀進取、走向光明大道。例如：

一行有一行的氣味

〔意大利〕姜尼・羅大里作　任溶溶譯

不管哪一行，
氣味不一樣。
跑麵包店，
麵粉噴噴香。

走過木匠店，
你試聞一下，
不聞到木板，
就聞到刨花。

油漆的工人，
一股油漆味；
鑲玻璃窗的，
聞到油石灰。

褲子有汽油味，
那是位司機；
外衣有機油味，
那是廠裡做工的。

有肉荳蔻味——
那是做餅的師傅；
有好聞的藥氣味——
那是看病的大夫。

犁地的農民，
有泥土氣息，
打他身上聞到，
草原和田地。

漁人的氣味，

叫人想到魚和大海。
只有不幹活的人，
聞不出什麼氣味來。

懶惰的闊佬，
任他香水灑多少——
孩子們，他那身氣味，
實在不大好！

——《世界兒童詩名篇精選》二九—三〇頁

這首詩的作者，就是一九七〇年國際安徒生兒童文學獎的得獎人。他通過嗅覺寫出各行業的氣味，表現「工作神聖」的正確主題，也指責不工作者的不當。這是屬於「揚善抑惡」的主題。「褒美貶醜」的主題，也就是「眞善美」特性中的「美」的主題。美，可以激動兒童的情感，愉悅兒童的精神，陶冶兒童的心靈，美化兒童的人生。例如：

白鷺鷥　　李伊莉

飛飛飛
飛到牛背上
歇歇腳

飛飛飛
飛到田野上
泡泡水

飛飛飛
飛到稻草邊
捉迷藏

——《大雨童詩刊》創刊號

這首詩寫出了三幅白鷺鷥悠遊於大自然的美景。由這三幅美景中，除了可以使我們領會到大自然美的主題外，也可以使我們體會到隱士生活悠閒、快樂的生活。因此，這種詩可以激動兒童的感情、陶冶兒童的心靈、美化兒童的人生。兒童詩中，屬於美的主題作品很多，例如楊喚〈夏夜〉那首詩，把夏夜的美景和溫馨，寫得相當動人；〈童話裡的王國〉一詩，把老鼠公主要出嫁，小弟弟去參加牠的婚禮的經過，寫得很美。這都是美的主題。至於醜態的詩，由於不適合兒童欣賞，因此一般作者都加以排斥而不屑於寫作，我們這兒就省略不提了。

二、趣味的主題

趣味的主題就是不強調詩中的什麼微言大義，只依據兒童愛遊戲的天性，提供趣味性的內容，以陶冶兒童性情、滿足兒童娛樂的需求。例如：

我是乖寶寶　　李玉清

醫生說要多喝水
燒才容易退
媽媽說寶寶最乖
要聽醫生的話
才對

昨天睡前
我喝了好多水
媽媽教我
要聽醫生的話
才對

（可惡的水
卻不聽我的話
它半夜偷跑出來
在棉被裡頭
撒野）

以後
要早一點
聽醫生的話
才對

——《民生報》民國82年11月21日

李玉清是第一屆陳國政兒童文學新人獎童詩作品第一名的得獎人，這首詩就是得獎的作品之一。這首詩寫的是一個兒童生病尿牀的事。尿牀的原因是自己聽醫生的話喝水，可是「水」不聽話，卻在半夜跑出來撒野。全詩充滿兒童天眞、幽默的趣味。這種詩的主題，就是趣味的主題。

再如：

著急的鍋子　謝武彰

吃午飯的時候到了
菜卻還沒煮好
弟弟等得好急了
妹妹等得好急了
小貓等得好急了

只有媽媽最辛苦了
還不停的忙著

急得臉上都是汗
我趕快來幫忙
打開鍋子一看
呀！鍋子也急壞了
他也滿頭大汗呢！

——《童詩五家》一四二頁

這首詩的主題，雖然表面上是「大家爲了準備午飯而忙」，但是從題目和詩中强調鍋子滿頭大汗來看，卻是屬於富有情趣的主題。鍋子不是人，現在應用移情手法把它擬人，這是第一層趣味；把鍋子上的水珠當做汗珠，這是第二層趣味；把擬人的鍋子，寫成也爲大家的午餐急得流汗，寫出了鍋子有人情味，這是第三層趣味。因此，這首詩的主題，主要是告訴我們萬物都有它的物趣，只要我們懂得欣賞物趣，便可以得到快樂。這首詩，也是屬於趣味的主題。再如：

太陽公公要照相　　**邱雲忠**

太陽公公要替樹葉兒照相
樹葉兒們就擠來擠去

大家都想站在最前面

太陽公公要替小草兒照相
小草兒們都脖子伸得長長的
連躲在石頭縫裡的小草兒
也爭先恐後的把頭鑽了出來

太陽公公要替房屋照相
房屋們就趕緊踮起了腳跟
一個個把光禿禿的腦袋瓜舉高再舉高

——《秋天的信》九頁

這首詩，作者把具有「向陽性」的樹葉和小草，以及矗立在地面上希望得到陽光照耀的房屋擬人，使它們具有跟人類相同的追求光明的特性。詩的內容非常豐富。除了萬物都有追求光明的主題外，這首詩還表現了童趣的主題。一般兒童遇到照相，就會擠來擠去的搶鏡頭，這首詩就是借樹葉、小草、房屋，把兒童搶鏡頭的趣味表達出來。因此兒童看到這首詩，一定會發出會心的微笑。這首詩的主題，也是趣味的主題。

三、新穎的主題

新穎的主題就是有創意、有時代性的主題。兒童詩的主題應該是以上的主題，不應該是炒陳飯、人云亦云、腐朽落伍的主題。

宋筱蕙女士曾指責有兒童抄襲他人主題內容的事。她指出民國七十三年二月二十五日某報刊登的一首〈電視機〉的詩：電視機最矛盾了。／前天說大同冰箱最棒，／昨天說三洋冰箱最好，／今天又說東元冰箱最涼，／到底叫我買哪一種好呢？／／跟刊登在民國七十年一月一日出版的〈布穀鳥〉詩刊中的〈電視廣告〉詩太相似了。〈電視廣告〉的詩是臺中國小六年級兒童賴俐文的作品，內容是：電視廣告最矛盾，／前天說：噴效蚊香最有效。／昨天說：象王蚊香最棒！／今天卻說：拜貢蚊香效果好。／／[10]宋女士的指責是有道理的。這兩首詩主題完全一樣，都是「電視廣告最矛盾」；而作法和取材都相似。賴俐文小朋友先寫出詩來，屬於有創意，至於另一個小朋友，則是抄襲；即使不說他是抄襲，也是炒陳飯、人云亦云的作品。寫作兒童詩絕對不要這樣的主題和相同的題材。

有的兒童詩的主題，雖然不是抄襲，但卻是衆人皆知的，這也是沒有創意的主題。例如林鍾隆（林外）先生曾對一首〈影子〉的詩批評。那首詩是這樣的：是我的好朋友／我走到哪裡／他就跟到哪裡／影子是我最好的朋友／／林鍾隆先生說：「這詩，好嗎？不好。爲什麼？因爲這種感覺，太平凡了，人家寫得太多了。『影子，影子！／眞糊塗。／只會跟著我走，／總是不知道走自己的路。／／』這詩，比前一首好多了。因爲『糊塗』的感覺，『不知道走自己的路』的感覺，是沒人寫過的。」⑪林先生說後一首比前一首好，因爲後一首有獨創見解，是新穎的主題。

兒童詩的主題貴有創意和時代性。臺灣多山，因此很多人寫山的詩。我看過寫「山」的詩，有以下不同的主題：山很可愛、山是崇高偉大的、山是天然冷氣的綠色大廈、山是男的、山有可愛的一面也有冷峻的一面、山是沈默的哲人、山的景色變化萬千、山是個畫家、山的脾氣很好、山很慈祥、山是個木頭人、山是鳥的樂園……。如果我們也來寫「山」，就不要寫跟上面主題相似的詩。林鍾隆先生寫了這樣的一首詩：

山的思想　　**林鍾隆**

有一天
山：突然　思考起來
我最喜歡什麼？

是鳥嗎？
歌聲很悅耳
但是
愛來就來
愛走就走
心裡　並沒有山的存在

是獸嗎？
奔過來　竄過去
活潑　敏捷
但是
牠們　對山並沒有感激

是花嗎？
容貌很美
但是

很快就謝
不是長久的伴侶

是水嗎?
輕吟　優雅
高唱　雄壯
但是
會傷害　掠走山的財物

是人嗎?
會來山中尋樂
也會來山中破壞
所以最喜歡他們來
也最害怕他們來

山　思考之後

徬徨起來
再也尋不回
往昔的平靜

——《臺灣兒童文學》十五號六二——三頁

這首詩的主題，富有創意，也有時代性。一般詩人從「人」的立場去寫山，這首詩從「山」的立場來寫山；一般詩人寫山的「外表」，這首詩寫山的「內心」，因此有獨創性。另外，這首詩藉山的苦惱，寫出人不懂得愛山，這就反應了現代人時興登山，卻又破壞山的不良行為。因此這首詩是新穎的主題的。我們寫兒童詩，就應寫這類有新意、有時代性的詩。

第二節　兒童詩主題的表現方式

大部分的詩人或詩論家都認為詩的主題，應靠「流」出，不應靠「說」出，也就是詩應重含蓄，應婉曲的表達詩意，不要直揭主題。這些主張大部分是對的，例如宋代嚴羽的《滄浪詩話》，就說過這樣的話：「語忌直，意忌淺，脈忌露，味忌短，音韻忌散緩，亦忌迫促。」[12]語忌直，指的就是詩句的表達忌諱直說；意忌淺，指的就是主題忌諱訂得太低；脈忌露，指的就是主題表達忌諱直露。但是寫詩有時候主題也不一定全靠婉曲表達。例如杜甫的〈聞官軍收河南河北〉詩：「劍外忽傳收薊北，初聞涕淚滿衣裳。卻看妻子愁何在？漫卷詩書喜欲狂。白日放歌須縱酒，青春作伴好還鄉。即從巴峽穿巫峽，便下襄陽向洛陽。」[13]主題中的悲、喜都是直露的。杜松柏教授說：「詩家忌直露，可是卻有極多極好的「直露」佳詩，因爲人在痛極、恨極、憤極，甚至愛極之時，發而爲詩，自必求一瀉爲快，那種激動跳躍而又抑壓不住的情志，會如天河倒掛，瀑布懸流，求痛快淋漓地表露出來，那裡還顧慮到含蓄與否呢？」[14]杜教授說的也非常有道理。由此可知，主題表現，採用直露或含蓄，都有它的理由。兒童詩的主題可以採用直露，也就是直接表現，也可以採用含蓄，也就是間接表現。現在針對這兩種表現法，說明於下：

一、直接表現

直接表現，指的就是作者在詩中直接把主題揭示出來。揭示的方法常見的有下列四種。

(一)主題在詩前：

這種表現方式，就是直接在詩的前面揭示主題。例如：

蟬　蔡季男

夏天是蟬兒吹牛的季節。
他不知道榕樹公公為什麼要
　撐起大綠傘，
他不知道石榴姊姊為什麼要
　穿上小紅衫，
卻站在高高的樹梢大叫：
知了！
知了！

——《蝴蝶飛舞》三五頁

這首詩的第一行「夏天是蟬兒吹牛的季節」，是全詩的總提部分，也是全詩的主題；二、三行以後是全詩的分寫部分，解釋蟬兒吹牛的原因：蟬兒不知道榕樹為什麼一到夏天就長得那麼茂盛；不知道石榴為什麼會變紅；卻自以為什麼都知道而大叫：「知道了！知道了！」這首詠物詩說蟬兒愛吹牛，其實也在諷刺有些人不懂得「知之為知之，不知為不知，是知也」的道理，而強不知為知。

㈡主題在詩中：

這種表現方式，就是直接在詩的中間揭示主題。例如：

乖樓梯　　謝武彰

我牽著弟弟
到百貨公司買東西
弟弟第一次上電扶梯
他悄悄的跟我說：
這裡的樓梯好乖喔！
肯自己走路
不像我們家裡的
動都不動，太懶了

——《童詩五家》一四七頁

這首詩的第五行「這裡的樓梯好乖喔！」便是全詩的主題。這個主題屬於趣味的主題。詩前是交代弟弟說出這個詩句的背景；詩後是解釋爲什麼說這裡的樓梯乖的道理。全詩充滿幽默以及兒童的天眞趣味。

㈢主題在詩後：

這種表現方式，就是直接在詩的後面揭示主題。例如：

故鄉　　傅林統

小時候住過的地方
樹葉會細聲說話
青草會輕輕搖手
花兒會紅著臉微笑

小時候住過的地方
鳥兒會歡樂的歌唱
溪水會暢快的流盪
天空會飄出一片芳香

小時候住過的地方
會彈出一條細細的線
悄悄飛進我心坎
讓我覺得無限溫暖

——《童詩百首》一三六—七頁

這首詩末一行的「溫暖」二字，是全詩的「詩眼」，也就是全詩的主題——故鄉使我覺得無限溫暖。作者在前二小節中極力分寫故鄉如何使我感到溫暖的事項，最後一節的末行再總說故鄉使我感到溫暖，主題擺在詩後。

㈣主題在詩的前後：

這種表現就是詩前、詩後都揭示主題。例如：

給蒼蠅的忠告　　蔡季男

記住！
不能有壞的紀錄。

雖然，
一停下來，
就忙著洗手，
忙著洗腳，
但是誰會贊同：
你是一隻乾淨的蒼蠅？
記住！
不能有壞的紀錄！

——《國語日報》民國74年3月23日

這首詩的前兩行以及末兩行，直接揭示「記住！不能有壞的紀錄」的主題。中間是說明爲什麼不能有壞紀錄的理由。

二、間接表現

間接表現，指的就是作者在詩中，不直接把主題表現出來，也就是把主題隱藏在詩句中，讓讀者自己發覺。如果以熊熊的火焰來比喻直接表現的主題，那麼間接表現的主題，就是灰燼蓋著的熱爐炭，需要撥開覆著的灰，才能觸到爐炭的熱。

兒童詩裡間接表現主題的也有多種方式，例如：寓情於景、藏意於事、從他顯己等手法。現在說明於下：

(一)寓情於景：

寓情於景，就是把主題隱藏在景物的詩句中。例如：

曇花　　鄧均生

前天，
我走過這裡，
沒有花。
昨天，
我走過這裡，
花未開。
今天，

我走過這裡，
花謝了。

——《兒童詩集錦》八七頁

這首曇花詩，只寫沒有花、花未開、花謝了的三種現象，卻不寫花開的情形，以暗示曇花開放得快、謝得快的特性。由這個特性，讓讀者頓悟到：「美好的事物常常很短暫」的主題，或者是「機運是沒有尾巴的，機運一來，如果我們沒有好好的抓住它，便得不到它」的主題。再如：

根　**黃基博**

是什麼使葉子翠綠？
是什麼使花兒嬌美？
人人只見茁長的枝葉，
人人只見鮮豔的花朵，
不見辛勤而默默的
根

《看不見的樹》二二一頁

多讀幾次這首詩，就會令我們發覺這首詩的主題是：大家應該尋源探本、飲水思源，感謝父母或國家的辛勤栽培。詩裡的葉子、花兒、根，都是象徵的事物，可以象徵兒子、女兒、父母；也可以象徵各行各業的傑出人物以及國家。黃先生這首詩，就是採用寓情於景的手法來呈現主題。如果這首詩改用直接表現手法來寫，可能寫成：「是誰使兄弟英俊瀟灑，／是誰使姊妹嬌美如花？／人人只看到有才氣的男兒，／人人只看到貌美的女郎，／卻沒看到默默奉獻心血栽培兒女的父母／／」這樣一寫，詩味就淡，甚至消失了。

㈡藏意於事：

藏意於事的手法，就是把要表達的主題，藏在詩中相關的事件中。例如：

慢了的時鐘　　**〔日本〕西條八十作　任溶溶譯**

城堡塔上那個古老的時鐘，
每天要慢兩分鐘時間。
可是村裡的人全然不知道，
依然望著塔上這一個時鐘，
每天早晚，跟它對鐘點。

後來，月亮竟在大白天上升，
　太陽卻在朝露乾的時候下山。
可是村裡的人全然不知道，
　依舊看這時鐘對鐘點。
知道這件事的只有些岩燕，
牠們即使知道，也不過是鳥，
　只能在空中默默盤旋。

——《世界兒童詩名篇精選》八—九頁

　這首詩敍述一個古老的時鐘，每天慢兩分鐘，結果人們沒發覺，仍舊按時鐘指示的時間起居工作，最後出現怪現象的事。詩中隱藏了這樣的主題：頭腦僵化，不根據實際情況辦事的人，是荒謬的。

㈢從他顯己：

　從他顯己的手法，就是不明說主題，卻一再的强調相關的事件，以顯現自己想跟從的心意。例如：

換新裳　　黃基博

媽！
花園更換了
彩色鮮美的春裝；
樹木也換了
淡綠色的新衣裳；
遠山脫去灰色的外套，
穿上淺綠色的襯衫；
小草也穿著新的綠裙子，
在春風裡擺動著呢！

媽！您看看，
都換了新裝啦！
媽！人家都換了新裝啦！

——《借一百隻綿羊》四八——九頁

這首詩的主題，就是要表現一個小孩希望母親為他買新裝，可是卻又不直接說出來，只在相關的換新裝上一再反覆述說，而把自己心意吞進肚裡。這種表現法，也是間接的表現手法。

總之，兒童詩的主題表現手法，從藝術方面來說，間接比直接更富含蓄美。但是寫作的時候，卻要根據詩的內容來選擇表現手法。詩作應該含蓄的，就要採用間接表現法；應該噴薄的，就要應用直接表現法。

回附　註回

1 劉孟宇：《寫作大要》十一―二頁（臺北：新學識文教出版中心，民國七八年）

2 杜松柏：《詩與詩學》二一六頁（臺北：珠泗出版社，民國七九年）

3 牟世金：〈什麼是古詩中的『興寄』〉載於《詩文鑑賞方法二十講》四三頁（臺北：國文天地雜誌社，民國七八年）

4 陳伯吹：〈談兒童詩〉載於《論兒童詩》二十頁（廣西：廣西人民出版社，一九八八年）

5 覃子豪：《論現代詩》一三〇―一頁（臺中：曾文出版社，民國七九年）

6 安珂：〈兒童文學是什麼〉，民國七五年四月六日國語日報。

7 潘人木：〈幼稚園兒童讀物精選序〉，載於《幼稚園兒童讀物精選》序五頁（臺北：國語日報社出版，民國

七四年）

8 李元洛：《詩美學》九七頁（臺北：東大圖書公司，民國七九年）

9 趙天儀：《兒童詩初探》二四四頁（臺北：富春文化事業公司，民國八一年）

10 宋筱蕙：《兒童詩歌的原理與教學》二一七—九頁（臺北：五南圖書出版公司，民國七八年）

11 林外：〈兒童詩的創作方向〉載於《月光光》十六期一頁

12 嚴羽：《滄浪詩話》，載於《歷代詩話》六九四頁（臺北：漢京文化事業公司，民國七二年）

13 邱爕友註譯：《新譯唐詩三百首》二七六頁（臺北：三民書局，民國六二年）

14 杜松柏：《詩與詩學》二五五頁（臺北：洙泗出版社，民國七九年）

第三章

兒童詩的題材

如果說主題是文學作品的靈魂，那麼題材便是文學作品的血肉。沒有血肉，靈魂無法寄托，沒有題材，主題也就呈現不出來。因此，詩人要表達某一思想和情感，便得尋找適當的寫作題材。

題材有廣義和狹義的說法。文學理論家劉孟宇綜合一般對題材的看法說：「廣義的是指作品反映的社會領域，如農村題材、戰爭題材等等；狹義的是指經過作者選擇、剪裁而寫進作品的材料。」[1]對詩歌創作的人來說，這兩種定義是相輔相依、並行不悖的。當詩人找到表現主題的題材，也就是狹義的題材後，經過選擇、剪裁而寫成的作品，自然也具備了廣義中的所謂自然景物題材、或兒童生活題材等等性質。現在針對兒童詩的題材範圍以及如何獲得兒童詩題材等方面分述於下：

第一節　兒童詩的題材範圍

什麼樣的題材可以寫成兒童詩呢？許多兒童詩人和詩論家都提出了寶貴的看法：

趙天儀先生說：「兒童詩的素材很多，一般認為有家庭生活、趣味的人們、日常事件、季節、自然景物、動植物、幻想與假想、幽默、冒險、美與智慧等十大類。但是我們目前可以看到的兒童詩。大部分都是描寫自然景物、季節、天氣，這些外在的事物跟現象，很少有人能眞正去描繪出兒童內心世界的感受。」[2]

林鍾隆先生提出三種兒童詩的題材：依生活「空間」分，有家庭生活題材、學校生活題材、社會生活題材；依「時間」分，有以年爲單位的四季特性詩，也有以性質區分，以過去、現在、未來的題材；依「物類」分，有人、動物、植物、自然現象、無生物的題材。[3]

梅沙先生以爲：兒童詩的題材廣泛，應該是宇宙萬物無所不包，凡對兒童思想上、知識上和生活上有益的，能給他們以滋養，能培養和提高他們的美感和藝術鑒賞力的題材都可以入詩。例如反映兒童心裡的願望，表現他們的學習、生活和遊戲；反映成人生活、國際現象、自然現象等題材，兒童們都喜愛。[4]

由前面三家的言論中可以知道，兒童詩的題材是寬廣多樣的。只要是兒童喜歡的、新穎的、有益的，不管是寫實或幻想、目前或未來、人生或大自然、兒童或成人、天上或人間、有生命或無生命等等事事物物都可以當做題材，寫成兒童詩。現在列出幾種兒童詩中常見的題材於下，供兒童詩創作者當選材的參考。

一、自然現象題材

自然現象題材，就是有關大自然的一切現象和景物。例如有關天象的題材，像天上的白雲、淅瀝的春雨、夜空的繁星、傍晚的彩虹、清晨的朝霞、變化的四季、淘氣的颱風；有關地理的題材，像唱歌的小河、愛演說的瀑布、大海的浪花、靜坐的山、青山的回響、堅強的礁石、憤怒的火山、湖面的漣漪；有關動物的題材，像吹牛的蟬、提燈的螢火蟲、可惡的老鼠、紳士般的白鷺鷥、忙於覓食的獅子、井裡的青蛙、煩惱的伯勞鳥；有關植物的題材，像秋天的楓樹、串冤的水筆仔、林中的新筍、雨後的蘑菇、堅強的小草、吹號的牽牛花、撐傘的荷葉、不怕冷的梅花等等。

以自然現象的題材來寫詩，不要只停留在描繪自然現象的外表而已，應該深入的使景物有情趣、畫趣、諧趣、或者理趣。目前以自然現象題材寫成詩的很多，有些作品，也有很好的成就。例如：

霧　　**管用和**

貪玩的雲溜下地，

躲在山谷裡做遊戲。
太陽媽媽找來了，
他才依依不捨地離去。

——《兒童文學二十年優秀作品選》五八六頁

這首詩寫霧被太陽照射後就散了的特性。霧是沒有生命的，詩人把霧當做淘氣的孩子，說他溜到地面玩，被太陽媽媽找回去的事。媽媽發現孩子不見了，趕忙找尋；孩子瞭解媽媽的關心，雖然還想玩，也只好回去。全詩寫得很溫馨，很有情趣；也充滿了想像的美。再如：

梅　雨　**蔡季男**

一聽說梅子變黃的消息，
就惹得老天的口水，
不停地往下滴。
淅瀝！淅瀝！
公雞被淋得垂頭喪氣，
青苔被淋得爬過牆去，

連住在樹洞裡的小菌子，
也得撐起洋傘來擋雨。

——《國語日報》民國71年2月23日

梅雨常常下得令人厭煩了，這首詩寫出梅雨的發生原因和結果，也寫得非常有情趣，而且充滿想像的美。又如：

鴿子　林武憲

鴿子在天上繞圈子
把自己的家當圓心
繞了一圈又一圈
繞了一圈又一圈
圈圈越繞越大
不論牠飛多久
不論牠飛多遠
家

永遠是圓心

——《童詩五家》九三頁

這首動物題材的「鴿子」詩，雖然寫的是鴿子以自己的家爲圓心而飛翔的事，其實作者只是藉鴿子來寫人，告訴兒童：我們要常常想到家給我們的溫暖，要感謝家，不要忘了家。這首詩不但有情趣，而且也有理趣。

二、兒童生活題材

兒童生活題材，就是有關兒童生活中所見、所聞、所感、所想、所做的題材。例如有關兒童外在行爲的題材，像打電話、看電視、爬山、吃飯掉飯粒；有關兒童內在想法的題材，像怕考試、怕黑暗、怕鬼；有關兒童家庭生活的題材，像忙碌的媽媽、陪媽媽洗衣服、愛笑的妹妹、吃晚飯的時候；有關兒童學校生活的題材，像遠足、新來的老師、打球記等等。

從兒童生活的瑣事中取材，要寫出新意、寫出詩意來。目前以兒童生活題材寫成詩的也很多，內容也都很不錯。例如：

明天要遠足　　方素珍

翻過來……
哎！睡不著
那地方的海眞的像
老師說的那麼多顏色嗎
翻過去……
哎！睡不著
那地方的雲眞的像
老師說的那麼潔白柔軟嗎
翻過來……
翻過去……
哎！到底什麼時候才
天亮呢

——《明天要遠足》二九頁

這首詩是兒童內在想法及學校活動的題材。作者利用主角第一身觀點寫作，把兒童期望遠足的心理，寫得極為生動。再如：

爸爸回家　　林良

每次聽到您
下班回家的腳步，
我心中的快樂，
就像好不容易
完成了一幅拼圖。
爸爸，
我們這個家的拼圖，
是一塊也不能少的。

——《林良的詩》二八頁

這首詩是兒童在家中所看、所聽、所想、所感的題材；也採用主角第一身觀點寫作。由末二行「我們這個家的拼圖，是一塊也不能少的」詩句中可以看出，這首詩要表現兒童需要父愛、全家團圓的心聲。

三、社會及國家題材

社會及國家題材，就是有關社會問題、國家問題的題材。兒童雖然年紀小，但是也是大團體中的一分子，因此社會問題、國內外問題，也影響著他們。有關這方面的題材，只要兒童能理解、能吸收、有益處、而且感到有趣的，都可以寫成詩。

目前這方面的兒童詩也有。例如黃基博先生寫的〈沈默的神〉，屬於社會中賭博的題材；〈國家，您病了〉（《月光光》69期）屬於交通、環保、色情、暴力等社會題材；意大利人姜尼・羅大里作的〈一行有一行的氣味〉，屬於社會職業及工作態度的題材。這些都是社會及國家題材。但是從作品數量來說，這種題材的詩作，比例上比前述的自然現象題材、兒童生活題材少多了。現在試舉一例介紹這種題材的詩：

最美的花束　**（美國）艾迪斯・西格作　張奇　譯**

人人都有一雙眼，
星星一樣晶晶亮，
你那眼睛的顏色，

不必和我一個樣。

黃或藍，灰或綠，
　到底有什麼兩樣？
只要它們一睜開，
　都能看到大太陽。

你的頭髮漆漆黑，
　他的頭髮金金黃，
不管它顏色怎麼樣，
　都是花冠多漂亮。

我也知道你懂得，
　花的顏色有深有淺。
各色各樣的花兒，
　開滿可愛的花園。

在這廣大的世界上，
　孩子們像鮮花那樣漂亮，
有的顏色深，有的顏色淡，
　像最美的花束一樣。

你想過沒有？
　人人要都沒區別，
那該有多麼可怕，
　你怎麼分得出我和他？

——《世界兒童詩名篇精選》一九一——二頁

這首詩屬於種族問題的題材。詩人以妥切的比喻，表示每一種人種，都像美麗花束中的各種花一樣美。詩人主張種族平等，反對種族歧視，兒童讀後，一定也體會得出。

四、知識性題材

知識性題材，指的是詩中有自然或人文等等知識的題材。詩的題材是多樣化的，只要這些知識性題材富有情趣，也可以把它寫成詩。例如：

蟬　陳文和

爲什麼蟬叫得那麼大聲？
爲什麼蟬叫得那麼急切？
蟬說：
我在地下生活了十年
我的生命只有短短十天
我叫得這麼大聲
是要告訴大家奮鬥的故事
我叫得這麼急切
是怕生命太短來不及說完

——《民生報》民國79年8月18日

這首詩屬於蟬的生長知識題材。作者寫得很有技巧，使我們以為只是寫蟬愛大聲叫或歌頌生命而已。寫作知識的詩，使讀者看不出作者是要介紹知識，這是詩人要磨練的技巧。再如：

字典公公家裡的爭吵　金逸銘

字典公公家裡吵吵鬧鬧，／吵個不停的是標點符號。／／

看它們的眼睛瞪得多大，／聽它們的嗓門提得多高。／感歎號拄著拐杖，小問號張大耳朵，／調皮的小逗號急得蹦蹦跳。／／

首先發言的是感歎號，／它的嗓門就像銅鼓敲：／「小伙伴們，我的感情最强烈，／文章裡誰也沒有我重要！」／／

感歎號的話招來一陣嘲笑，／頂不服氣的是小問號：／「哼，要是沒有我來發問，／怎麼能引起讀者的思考？」／／

小逗號說話頭頭是道，／它和頓號一起反駁小問號：／「要是我們不把句子點開，／文章就會像一根長長的麵條。／／

學問深的要算省略號，／它的話總那麼深奧：／「要講我的作用嗎……哦，不說大家也知道。」／／

水準高的要數句號，／它總要留在後面作總結報告：／「只有我才是文章的主角，／沒有我，話就說得沒完沒了。」／／

大家爭得不可開交，／字典公公把意見發表：／「孩子們，你們都很重要，／少一個，我們的文章就沒這樣美妙。／／「滴水匯成了大江，／碎石堆成了海島，／大家不要把個人作用片面強調，／任何時候都不要驕傲！」／／小朋友，你聽了字典公公家裡的爭吵，／心裡想的啥，能不能讓我知道？

——《中國兒童文學大系》詩歌(二) 二一八—九頁

這首詩寫出了各種標點符號的功用，也是屬於知識性題材。不過作者把知識性題材故事化，寫得像眞有一家人在吵吵鬧鬧一般有趣。這種表達技巧，也是很高明的。

五、幻想性題材

幻想性題材，屬於非現實的題材。兒童詩中童話詩、寓言詩、故事詩，常有幻想特質。就拿前例〈字典公公家裡的爭吵〉來說，也有幻想特性。現在我們來看下列一首幻想題材的詩：

我要給風加上顏色　林　外

風的臉，是什麼樣子？／風的身體是什麼形狀？／想知道，卻沒有辦法。／如果給風加上顏色，／就可以知道了。／／如果風有了顏色，／她奔跑的時候，就可看到：／

是什麼樣的面孔。就可欣賞：／她的表情，是什麼個樣子；／她的裙裾，是怎樣的飄動。／／　微風，就塗上淡青色，／强風，就染上濃黃色，／狂風，就彩上紫色，／空氣，就會出現鮮彩，／太陽照射下來，／天空不知該多美麗！／／　如果空氣有了色彩，就可欣賞：／她怎麼從窗口進來，／怎樣從另一個窗口出去。／更可以欣賞，她怎樣／在身邊圍繞、愛撫，戀戀不去。／／　如果風有了色彩，就可以知道：／她吹過冷冷的河面，怎樣的驚異；／她吹過山嶺，是怎樣越過；／她吹過樹葉間，怎樣巧妙地鑽過去。／也可以欣賞：她吹過花叢時，／怎樣帶走花的香氣。／／　如果能看到風的表情，／　風也一定能看到我的表情；／　和風互相表達心中的情意，／　不知該多麼有趣！

——《月光光》十七期十頁

林外（林鍾隆）先生的這首得過《月光光》以及《布穀鳥》詩刊獎的作品，充滿幻想的趣味。詩中讓風有顏色，能展現各種表情和動作，使大自然的世界更爲美好。兒童在看多了寫實的童詩後，換上欣賞這種另一層次的幻想詩，對詩的多彩多姿，當必有另一種愉快的感受。

總之，兒童詩的題材寬廣多樣，只要它們在正確、趣味、新穎的主題範圍內，都可以當做詩的題材。不過，違反了這個原則，就得捨棄。有一首〈半夜〉的詩：「半夜，／爸爸打牌回來了。／媽媽又哭又鬧。／後來爸爸答應跪算盤，／媽媽才安靜下來。／爸爸，爸爸，／媽媽叫你跪到天亮，／你的膝蓋受得了嗎？」林良先生說：「這首詩，目的是要提供某些家庭作反省。我們不能因爲這首詩是以兒童的口吻寫出來的，就認爲應該拿來供兒童欣賞。在這首詩裡，家長的形象被醜化了，顯然很容易傷害兒童敬愛父母的優美情操。」⑤林先生不贊成以「成人文學」裡鞭撻社會的觀點來取材、來寫兒童詩，這個見解是非常正確的。因此兒童詩的題材雖然寬廣多樣，作者在選擇的時候，還得愼重。例如哀怨、感傷、孤獨、徬徨、暴力、醜化、色情、政治煽動等等不正確的題材，都應避免。

第二節　如何獲得兒童詩題材

兒童詩的題材雖然寬廣多樣，可以讓我們盡情採擷而寫成詩篇，但是對初學寫詩的人，或者要寫出偉大詩篇的詩人來說，想尋找妥切的題材，也是一件吃力的事。因此，如何獲得兒童詩題材，便是詩人們努力的工作。

我國古代文學理論家劉勰，對如何獲得題材而寫成詩文，有很高明的見解。他在《文心雕龍》

〈神思篇〉中說：「思理爲妙，神與物遊。神居胸臆，而志氣統其關鍵；物沿耳目，而辭令管其樞機。樞機方通，則物無隱貌；關鍵將塞，則神有遯心。」[6]李曰剛教授將這段話繪成一個簡圖如下：[7]

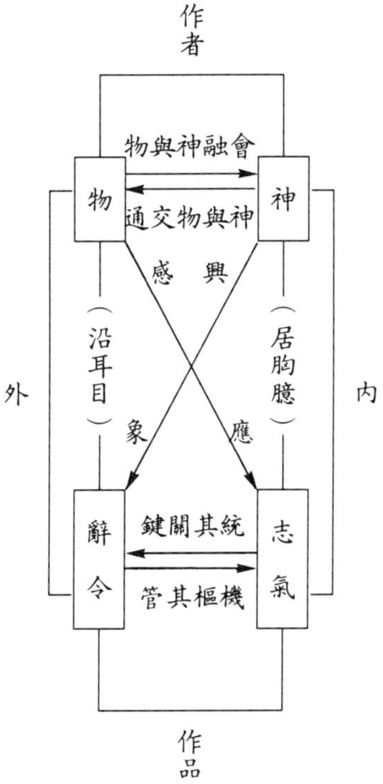

作者
物與神融會
通交物與神
物
神
感
興
（沿耳目）
（居胸臆）
外
內
象
應
辭令
志氣
鍵關其統
管其樞機
作品

由該文、圖來看，內在的心神和外在的物境是產生詩文的兩大關鍵。題材的獲得，不是神與物交通，就是物與神融會。兒童詩題材的產生，也是神與物合的方式。有的是先神後物，也就是

「神往會物」型，有的是先物後神，也就是「物來感人」型。現在舉例說明於下：

一、神往會物

神往會物的取材方式，就是作者在內心裡醞釀了感人的情意，然後找到外界相關的事物，爆出了創作的火花，得到了作品的題材。這種「先神後物」而獲得題材的方式，屬於「內發」的。有許多詩人的作品，採用這種方式找到寫作題材。例如幾乎家喻戶曉的曹植〈七步詩〉：「煮豆燃豆萁，豆在釜中泣：本是同根生，相煎何太急！」相傳詩作的產生是由於有一次曹丕找到藉口要治曹植的罪，但給他一條逃命的路，就是限他在七步之內做一首詩，做不出便殺頭。曹植走不到七步，脫口而出做成了這首詩。曹丕聽了很慚愧，只好放過他。[8]曹丕要曹植走七步作一首詩的故事雖然不見得是眞實的，但是曹植受曹丕迫害而作出這首詩，似乎沒有人否定過。如果是這樣，那麼曹植這首詩，顯然是內心先有「兄弟是同父母生下的，爲何迫害得這麼急」的念頭，然後想到外界相關的豆萁煮豆的事而得到寫作靈感的。

兒童詩的產生，也有許多人採用「神往會物」的方式。黃基博先生在〈詩是怎樣誕生的〉[9]文章中提到：小時候的他大概長得醜一點吧，因此常受同學欺負。有的同學做錯事被老師處罰，就說是他告密；掉了東西，就誣告說是他拿的。他考試得了一百分，同學也會說是作弊。他被誤會得很深，感到非常痛苦。小時候的他不會寫詩，也就不會把這個痛苦的感情表達出來。後來長大了，會寫詩了，有一次看到清澄的湖水，於是爆發了靈感，寫出了這樣的心聲：

湖　　黃基博

爲什麼我的心，
不是清澄的湖？
讓同學們瞧個
一清二楚！

——《中國語文》61卷5期72頁

黃基博先生這首詩的獲得，屬於先有「心象」然後加上「物象」，也就是「先神後物」的「神往會物」型。

再如同一篇文章中提到，他的一個國小三年級姓黃的學生，由於長得矮小而被同學嘲笑、羞辱，這個學生很難過。後來看到了高高的電線杆，於是寫了一首〈我〉的詩：「同學們罵我『三寸釘』。／哼！眞氣人！／我要快快長高，／變成『電線杆』，／哈哈哈！／同學們就變成『矮冬瓜』。」黃先生看了這首詩後，也爲這個學生寫了這樣的一首詩：

小 草　　黃基博

小草那麼矮小，
怎麼不難過、痛苦？
颱風吹不倒它，
大火燒不死它，
人們的蹂躪，
它也不在乎，
跟同伴們生活得很快樂。
矮小的我，
爲什麼不是一株小草？

——《中國語文》61卷5期74頁

這兩首詩，在獲得題材的方式上，可以說都是先醞釀詩歌意念，然後再借外界相關事物而得到靈感的。

謝武彰先生告訴筆者，他那首得到第六屆洪建全兒童文學詩歌獎的〈朋友〉詩，寫作前也是先有意念，然後再找物象的。他在寫詩前，先決定了朋友的相處，應該是互相關心，不該吵吵鬧鬧的主題後，便去找相似情景的外界物象。後來他找到磁鐵吸鐵釘，緊緊不放的物象，於是靈感來了，就完成了一首這樣的詩：

朋友 **謝武彰**

小磁鐵很喜歡交朋友
小別針啦，小鐵珠啦
小刀片啦，小鐵釘啦
一見面就手拉手
從來不吵架
也捨不得分開
大家都是好朋友

——《明天要遠足》一頁

謝先生獲得這首詩的題材方式，也是屬於「神往會物」型，先在內心醞釀感人的情意，然後尋覓外界相關事物而得到作品題材的。

「神往會物」型的獲得外界物象，有兩種方式：一種是「偶然觸媒」引起；一種是「有計畫」的找尋。

「偶然觸媒」引起，就是作者長期累積了情意，苦思找不到適當的外界物象表達，偶然間看到或聽到、想到某個相關的事物，靈犀一通，爆出了詩的火花，得到了想要的題材。王國維在《人間詞話》第二十六則中的話，正可以說明這種獲得題材的方法。他說：「古今之成大事業、大學問者，必經過三種之境界：『昨夜西風凋碧樹。獨上高樓，望盡天涯路。』此第一境也。『衣帶漸寬終不悔，為伊消得人憔悴。』此第二境也。『衆裡尋他千百度，回頭驀見（當作『驀然迴首』），那人正（當作『卻』）在燈火闌珊處。』此第三境也。」⑩前兩境可以說是苦思得不到外界物象來寫詩，第三境的「驀然迴首，那人卻在燈火闌珊處」正是說明「偶然觸媒」的獲得。宋朝羅大經《鶴林玉露》卷六裡提到一首女尼的詩：「盡日尋春不見春，芒鞋踏破嶺頭雲。歸來笑拈梅花嗅，春在枝頭已十分。」這首詩也可以說明「神往會物」型中「偶然觸媒」引起了詩作靈感的方法。

前面有關「矮」的詩，黃基博先生提到他的學生被嘲笑矮，想寫一首吐露心裡不愉快的詩，後來看到高高的電線杆這個物象，靈光一閃，結果得到寫作題材。這種獲得題材的方式，也就是「神往會物」型裡的「偶然觸媒」引起的。

「神往會物」型的另一種獲得外界物象的方式——「有計畫」的找尋，就是作者根據累積的情意，應用各種聯想法，找出適當的物象，以及需要的題材。

古代希臘大哲學家亞里斯多德在《記憶論》中提出後世所說的三大聯想定律，即相似律、對比律、接近律，也就是相似聯想、對比聯想、接近聯想後，詩人在尋找題材方面，就方便多了。例如以「矮」的意念來找物象。我們應用根據兩個不同事物間，由於某些特徵或屬性的相似可以串連在一起的「相似聯想」來找，從性質、形態上，便可找到「小草、冬瓜、三寸釘、小屋、矮樹、侏儒」等等材料；應用它們的對立差異關係的「對比聯想」來找，可以找到「個子高的電線杆、椰子樹、高樓大廈、巨人」；應用由時空接近聯在一起的「接近聯想」，包括所謂同時性聯想（空間）和相繼性聯想（時間），也可以找到「日本人、倭奴、小人國、拿破崙、晏嬰」等等材料。

根據聯想方式找到物象題材後，接著是「定向想像」，也就是按照既定的方向，找出可以寫入詩裡的相關材料。以相似聯想中找到「小草」的材料來做定向想像，我們先決定表現的主題後，便可發揮想像力去搜集材料。像以「小草的個性堅强」爲題材，則可以找到「野火燒不盡、不畏颱風、不怕人踩、不怕太陽曬、嚴冬過後又長出來、布滿全球陸地……」等等屬於小草個性堅强的題材。

前面黃基博先生寫的〈小草〉詩，可以用「偶然觸媒」得到題材，也可以用這種「有計畫」的找尋法找到相關的題材。

二、物來感人

物來感人的取材方式，就是作者受到外界事物的刺激，引出相對情意，爆出創作火花，得到了作品的題材。這種「先物後神」而獲得題材的方式，屬於「外來」的。

兒童詩的產生，也有許多採用「物來感人」的方式。例如前述林武憲先生的〈鴿子〉詩的產生，便是由這個方式得來。林先生告訴筆者，他帶他小女兒散步的時候，常跟小女兒駐足觀賞附近養鴿人家放鴿子飛翔的情景。鴿子以鴿房爲中心，在天空一圈一圈的飛翔。這個物象刺激了他，於是他悟到了：連動物都愛家、戀家的情意。由這個情意，於是產生了詩篇。林先生另一首也是有關「家」的主題的詩，他的獲得靈感，也是「物來感人」的方式。他說有一天，他在外面看到一張好美的港灣風景圖，圖裡許多大大小小的船隻，整齊地停泊在港邊。這個美景深深地印在他的腦裡。回家的時候，看到客廳的鞋子也一雙雙的排在一起，於是靈光一閃，利用兒童的觀點，寫下了這樣的詩：

鞋　　**林武憲**

我回家，把鞋脫下

姊姊回家，把鞋脫下
哥哥、爸爸回家
也都把鞋脫下

大大小小的鞋
是一家人
依偎在一起
說著一天的見聞

大大小小的鞋
就像大大小小的船
回到安靜的港灣
享受家的溫暖

——《童詩五家》九四—五頁

陳清枝先生獲得第四屆《月光光》獎的〈爸爸・回來吧！〉的作品，也是「物來感人」的題材。

爸爸·回來吧！ 陳淸枝

人家都說／您死了／我不相信／媽媽抱著您痛哭……。／以前／媽媽也常抱著您痛哭／當您喝醉酒／打了我。／媽媽更常在棉被裡痛哭／米缸沒米／只有番薯葉的晚餐／老鼠在樑上吱吱叫／您和伯伯們／在麵店裡喝酒／我們吵著要飯吃……。／爸爸，醒醒吧！／媽媽爲您準備了／一瓶米酒／您起來喝吧！／我喜歡看您喝醉／紅了的臉／像？像？像……／喔！廟裡的那位／騎馬大神　很神奇。／班上同學罵我／沒人養的孩子／您也可以罵一罵他們。／爸爸，回來吧！／爲什麼您睡不醒？／酒都快沒有味了／媽媽也哭累睡著了／弟弟妹妹又偷吃／留給您吃的菜／只有我仍等著喜歡看您／每次酒醉醒來後／抱著我／低聲告訴我：／「以後，／不要像爸爸這麼沒出息……。」／／

——《月光光》二十二期六頁

這首詩的產生，據作者說：「在南投山裡服務的那段日子，心中充滿了愛和孩子！班上一個小朋友的父親，因喝酒而死去，我去探望他。看到土塊厝裡躺著一具屍體，旁邊一個睡著了的婦人，兩個稚兒抓著地上的飯菜吃。白燭旁，我的那個學生，撫著他父親的身體，呢喃叫喚著：『爸爸，回來吧！爸爸……』這幕情景，深烙在我心上，久久無法抹去、忘掉！孩子是無辜的，而大人的死去，也是無奈的。只是那情景，那淒苦、那心聲，誰來替他們訴說？因此我藉著『詩』，寫出孩子心中的純眞和想望。詩以言志、抒情，詩更是生活的記錄和寫實。莫泊桑寫小說在：『替那些不會說話的人說話。』寫詩也可以發掘許多人的淒涼和痛苦。」⑪由作者的說明，這首詩乃作者受到外界事物刺激，引出相對情意而產生作品來。這也是屬於「物來感人」的取材方式。

「物來感人」型的獲得寫詩靈感，也有兩種方式。一種也是「偶然觸媒」引起；另一種也是「有計畫」的找尋情思。

前述林武憲先生及陳清枝先生的作品，都是偶然碰到外界事物，然後深受感動而寫成詩。而另一種有「計畫」的引起情思法，就是某個外界事物，雖然還沒有令作者感動而激發出相對的情意來，但是作者在有計畫的控制下，採用相似聯想、對比聯想、接近聯想等方式，激發出情意，使「物與神融會」；然後再根據定向想像，得到全詩的寫作題材。日常許多老師指導學生創作兒童詩，常常使用這種方式教學，效果也不錯。例如〈雲〉的詩題，有的人會聯想到：雲是個魔術師，風一來就會變魔術。有的人想到：雲愛穿白衣服；白衣服弄髒了，他就淅瀝淅瀝的哭起來。有的人想到：雲是棉花糖，風兒到處向人推銷棉花糖，眞有趣。有的人想到：雲是一頂白帽子，他很有善心，太陽一出來，就給青山戴帽子，免得青山被曬昏了頭。

總之，不管是「神往會物」或「物來感人」，只要心神與外物合一，便可以獲得詩的題材。黃基博先生有一首〈詩的誕生詩〉，採用譬喻方式說明這個找題材的方法，寫得深入而淺出，非常難得。

詩的誕生　黃基博

老師告訴我：／物象與心象交融，／才能產生詩。／我聽不懂，搖搖頭。／老師又說：／外界的事物是物象，／內心的感觸是心象，／二者結合才產生詩。／我還是搖搖頭。／老師再說：／如果物象是爸爸，／心象是媽媽，／爸爸和媽媽結婚後，／生下的「你」就是詩。／我有一些懂了。／老師補充說：／紅色是物象，／藍色是心象，／紅色與藍色渲染的結果，／呈現出來的「紫色」就是詩。／物象是天上的陽電，／心象是地面的陰電，／陽電與陰電接觸的一剎那，／發生強大的震撼人心的「雷」，／就是詩啊！／我終於完全懂了。

——《月光光》55集二八—九頁

兒童詩的題材布滿四方，只要我們關心它，只要我們能設身處地應用兒童的心理、兒童的想像去捕捉它，只要我們能勤快地經營它，就可以得到無窮的題材來。現將如何獲得兒童詩題材的方法圖示於下：

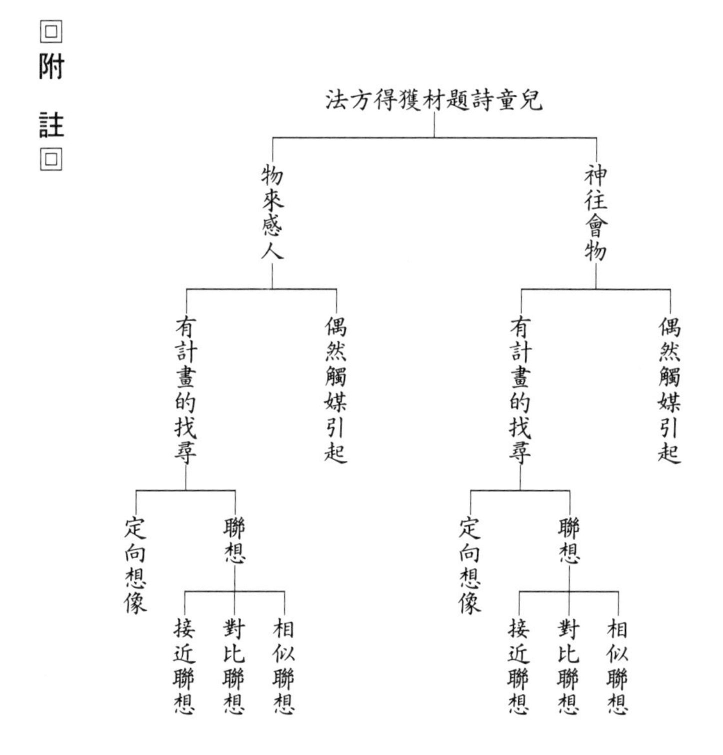

附註

1. 劉孟宇：《寫作大要》十二頁（臺北：新學識文教出版中心，民國七八年）

2 趙天儀：《兒童詩初探》一三五頁（臺北：富春文化事業公司，民國八一年）

3 林鍾隆：《兒童詩研究》五六—九頁（臺北：益智書局，民國六六年）

4 梅沙等：《兒童文學概論》五三—五頁（四川：四川少年兒童出版社，一九八二年）

5 林良：〈詩・童詩・兒歌〉載於《慈恩兒童文學論叢(一)》九四頁（高雄：慈恩出版社，民國七四年）

6 劉勰著，王更生注釋：《文心雕龍讀本下篇》三頁（臺北：文史哲出版社，民國七二年）

7 黃春貴：《文心雕龍之創作論》一二一頁（臺北：文史哲出版社，民國六七年）

8 馬美信等：《中國古代詩歌欣賞辭典》七一頁（上海：漢語大詞典出版社，一九九〇年）

9 黃基博：〈詩是怎樣誕生的〉載於《中國語文》月刊三六五期七一—五頁（臺北：中國語文月刊社，民國七六年）

10 王國維：《人間詞話》十五頁（臺北：宏業書局，民國六四年）

11 陳清枝：〈我如何創作一首詩〉載於《滿天星》兒童詩刊三期，三四頁（臺中：滿天星兒童詩刊社，民國七七年）

第四章

兒童詩的語言

寫作兒童詩，找到題材、決定主題後，需要借助語言把詩意表達出來。語言運用成功，詩意自然完美呈現；語言運用失敗，詩意自然不彰。

詩的語言跟一般文學作品的語言比，是最精、最純、最美、最有韻味的語言。詩的語言用得好，像精心琢磨的寶玉或鑽石，不但發出美麗耀人的光芒，而且造型精妙，令人贊賞不絕。

語言與詩的關係極為密切，因此詩人或研究詩學的人，都全力鑽研它，希望找到打開詩歌語言的鑰匙，把詩意完美的表達出來。詩歌的語言特色是什麼呢？

詩人覃子豪說：「詩的語言，應力求注意的是：新鮮、精確、簡鍊、生動、優美。」[1]。

詩人蕭蕭說：「詩的語言和散文不同，以童謠式的歸納來說，那就是：『一精二舞三重覆，四美五韻六不盡』。」[2]蕭蕭的「精」字，指的是精鍊；「舞」，指的是跳舞，語言的「點到為止」；「重覆」，指詩的語言節奏；「美」，指人工錘鍊的語言美；「韻」，指韻律；「不盡」，指含蓄。

詩評家李元洛先生，在〈語言的煉金術〉中提到詩的語言美有：「具象美、密度美、彈性美、音樂美。」[3]

以上三家是針對成人詩而提出的。覃子豪先生的話，似已涵蓋了其他人的意見。現在我們來看看兒童文學界的詩人或學者的意見。

詩人林良先生在〈兒童詩的語言〉一文中提到：兒童詩裡的語言所具有的一般性質是：單純、

自然、簡潔、具聽覺意義、內容正確的句子、運用兒童經驗、對兒童有良好影響。在詩的語言中，注意詩句和文法句的關係、詩的語言具有兩種不同意義的形式、形象的魅力、節奏的魅力、表達方式的魅力。④

詩人劉崇善先生說：「兒童詩的語言，應該是吸收兒童口語、符合語言規範化、藝術加工過的美的語言。」⑤

兒童文學專家蔣風先生說：「詩是語言的藝術，深刻的思想，鮮明的形象只有用凝鍊、精確、生動和富於表現力的藝術語言表現，才能成爲詩。兒童詩同樣要求運用凝煉的語言高度概括地反映生活，所不同的在於它運用的凝煉語言中要洋溢著天眞和稚氣。這種蘊藏天眞和稚氣的語言，並不是兒童口語的原始記錄，而是經過詩人的提煉加工的富有詩意的語言。」⑥

從這三家的看法來說，兒童詩的語言，除了覃先生提到的新鮮、精確、簡鍊、生動、優美的要素外，還要加上淺顯口語的要項。

新鮮的語言，也就是富有創意的語言。語言新鮮，才能引起兒童閱讀興趣，也才能感動兒童。例如後面這一首表達母親辛苦做家事的詩：

家事和媽媽　　中師實小五年級　黃盛維

家事像一條／上面有很多死結的／魔術繩子／媽媽是一個負責把死結／解開的人／死結

很多／媽媽每天總要到了很晚／才能全部解開／可是／過了一夜／那條繩子上又有很多
個死結／／

——《月光光》五六集十八頁

這一首詩，把做不完的家事比喻爲打了很多死結的繩子，把媽媽做家事，比喻爲解開死結。比喻生動，語言新鮮。再如韓國兒童的一首詩：

枕頭　韓國兒童　金雄容

枕頭裡藏有夢／睡覺時／才會遇到夢／枕頭使頭安樂／枕頭是頭的椅子／／

——《兒童詩的創作與教學》九三頁

這首詩的詩句「枕頭是頭的椅子」，形容得貼切、有趣，以前似乎沒有人這樣形容，因此是創新的語言。寫作兒童詩，多創作新鮮的詩句，自然詩質也就提高。

應用新鮮的語言寫作，是兒童文學各種文體寫作的共同要求，也就是一般文體的語言特徵，本文就討論到這兒。現專對兒童詩更應加强的語言特徵「淺顯、精確、簡鍊、生動、優美」等項做深入探討。

精確和簡鍊的語言特徵，也就是「精鍊」性。兒童詩需要精鍊的語言，成人詩也需要精鍊的語言。它們間最大的不同是，兒童詩的精鍊語言，要合乎兒童的理解能力。明確地說，精鍊的語言應有所規範。兒童詩的精鍊語言，該用「淺顯」來規範。同樣的，淺顯而不精鍊，那是一般散文體的兒童文學語言。因此，淺顯、精鍊二項詩歌語言特徵，可合併爲「淺顯而精鍊的語言」。另外，生動和優美語言的構成要素，除了上面提到的新鮮、淺顯而精鍊要素外，最主要的是語言要有具象美和音樂美。具象美，也就是「意象的語言」；音樂美也就是「音樂的語言」。現針對淺顯而精鍊的語言、意象的語言、音樂的語言，論述於下：

第一節　淺顯而精鍊的語言

淺顯的語言，就是淺易、自然、明白、流暢的語言。兒童詩作者，爲了使自己的詩容易爲兒童接受和喜愛，必須應用淺顯的語言，也就是應用簡潔的口語，少用文言詞語或抽象、艱深的語言。例如：

沙發　林良

人家都說，／我的模樣好像表示／「請坐請坐」。／其實不是；／這是一種「讓我抱抱你」的／姿勢。／／

——《林艮的詩》四六頁

林先生這首詠物詩，應用淺顯的語言，表達沙發的有情世界，非常富有情趣。詩中的詞語，像：人家、模樣、請坐、抱抱、姿勢等等，都是兒童常用的詞語；詩中的句型，也是常用的簡潔轉折句。更爲難得的是，作者不用呆板、枯燥的評論式或描寫式語言介紹沙發的外形和功用，而是採用生動的意象語言介紹。作者採用移情手法，讓沙發有生命、能說話；並且說出「讓我抱抱你」這種主動、親切、熱誠、能刻畫沙發爺爺般慈祥個性的話。以意象語言，化艱深爲淺顯，這也是淺顯的要求。語言看來樸拙，藝術成就卻很高。

寫兒童詩，要用淺顯的語言。如果應用文言詞語或艱深的抽象語，像饋贈、狡黠、飄逸、坎坷等兒童不瞭解的，以及整詩都是乾巴巴的概念語，無異是把詩門關上，不讓兒童登堂。大陸兒童詩作家張繼樓曾針對一首〈狼外婆〉的詩句提出批評。那首詩是這樣的：

每當我淘氣、哭鬧／媽媽就講狼外婆的故事／哄我早早睡覺／……狼，竟會裝扮成慈祥的外婆／把妹妹的小指吃掉……／從此，我常常在夢中把媽媽呼叫／醒來後，卻睡在媽

媽的懷抱／媽媽眞好，給了我成長的襁褓／還給了我一個早熟的大腦／要不，我早就給狼外婆吃掉／／

張繼樓先生對這首詩批評說：「前面的描寫，小朋友還可以領會：壞人常常裝扮成好人。而且《狼外婆》的故事，大家都很熟悉。可是後面的感歎，什麼『成長的襁褓』、『早熟的大腦』，小朋友就難以理解了。」⑦

張先生的批評很有道理。另外，語詞雖然不艱深，但是句子造得欠口語化，也不是好的童詩語言。大陸詩人袁鷹的一首兒童詩〈時光老人的禮物〉，第一節詩是這樣的：

你把東風帶給樹枝，／讓小鳥快活地飛上藍天，／你把青草帶給原野，／讓千萬朵鮮花張開笑臉。／／

詩人金近評說：「這些詩句念起來是比較順口的，詩句也比較優美，但意思不夠明朗。『你把東風帶給樹枝』，這句子不像我們平時所說的語言。如果說：東風吹醒了樹枝，就容易理解了。還有詩的第一句和第二句也跳躍得太快，兩句的意思沒有很好的連接起來；第三句和第四句的關係也是這樣。兒童詩的語言和構思最好要做到意思淺近，節奏明快、活潑。」⑧金近先生的批評很妥切。兒童詩的語言，要注意口語化，要簡潔，使意思明白、流暢而不晦澀。

不過，應用淺顯的語言寫詩，要避免太過於口語化。例如用結結巴巴的語言，或文法不通、語詞只會出現在三、四歲孩子口中的娃娃語，便不妥當。兒童詩的作品除了美化兒童心靈，啓發兒童智慧，發揮兒童想像力外，也負有兒童的語文教育。因此，在應用淺顯的語言寫詩，應注意增進兒童的語文能力，不可以純粹模仿兒童幼稚的語言，使兒童的語文程度低落。除非是敍事詩，要表現某個人物的性格，偶爾不得不用過激的娃娃語。

淺顯是兒童詩語言的一個基本特徵，但是，淺顯的語言不是口語的轉述，它還應配合許多特性，例如精鍊性方面。

精鍊的語言，精就是精確，也就是精美而準確；鍊是凝鍊，也就是字句少而含義多的語言。詩的語言跟散文不同。散文爲了準確，描寫事物常常採用細膩的、詳盡的筆法鋪寫；詩的篇幅小，只能截取事物情理中的精華，用最經濟的字表現複雜的情思。如何使用精鍊的語言，不但能精確的表現事物，而且能以少量的詞語，包孕豐富的含義呢？那就要努力從事字句的鍛鍊。

劉勰說：「夫人之立言，因字而生句，積句而爲章，積章而成篇。篇之彪炳，章無疵也；章之明靡，句無玷也；句之精英，字不妄也。振本而末從，知一而萬畢矣。」[9]劉勰把字句當做詩文的根本，篇章是詩文的末節，認爲如果能鍊字精當，造句無缺陷，那麼篇章自然容易精美。寫作兒童詩也是一樣，如果在字句鍛鍊上成功了，篇章才有可能精美。現從鍊字和鍊句方面探詩兒童詩語言的精鍊。

一、鍊　字：

語言的基本單位是詞。一般而言，鍊字也就是鍊詞，妥善的安排詞語。鍊字方面，首先要注意準確。準確的意思，除了避免冗詞贅語外，更應力求詞意妥切。我們現在來看詩人楊傑美寫的一首童詩：

番薯　**楊傑美**

圓圓的／胖胖的／看起來笨笨的／番薯的樣子／實在不好看／／　老是鑽在泥土裡／
全身沾滿了一粒粒的沙土／番薯好像是一個很土／又很髒的鄉下孩子／／　可是／又
土又髒的番薯／拿刀子切開來／流出來的汁液／卻是潔白的呢／／　如果你把它拿到
爐子裡烘一烘／那慢慢燜出來的香味／嗯　竟然把我的舌頭／引誘到嘴唇外面來了／／

——《月光光》十九集十五頁

這首兒童詩，作者採用對比手法把番薯的「外在」和「內在」做了比較。告訴讀者：番薯的外表雖然很土，內在卻是豐美的。這是一首托物抒情的詩，作者的目的是抒發這樣的意思：一個人的外表平凡，甚至醜陋，只要有充實的內涵，就會受到人家喜愛。這首詩的內容和表現技巧都很不錯，可惜鍊字方面略爲疏忽。後一個詩節的敍述觀點，採用「我」的第一人稱。詩句說，烤過的番薯香味，「竟然把我的舌頭引誘到嘴脣外面來了」，一個「來」字，便不準確。採用第一人稱——「我」的觀點，應寫爲：把我的舌頭引誘到嘴脣外面「去」了，觀點才統一。又如民國七十三年四月十四日新生報兒童版刊登的〈遠足〉詩：

學校要去遠足／六年級坐火車／四年級坐汽車／椰子樹／擠不上火車／坐不進汽車／只好／跟一年級的小朋友／走路到公園／／

這首詩的用詞造句也欠考慮。林鍾隆先生提出第一個問題是：「學校要去遠足」，「學校能走、能跑，能去遠足嗎？一棟一棟的校舍，是不是要坐巨無霸的車？第二個問題是：椰子樹會「走路」，一定是妖怪了。它從土裡把根拔起來了，「走」在路上嗎？遠足回來，再「種」回去嗎？[10]林先生的這些問題，也就是針對用字不準確，描寫不妥當而提出批評。

鍊字應求準確。古人觀詩，很重視字詞是否準確。例如大家熟悉的齊己詠早梅：「前村深雪裡，昨夜數枝開。」鄭谷將「數枝」改爲「一枝」，使早梅的詩意更爲突出。張詠爲官，寫七言絕句詩，後二句爲：「獨恨太平無一事，江南閑殺老尚書。」他的好友蕭楚改「恨」爲「幸」，使「恨太平」爲「幸太平」，避免了一件朝廷追究的文字獄。

鍊字方面除了準確以外，還要注意生動。王安石的「春風又綠江南岸」的詩句，傳聞最初用：到、過、入、滿等字，但是他都不滿意；最後改爲「綠」字，於是定稿，詩意也活躍起來。到、過、入、滿等字都是「動詞」，在字詞的準確上是沒問題的，但是「綠」字是色彩的形容詞，現在把它化爲動詞，於是春風一來，江南一片綠意盎然的形象便呈現眼前，詩意也就生機蓬勃了。這個「綠」字，便是用得「生動」。兒童詩作品的鍊字，更高層次就是講求生動。例如：

大海睡了　**劉饒民**

風兒不鬧了，／浪花不笑了。／深夜裡，／大海睡覺了。／她抱著明月，／她背著星星。／那輕輕的潮聲呵，／是她睡熟的鼾聲。／／

——《一九五八　兒童文學選》（中國少年兒童出版社，一九五九）

這首兒童詩，把大海柔美，以及充滿天眞爛漫的孩童情趣，表現出來。全詩用字，非常考究。浦漫汀教授主編的《兒童文學概論》裡，對這首詩的鍊字有這樣的評論：「對於大海的呼嘯和狂暴，作者僅僅用『鬧』、『笑』兩個字加以概括。『鬧』在孩子心靈的辭典中，也許可以解釋爲『歡蹦亂跳』、『大喊大叫』、『跌打滾翻』、『你追我跑』，但無論怎樣解釋，都只有活潑愉快的意味，絲毫也不帶兇狂、恐怖的色彩。那麼，用『不鬧了』、『不笑了』、『睡覺了』這些孩子們最熟悉的姿態和日常活動的語言，來比擬深夜的大海，便自自然然給小讀者以親切、靜謐的感覺。特別是那海面倒映著明月和星星的美麗夜景，被描繪成母親『抱著』和『背著』孩子熟睡的情景，更使小讀者感到無比安詳和甜蜜。」⑪這段評論，主要是贊賞作者對「鬧、笑、抱、背」等字，用得非常生動。

鍊字的方法還很多，黃永武教授在《字句鍛鍊法》（臺北洪範書店）一書中就提到多種運字法、代字法、增字法、減字法的技巧。該書舉的例子雖然多爲古代詩文，但是古今詩文技巧相通的，寫作兒童詩的人，也可以活用那些技巧來鍊字。

二、鍊　句：

鍊句就是鍛鍊詩句，以簡約的文字表現豐富的內容。詩是篇幅短小的文學藝術作品，因此非常重視鍊句，希望在有限的詩句裡，表現豐富的內容。我國古人寫詩，非常重視鍊句，所謂「二句三年得，一吟雙淚流」可以說是努力鍊句的寫照。試看五言絕句，要在二十個字內，抒發一個感人的詩情，不是得特別重視鍊句嗎？七言律詩的字數多了，但也只有五十六個字。兒童詩的作品雖然沒有句數的限定，但是蓬蓬鬆鬆臃臃腫腫的作品，就像攙了水的酒，引不起大家的品嘗興趣。要想詩句醇美、精當，就得加强鍛鍊。

詩句如何鍛鍊？首先要具有「濃縮」的技巧，把找到的相關詩句濃縮在一起。詩評家李元洛說：「英美意象主將龐德的〈在地鐵車站〉，初稿爲三十行，六個月後改爲十五行，一年之後壓縮爲二行，至今仍不失爲名作。」[12]由這件事可知，龐德對鍊句的重視。兒童詩寫作也該這樣。一般兒童詩的作者在獲得靈感，感情充沛的時候，有可能「下筆千言」寫出無數的詩句。這些詩句裡，有些需要整合，有些需要淘汰，才能成爲精美的詩篇。在整合中，就要多採用「濃縮」的技巧，把相關的合併，使詩句發出光芒。例如得到「月光光」詩獎的〈春風〉詩，就是經過鍊句後的好作品。

春風　　中壢新明國小三年級　曾錦山

春風
叫花兒張開嘴來唱歌

——《月光光》二集二〇頁

這首兩行一句的小詩，語言的密度鍛鍊得很高，內容也很豐富。它似乎包含了以下的內容：

春神要回大地了／春神叫春風通知大家／春風輕輕地把暖氣吹向大地／暖氣蒸融了披在萬物上的冰霜／春風摸著青蛙的頭／春風搖著花朵的枝／青蛙醒了／青蛙呱呱呱地向春風道謝／花兒醒了／花兒綻開似嘴的漂亮花朵對春風歌唱／春神來了／大地處處是一片歡欣的氣象／／

把心中醞釀的一大堆詩句，濃縮成最精美的一句，這是〈春風〉詩成功的地方。再如〈怪手〉的童詩，也是精鍊過的。

怪手　　**台中新興國小四年級　賴保琪**

一隻巨大的手
一把抓走我遊戲的地方

——《滿天星兒童詩刊》創刊號三二頁

這首濃縮的詩，把現在社會建設的快速、繁多，以及挖土機的無情，表達得淋漓盡致。再如：

微笑 **郁化清**

微笑是開在臉上的花朵
微笑是掛在嘴上的蜜糖
微笑比糖更甜
微笑比花更香

——《月光光》四集十六頁

這首成人寫的兒童詩，每個詩句都很精鍊，這也是經過「濃縮」處理的。

詩句的鍛鍊，除了採用「濃縮」技巧以外，進一步要做到詩句的「張力」，也就是追求詩句的複義。科學的語言，爲了表意正確，力求單一解釋；詩歌的語言，爲了含蓄不露、婉曲感人，常常一意數解，具有多項意思。詩歌的句子，如果能鍛鍊到有張力，就豐富了詩歌的內涵。例如唐詩中王之渙的〈登鸛雀樓〉詩：「白日依山盡，黃河入海流；欲窮千里目，更上一層樓。」其中欲窮千里目，更上一層樓的詩句意思，表面上是說：假如你要看得更遠一些，那就得再上一層樓；深入探討，它也啓示了我們：人生要有更高的成就，就得不斷的提升自我。寫作童詩，如果詩句能鍛鍊到富有「張力」，詩意也就更豐富了。例如：

浪　花　　**洪志明**

大海有話，／想對船說；／船聽不懂大海的話，／慢慢地走開。／美麗的浪花還是圍著船／說個不停。／／

——《詩與生命的對話》一四四頁

這首浪花湧在船周圍美景的詩，作者採用擬人法寫作。表面上敍述的是大海想跟船說話，由於語言不通，船兒聽不懂而離去，浪花仍緊跟著上前繼續說的事；深入探討，這些詩句都具張力。例如我們從父母教育子女的角度來說，把大海和浪花當做父母，船當做子女。這兒的詩意，就可以轉爲：父母有話，想對子女說。子女聽不出父母說話的用意，移動腳步往前走。慈愛的父母，還是盯著子女，說個不停。這樣欣賞，不是也可以嗎？再從梁山伯、祝英台十八相送的愛情故事角度來欣賞，把這首詩當做：祝英台有話，想對梁山伯說；梁山伯聽不懂祝英台的話，慢慢地走開。美麗的祝英台還是圍著梁山伯，說個不停。這樣的欣賞，不是也另有一番情意嗎？

好的兒童詩作品，在句子的精鍊上，不但富有張力，而且在篇中鍊句，使字詞、語句及詩意統一起來。洪志明先生這首應用淺顯語言寫出「浪花」詩，就已達到這個境界了。

爲了詩句精鍊，詩歌的語言常有跳躍的、不合文法的。詩人蕭蕭以跳舞來形容詩的跳躍，他說：「如果說散文像散步，詩就像跳舞了。散文是一步一步來，有一說一，有二說二，循序漸進，按部就班；詩卻是跳躍的、旋轉的。詩的語言『點到為止』，從這點馬上跳到另一點，中間略去許多線索。」[13]有的成人詩，詩行的跳躍很大，常使讀者花許多腦筋才找出行與行間詩意的連接。例如詩論家鹿國治評論瘂弦詩作〈傘〉的開頭兩節：

傘　瘂弦

雨傘和我／和心臟病／和秋天／／

我擎著我的房子走路／雨們，說一些風涼話／嬉戲在圓圓的屋脊上／沒有什麼歌子可唱／／

第一小節三個脫節的詞組，並未構成一個完整的句子，好似下筆突兀，使人摸不著頭腦，實際上拉開了情緒空間，使貧病交加的悲涼氛圍濃重地擴展開來。第二小節四句，也互不聯繫，且以極平易的詞彙構成奇特的情境，給讀者更多的懸念，以便向更高遠的審美境界深思聯想。」[14]

給成人欣賞的詩，可以像這樣的大跳躍，給兒童看的詩，考慮兒童的理解能力，就不能這樣。如果要跳躍，最好是小跳躍，不讓兒童閱讀發生困擾。例如：

白鷺鷥　林良

青青山下／綠綠水田／白白的鷺鷥／低低飛／／

青青山下／綠綠水田／白白的鷺鷥

／飛飛飛／／

——《童詩百首》四一頁

林先生這首詩採用跳躍的方式處理語言。例如第一小節前四行的正式完整句應該是：幾隻白白的鷺鷥，在青青的山下，綠綠的水田上面，低低的飛翔（按：數量詞「幾隻」也可以不用）。這樣的正式完整句，也可以當詩句，只不過欠精鍊而已。林先生將副詞附加語移前，成爲變式句，又採用跳躍法，省掉介詞、助詞、方位詞、數量詞，因而使詩句精鍊。這種小跳躍、改變語法的程度，兒童閱讀起來沒有困難，可以接受。假使再改成：青山／綠水／白鷺鷥／低飛／／跳躍性增大了，兒童閱讀起來，可能較不能把握詩意。

總之，寫作兒童詩，要多應用淺顯而精鍊的語言，但是精鍊的程度，要兒童可以接受才好。

第二節　意象的語言

什麼是意象？意是意念、感情，也就是指情意；象是客觀的景象。意是抽象的，象是具體的。意象就是融入了主觀情意的具體景象。

兒童詩的作者，採用意象的語言寫作，可以使被描述的情意，可見、可聞、可嗅、可嘗、可觸。因此應用意象語言寫作，當比採用評論式的語言生動。例如我們要寫上下課時對時間的感覺，採用評論式的語言，可能寫做：

上課時／時間走得很慢／有時又停頓不走／／

下課十分鐘／他卻走得好快／／

這樣的詩，只有意，沒有象，因此沒有詩味。如果我們根據意念，改用具體的景象語言，去表現時間走得慢、停頓或走得快的情形，效果就不一樣了。

時間　林智敏

上課時／時間是個跛子／一拐一拐地／還摔了一跤／／

下課十分鐘／他又成了賽跑選手／呼——地衝過去／／

——《蝴蝶飛舞》四五頁

林智敏應用融合了意念、感情的具體景象語言來寫作，使時間的進行，一會兒是跛子、一會兒是賽跑選手。這種「可見」的形象，不是很生動嗎？

意象的種類有幾種，它如何使用呢？黃永武教授沒有明確的說出它的種類，但介紹了幾種意象浮現的方法。[15]張漢良先生將意象語言分爲心理意象、喻詞意象、象徵意象等三種。[16]李元洛先生介紹了動態性、比喻式、象徵式、通感性四種；並介紹時空意象組合方式有交替、疊映、並列、語不接而意接、輻輳、輻射式等。[17]陳植鍔先生依據語言分析角度，分爲靜態、動態等意象；依據心理學角度，分爲視覺、聽覺、觸覺、嗅覺、味覺、動覺、錯覺等意象；依內容分爲自然、人生、神話等意象；依題材，分爲贈別、鄉思……等等意象；依據表現，分爲描述、比喻和象徵型等三種意象。[18]呂進先生認爲意象，常見的有描敍性意象和虛擬性意象。[19]

由於分類的角度不同，應用的方式繁簡不一，因此意象的種類和使用也不一樣。現在以呂進先生所提的意見爲主，參考陳植鍔先生、張漢艮先生、李元洛先生及黃永武教授的見解，將兒童詩意象語言的使用方式分爲：描敍性意象、虛擬性意象等兩種。

一、描敍性意象：

描敍性意象就是陳植鍔提到的描述型意象與張漢艮所提的心理意象。這種意象的使用，就是將要字或詩句的觀念語，應用視覺、聽覺、觸覺、味覺、動覺、聯覺等感覺意象的語言寫作，使詩句靈動，詩情深化。

古代詩歌，常用這種意象表達情意。例如元曲中大家可以朗朗上口的馬致遠的〈天淨沙——秋思〉：

枯藤、老樹、昏鴉。小橋、流水、人家。古道、西風、瘦馬。夕陽西下，斷腸人在天涯。

這首小令，把天涯倦客的哀傷心情，生動地表現出來。馬致遠的表現技巧，在語言上應用的就是心理意象語言。他先採用悲景襯悲情的正襯方式，把外在可以看到的悲景意象：枯藤、老樹、昏鴉、古道、瘦馬、夕陽，以及會刺人肌膚的觸覺意象——西風等的淒涼景象，排列一塊，正面襯出旅人的憂傷；再採用喜景襯悲情的反襯方式，排列外在可以看到而令人嚮往的喜景：小橋、流水、人家，反面襯出旅人的憂傷。這種排列相關的心理意象語言，以景襯情，比直接概念表達，生動得多了。

寫作童詩，要多用這種意象語言。例如「歲月催人老」這個抽象概念句子，缺乏詩意。方素珍女士在〈時間與皺紋〉一詩的前半篇裡寫作：

是誰請你來？／／在媽媽的眼角／畫了一條一條／稀稀疏疏的／魚尾紋／／在外婆的額

頭／刻上一條一條／密密麻麻的／長皺紋／／……

——《娃娃的眼睛》三六頁

方素珍把「催人老」的概念語，轉化爲可看得見的視覺意象語——媽媽眼角的魚尾紋、外婆額頭的長皺紋，使得詩句生動、優美起來。

前述馬致遠〈秋思〉的枯藤、老樹等等意象，以及方素珍提的魚尾紋、長皺紋，都是靜態意象。視覺意象裡，也可以採用動態方式。林良先生說：「有兩個詩人，都寫過小孩子『釣到一條魚』的快樂。一個寫的是：

釣竿的那一頭是／一條魚，／釣竿的這一頭是／一個滿足了的願望。／／

另外一個寫的是：

我要這樣把釣竿扛在肩膀上，我要這樣手裡提著一條魚，／到了家門口，／我要做出很辛苦的樣子。／／

他們兩個寫的都是孩子的『喜悅』。第一個詩人寫的比較深刻，但是那『深刻』卻不一定是小孩子體會得到的。第二個詩人寫得沒那麼深刻，但是活潑，而且很顯然的，他相當『瞭解』孩子。小孩子閱讀第一個詩人的作品，不一定能露出會心的微笑。第二個詩人的作品卻能把話說到孩子的心坎兒上。」⑳

林先生提到後一首比前一首活潑、適合孩子閱讀，除了語言比較淺顯以外，主要是後一首採用動態的視覺意象。黃永武教授說：「詩句要求精簡生動，詩中用靜態敍述的部分應降到最低度，儘少通過分析或說明的文字，去表現人物事態。與其敍述一件人物事態，不如讓它自己表演給讀者看，動態的演示能構成活生生的場景，生氣盎然，則意象自然浮現得格外清晰。」㉑前述後一首詩句中「我要這樣把釣竿扛在肩膀上，我要這樣手裡提著一條魚」，都是動態演示的動作意象，因此更爲生動。

除了視覺意象以外，還可以利用聽覺、嗅覺、味覺、觸覺等等方式表達。例如：

比　賽　　　彰化縣民生國小三年七班　王柏凱

在學校／老師問：／「誰要幫老師擦黑板？」／大家比手長，／看誰舉得高。∥在家裡／媽媽問：／「誰要幫媽媽擦桌子？」／我們比賽跑，／看誰溜得快。∥

這首兒童詩，除了有視覺意象外，聽覺意象也用得很好。詩中的「誰要幫老師擦黑板」、「誰要幫媽媽擦桌子」等，都是聽得到的聲音語句，這是採用了聽覺意象。

二、虛擬性意象：

虛擬性意象，就是陳植鍔、李元洛、張漢良等提到，需要虛擬具體意象的比喻式、喻詞式和象徵式的意象。常用的方式，採用比喻、擬人、夸飾、示現、借代等等手法，將抽象的、概念的觀念，轉化成具體的景象。

古詩詞中採用虛擬性意象式寫作的很多。例如李後主的「問君能有幾多愁，恰似一江春水向東流。」愁是看不到、摸不著的概念語，李後主採用虛擬法，以比喻式的視覺意象「一江春水向東流」表達，就具體生動了。古詩十九首中〈行行重行行〉的詩，表達懷念故土，不忘本的觀念，這也是看不到、摸不著的概念語，作者採用虛擬法，以「胡馬依北風，越鳥巢南枝」的視覺意象來象徵，也具體生動了。

兒童詩中應用虛擬的意象語最多。例如前述林智敏的〈時間〉詩，應用比喻和擬人的虛擬手法，把時間當做可見的「跛子」、「賽跑選手」來寫，因此，詩就生動了。我們來看〈火車與汽車〉詩：

火車與汽車　作者待考

火車來了／柵欄放下了／柵欄叫著：／當心！當心！∥汽車來了／汽車按著喇叭說：／不！不！∥火車和汽車相撞了／火車停了／火車叫著：／氣——死了∥

這首採用虛擬性意象寫出的詩，火車、汽車也擬人化了，成了有生命、生動的意象語。再看〈茶壺〉詩：

茶壺　屏東仙吉國小四年級　吳淑蕊

我家的茶壺／像鄰居那個婦人／一隻手插著腰／一隻手指著我／好像在罵我∥

——《布穀鳥》三期

這首詩利用比喻式造景，寫茶壺像「一隻手插著腰，一隻手指著我」的凶惡婦人。把「茶壺」的外形「很特殊」的意思，具象化了。又如：

車上　聖野

黑頭髮，／站起來。∥白頭髮，／坐下來∥弟弟頭髮像小鵝，／老公公

說：／「你也坐！」／／

——《一片紅樹葉》三二頁

這首詩採用借代方式，把「黑頭髮」借代爲「年輕人」，「白頭髮」借代爲「老年人」，於是年輕人、老年人的概念語，就變成生動、具體、看得到的視覺意象語了。再如：

媽媽的心　黃基博

兒女無心的話，／像一根根的細針；／媽媽的心，／就變成了針插，／插住了各式各樣的針。／／

——《媽媽的心／春》八頁

「話」，屬於人的，是看不到的，現在採用擬物法，將它說成看得到的意象語——細針；又把媽媽的心，形容爲「針插」，於是孩子無心說出的會傷人的「話」，以及媽媽忍痛接下孩子刺傷人心的語言，就生動地顯現出來了。

應用意象語言寫詩，由於把抽象、概括的觀念，化成可見、可聞、可嘗、可嗅、可摸的具體景象，因此使得詩句靈動起來，詩意深化起來。但是，應用意象語言要創新，要優美。例如以會飛的花形容蝴蝶的意象語，現在已爲詩人寫出。如果後人寫詩，也重覆「蝴蝶是會飛的花」就不新鮮了。至於意象語雖然創新，但是不合詩意的美，也不是寫詩的正格。例如華一書局出版，談衞那女士著作的詩集裡，有一首〈溪水和溪石〉的詩：

山的小便是潺潺溪水／山的大便是滾滾溪石／人們喜歡在溪中戲水、追逐／人們喜愛在溪石上野餐、遊玩／／

小弟弟的小便似瀑布／小弟弟的大便似溪石／卻沒有人喜歡在：／弟弟的瀑布前追逐、戲水／弟弟的溪石上遊玩、野餐／／

這首詩中以小便借代溪水，以大便借代溪石，確實是創新，但是卻嫌粗俗，跟詩情美欠統一，是不優美的意象語。我們還是少寫這樣的意象語才好。

第三節　音樂的語言

得過國際安徒生獎，專寫兒童詩的日本作家馬都密吉歐（本名石田道雄）說：「對孩子們，聲音和韻調比意義更重要。」㉒詩論家呂進也說：「音樂性，是詩歌語言與非詩語言的主要分界。……抽掉音樂性，詩就變成抽去水分的乾枯的蘋果。」㉓由此可以知道，音樂性是童詩語言的重要元素。

詩歌的音樂性語言是什麼?李元洛說：「詩的語言音樂美，主要表現在韻、節奏和音調三個方面。㉔覃子豪說：「音樂性，包括了外形的韻律、內在的節奏。」㉕呂進說：「詩的音樂性包括內在音樂性和外在音樂性兩個層次。內在音樂性指的是詩情呈現出的音樂狀態。外在音樂性指的是詩的段式與韻式。內外音樂性的中心都是節奏。」㉖陳本益說：「詩歌節奏分為外在節奏和內在節奏。外在節奏由詩歌語言的外在特徵造成；內在節奏由詩歌語言內在的意義和情緒造成。……外在特徵又分為語言特徵造成的節奏……文字形態造成的節奏……內在節奏分為意義節奏和情緒節奏。㉗各家對詩歌音樂性的說法不大一致，從大類來說，有的分為三類，有的分為兩類。分為三類的，直接揭示韻、節奏、音調；分為兩類的，大多從詩歌音樂性的外在和內在特徵做為分野。

兒童詩如何寫出富有音樂性的語言呢?首先要瞭解詩歌語言的音樂性是什麼?

音樂的三大要素是：旋律、節奏、和聲。音樂的旋律，指的是一羣高低、長短、强弱不同的樂音組合；節奏是音的緩急長短；和聲是幾個樂音縱的結合同時進行。詩歌中的音樂性，指的是詩歌中的語言應具有節奏特性。

陳本益先生認為：節奏是事物運動的普遍現象。從節奏與人的感覺關係來看，自然界中鳥啼蟲吟、海嘯雷鳴聲以及生活中鐘鳴鼓響的節奏，屬於聽覺節奏；日月的升落，螢火蟲的明滅，人行走的手擺動、腳起落的節奏，屬於視覺節奏；人的呼吸、心跳和脈動等節奏，屬於觸覺節奏。節奏包含兩個共同的因素：一個是一定的時間間隔，一個是某種形式的反覆。詩歌的節奏有狹義與廣義兩種。狹義的指詩歌語言中某種對立的語音形式在一定時間間隔裡的反覆。廣義的包含由均齊或對稱的詩行在空間上形成的視覺節奏，以及詩歌中的意義節奏和情緒節奏。㉘現在採用廣義節奏，並歸納衆說，將詩歌的音樂性分為內在音樂性和外在音樂性。內在音樂性指的是詩情呈現出的音樂狀態，包含意義節奏、情緒節奏的內在節奏；外在音樂性指的是詩的韻律和段式，包含聽覺節奏和視覺節奏。

寫作兒童詩，可以採用內在音樂性，以根據意義或情緒起伏的反覆而產生節奏；也可以採用外在音樂性，以聽覺的音韻或視覺的段式構成反覆而產生節奏。甚至內外音樂性兼具，詩情與音樂配合得更好。現在將音樂性語言的綱要圖示於後，然後分開說明：

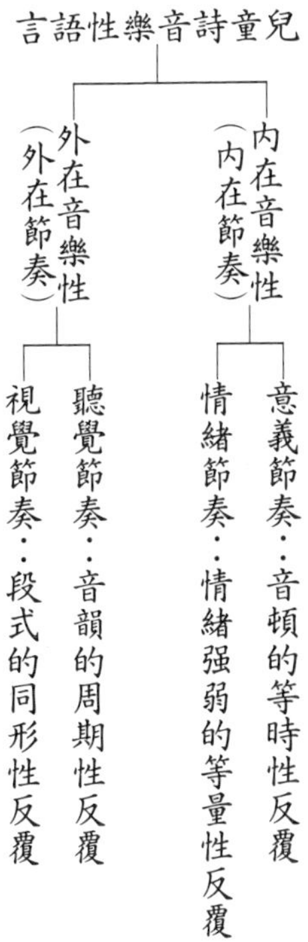

兒童詩音樂性語言

- 內在音樂性（內在節奏）
  - 意義節奏：音頓的等時性反覆
  - 情緒節奏：情緒強弱的等量性反覆
- 外在音樂性（外在節奏）
  - 聽覺節奏：音韻的周期性反覆
  - 視覺節奏：段式的同形性反覆

一、內在音樂性

詩歌的音樂性是節奏。詩歌的內在音樂性，指的就是內在節奏。內在節奏包含由詩行中意義單位反覆的意義節奏，以及內心情緒強弱起伏而反覆的情緒節奏。現分論於下：

(一)意義節奏

意義節奏，指的是詩行中的詞或詞組等意義單位的連續和反覆。例如「蝴蝶是會飛的花，花是不會飛的蝴蝶」的詩句，吟誦的時候，每個詩句可以分成四個小單位：

蝴蝶——是——會飛的——花——
花——是——不會飛的——蝴蝶——

「蝴蝶——」、「是——」、「會飛的——」、「花——」這四個詞或詞組的小單位，都是很小的意義單位。這些小單位可以叫「意頓」，它們的反覆即構成一種意義節奏。由於詞或詞組都由音節得來，因此詞或詞組後面加上頓歇而形成的節奏單位，叫做音節頓歇，簡稱做「音頓」或「頓」。前面的兩行詩句，各有四個音頓，由於等時性的反覆，吟誦起來就有對稱、和諧的節奏；這種詩歌的語言，也就有音樂性。

寫作童詩，善於應用音頓，可以使詩句具有鮮明的節奏，使詩句富有音樂美。一般兒童詩的音頓使用方式有三：

1. 詩行的頓數大體整齊。例如：

小白鴿　　劉崇善

一隻——美麗的——小白鴿，
從哪兒——來到了——我家？
它——膽怯地——東張西望，

一定是——受到——驚嚇。

羽毛上——留著——血迹，
哪個——頑皮的孩子——用彈弓打？
也許是——凶残的——蒼鷹，
利爪——傷害了——牠。

小白鴿——不能——再飛了，
急壞了——我們——大家；
餵它——吃米、——飲水，
給它——塗藥、——包紮……

想起——牠的——小主人，
一定——非常——牽掛；
捎上——我們——寫的信，
傷癒後——快快——飛回家。

天上的——白雲——在歡迎，
小白鴿——又飛到——藍天下；
我們——大家的——友誼，
相信牠——一定會——轉達。

——《兒童詩初步》六〇頁

這首詩每節四行，每行三頓。音節整齊，有舒緩柔美的節奏，跟優美的內在感情表裡一致，富有諧和的美。

2. 詩行的頓數不整齊，但變化有規律：

時間　陳千武

時間——拿——橡皮繩子
玩弄——我
一下子——拉長
一下子——縮短

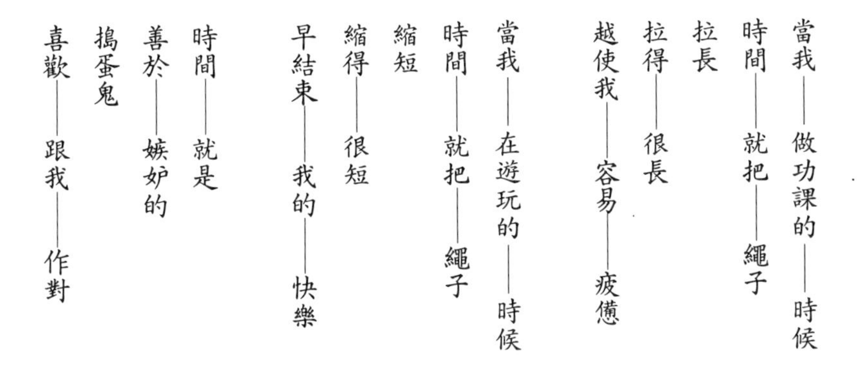

當我——做功課的——時候
時間——就把——繩子
拉長
拉得——很長
越使我——容易——疲憊

當我——在遊玩的——時候
時間——就把——繩子
縮短
縮得——很短
早結束——我的——快樂

時間——就是
善於——嫉妒的
搗蛋鬼
喜歡——跟我——作對

——《童詩創作一一〇》二一三頁

這首詩分爲四小節，每個詩行音頓不相等。但是中間兩小節的詩行頓數同是（3、3、1、2、3），是對稱的，產生了聲音的優美迴環。

3.詩行的頓數不整齊，變化無規律

唱歌的小河　黃清波

小河——很喜歡——唱歌，
一邊走，——一邊唱，
碰到了——大石頭，
歌聲——更加——嘹亮。

從山上——唱到——海邊，
一點兒——也不——休息，
他——喜歡在——高低不平的——路上，
張開——喉嚨——大聲——唱。

他說：

　平坦的——道路，

唱不出——好聽的——歌聲。

——《國語日報》兒童版64年5月3日

這首詩的詩行無規則，有一頓的，也有四頓的。它的節奏根據詩的情感起伏來安排。例如前面六行是連續稱頌小河，作者採用語氣較靈動的短行來寫，詩行大部分都在二、三頓內，屬於輕快、勁健的節奏；七、八行是敍述句，語氣較緩，改用長行寫作，詩行變成四頓，屬於緩慢的節奏。詩末「他說：平坦的道路，唱不出好聽的歌聲。」由於是轉述，再加上長行，語氣也更舒緩。現在改用短行處理，略爲加快節奏，可是由於低格處理，節奏又呈緩慢。這首詩的詩行頓數隨情感而安排，因此頓數沒有規律。

現在將「意義節奏」圖示於下：

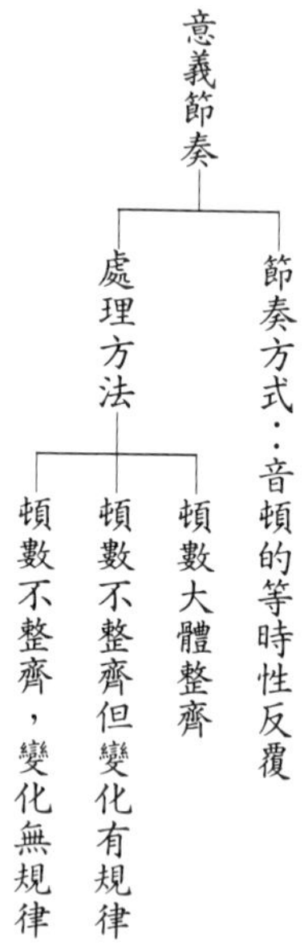

意義節奏
- 節奏方式：音頓的等時性反覆
- 處理方法
  - 頓數大體整齊
  - 頓數不整齊但變化有規律
  - 頓數不整齊，變化無規律

二情緒節奏

情緒節奏，指的是由詩中情緒強弱起伏的統一和變化，產生等量性反覆的節奏。例如：漢樂府古辭〈上邪〉：

> 上邪！我欲與君相知，長命無絕衰！山無陵，江水爲竭，冬雷震震夏雨雪，天地合，乃敢與君絕！
>
> ——《樂府詩集一》二三一頁

這一首民間情歌，詩中的女主人公指天發誓，表明愛不衰絕！除非高山變平地、江水枯乾、冬雷震震響、夏天下雪、天塌地覆，才敢斷絕。吳戰壘先生評說：「這一首呼天盟誓，披肝瀝膽的愛情詩，歷數大自然的變異，只有到山川變位，四季顛倒，天崩地陷的那一天，愛情才會斷絕。全詩語氣堅決果斷，節奏愈趨愈强，如緊鑼密鼓，最後猛擊一槌，戛然而止，情感也達到高潮。內在節奏逐次上升的曲線十分鮮明。」[29]吳先生提到這首詩「……節奏愈趨愈强……內在節奏逐次上升……」中的「節奏」，指的就是情緒節奏。這首民間情歌，採用排比兼層遞的方式，列舉同性質的五個意象，有秩序、有規律、有層次的安排，表達愛情的堅貞。這種等量性激動情緒的詞句反覆，使節奏快速，情緒高昂，產生了動人心魂的藝術效果。

兒童詩的語言在情緒節奏上常用的方法有强弱法和迴旋法等兩種。

强弱法就是使情緒增强或減弱的方法。其中的增强法，就是增强情緒的等量性反覆，以造成節奏。例如：

家　楊喚

樹葉是小毛蟲的搖籃，
花朵是蝴蝶的眠床，
歌唱的鳥兒誰都有一個舒適的窠，
辛勤的螞蟻和蜜蜂都住著漂亮的大宿舍，
螃蟹和小魚的家在藍色的小河裡，

綠色無際的原野是蚱蜢和蜻蜓的家園。
可憐的風沒有家，
跑東跑西也找不到一個地方休息，
飄流的雲沒有家，
天一陰就急得不住地流眼淚。
小弟弟和小妹妹最幸福哇！
生下來就有了媽媽爸爸給準備好了家，
在家裡安安穩穩地長大。

——《兒童讀物研究》第二輯二二七—八頁

楊喚這首詩，前六行採用單句排比方式，產生等量性的反覆節奏。它列舉小毛蟲、蝴蝶、鳥、螞蟻、蜜蜂、螃蟹、小魚、蚱蜢、蜻蜓等小動物都有家，使讀者對「家」產生嚮往。接著的四行，採用複句的排比方式，來產生等量性的反覆節奏，强化沒有家的可憐，以襯托前六行有家的幸福。這四行映襯前六行，也映襯後三行小弟弟、小妹妹有家的幸福。全詩的情緒安排，由高昂轉低沈，又升到平穩；强弱起伏，有統一有變化。全詩的明顯節奏，主要是依賴等量性詞句的增强反覆而產生。

增强情緒等量性反覆的節奏，除了上述的排比、映襯技巧外，常用的還有層遞、設問、夸飾、頂眞、對偶等等。

減弱法就是減弱情緒的等量性反覆，以造成節奏。它也有多種方式。陳啓佑先生提到緩慢詩歌節奏的五樣常用技巧：倒裝、外語和新詞僻字、表面文字排列、標點符號、切斷語法並分行處理（跨句）等方式，[30]除了童詩的語言需要日常淺顯語言，不用外語、僻字外，其餘技巧都可以使詩中的節奏緩慢，使情緒減弱。例如：

草 **謝武彰**

泥土裡的
小草，在夜裡
都不休息
努力地向上鑽
到了早晨
啊——
終於鑽出了泥土
舒了一口氣

小草們的
汗珠，亮晶晶的
在陽光下

風，拿著大毛巾
輕輕地幫小草
把汗擦乾

——《春天的腳印》十六—七頁

這首詩第一小節的第一詩行，本來該寫作：「泥土裡的小草，」現在把「小草」移到第二行開頭，使順暢的語意暫停，這是減弱了詩的進行節奏。另外，第二行中「小草，在夜裡」的詩句，「小草」本來屬上行，現在移為第二行，則「在夜裡」可屬第三行。現在把「在夜裡都不休息」的詩句打散，讓「在夜裡」在第二行，「都不休息」在第三行，採用「切斷語法並分行處理」，減弱了節奏，尤其中間加了逗號的「標點」，節奏更為緩慢。作者為何要這樣處理呢？主要是要表現小草向上鑽的辛苦，因此要減弱節奏的進行。

第二小節前四行，詩句流暢，表達小草鑽出後的高興情緒。後三行要補寫小草辛苦鑽土的情形，使用呈現手法，寫它奮鬥的「汗珠」。這三行詩，除了採用「切斷語法並分行處理」及標點以減弱節奏外，還兼用了「倒裝」。後二行本來應寫：「汗珠，在陽光下亮晶晶的」，現在改爲「汗珠，亮晶晶的在陽光下」。「在陽光下」是謂語中心語「亮晶晶」的處所狀語，本應在前面，現在移後，就是「倒裝」。作者在這一小節裡，應用三種減弱的技巧，使情緒節奏進行緩慢，以配合詩情。

減弱情緒的等量性反覆而造成節奏緩慢進行的技巧，也可用「表面文字排列」的方式。我們可以從圖象詩裡找到許多例子，這兒就不一一列舉說明了。

兒童詩的語言在情緒節奏上的第二種常用的方法是「迴環法」。迴環法常見的有類疊、回文等方式。例如：

我們爬山去　　劉丙鈞

我們爬山去，我們爬山去，
爬山你是第一次。
不是景山，不是北海，
不是那種積木般的小土堆，
眞正的山，不住在城裡。

樹林裡長著許多許多的神秘，
草叢裡開著許多許多的好奇，
你快活得像山，
山快活得像你。

你說你要爬上山頂，
你說你要超過所有的人，
雖然你不知道山有多高，
雖然你不知道有多少爬山的人。
山路上有許多許多的腳印，
踏著別人的腳印，你走自己的路。
你走在長長的山路上，
山走在你長長的目光裡。

——《一片紅樹葉》五五—六頁

這首詩，除了採用排比、對偶技巧來增強情緒節奏以外，還用了類疊和回文的技巧。例如

「我們爬山去，我們爬山去」這是類疊中的疊句；「你說你要……你說你要……」「雖然你不知道……雖然你不知道……」這是類疊中的類句；山路上有許多許多的腳印，「許多許多」是疊字；「不是景山，不是北海」，「不是」是類字。而「你快活得像山，山快活得像你」是回文。由於應用了類疊和回文的技巧，使節奏反覆，有了迴旋的音樂美。現在將「情緒節奏」圖示於下：

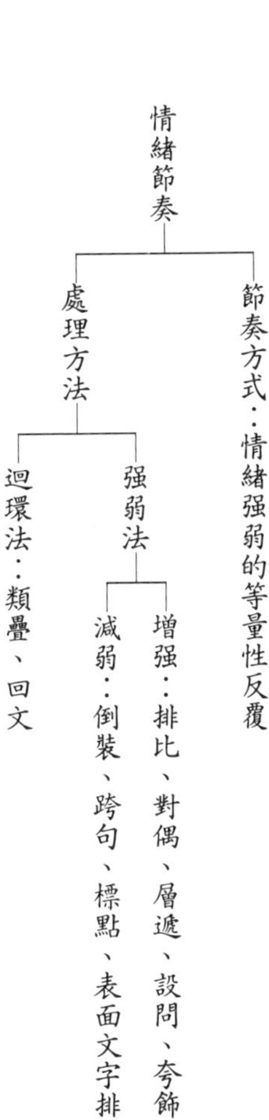

二、外在音樂性

詩歌的外在音樂性，指的就是外在節奏。也就是由外在的聲音和具體的文字排列形狀而引起的節奏。外在節奏包含聽覺節奏和視覺節奏。現分論於下：

(一)聽覺節奏

聽覺節奏是根據音韻的周期性反覆而產生的節奏。大部分人提到聽覺節奏，都指詩歌的押韻。也有少部分人加入詩句的摹聲語、平仄、雙聲疊韻。現在專對押韻來探討。

兒童詩的語言節奏，可以從內在音樂性，也就是內在意義的音頓和情緒起伏等兩方面的反覆去追求節奏，不一定要用外在音樂性的聽覺節奏中的押韻；尤其在詩句跨行時，有時押韻反而得到反效果。可是押韻也是音樂語言的一種，有時它的作用還不止於增進節奏美而已。呂進先生說：「詩不必一定押韻……不過，中外的絕大多數詩人都講究音韻。這是有道理的。韻，是感情的「心音」。韻，幫助詩把讀者帶到詩人的感情世界、內心世界去。從音韻與節奏的關係看，音韻能加强詩的節奏，而且它本身也是節奏化的。音韻不但讓詩發出動聽的聲響，又是詩的粘合劑。它將一首詩的詩行粘連成和諧、緊湊、脈絡相通的整體，使人易誦易記。」[31]兒童詩的作品在不傷害詩情下，如果押韻押得自然、活潑又能烘托詩情，那是比不押的作品高明，而且令兒童喜愛。

什麼是押韻呢?兒童詩如何押韻?林武憲先生說：「這兒所說的韻是指同一個音在同一個位置上的重覆。在韻文裡，按一定的規則，在句頭、句尾或句中使用韻母相同或相近的字，使聲韻和諧優美，就是押韻。」[32]

兒童詩的押韻，按押韻音節在詩行中的位置，可分為句首韻（頭韻）、句中韻（腹韻）、句尾韻（腳韻）。目前的兒童詩作者，大部分只重視押句尾；也就是在兩個以上的詩行末尾的實字上，採用相同或相近的韻母字。兒童詩中，句末韻母相同或相近的字反覆出現，便產生了反覆的節奏。兒童詩中常見的押韻方式有以下幾種：

1. **連句韻**：連句韻就是每一個詩句接連押相同的韻。例如：

煙囪　**林建助**

高高地站在天空中
是個會噴黑煙的大鼻孔
每次看見白雲飄過藍空
我就替他臉紅

——《媽媽的眼睛》

這首詩，每行末都押「ㄨㄥ」韻，也就是中華新韻裡的「東」韻。假使以英文字母表示一韻腳，字母相同，表示同韻，則連句韻式是「AAAA」。

2. **隔句韻**：隔句韻就是中間隔一句而相押。大部分是一三句不押，二四句押。例如：

星星和月亮　　林　良

愛靜的月亮睏了，
星星在旁邊吵鬧，
有了星星，
月亮就別想睡覺。

——《童詩五家》七頁

這首詩二、四句押「ㄠ」韻，韻式是：ABCB。

3.交錯韻：交錯韻就是奇數行跟奇數行韻腳押，偶數行跟偶數行韻腳押。韻式是：ABAB。例如：

燈塔　　沙　白

他高高地站在山上
以燈光的巨手
招呼輪船進港
像慈母的手

呼喚遠方的遊子回鄉

——《兒童文學詩歌選集》二二五頁

4. 三行韻：三行韻就是一、二、四押韻，第三行不押。韻式爲：AABA。例如：

溫度計　沙白

溫度計是感情豐富的升降機
熱的時候高興升起
冷的時候低頭縮頸
像小妹妹的脾氣

——《星星愛童詩》四八頁

5. 雙迭韻：雙迭韻就是前二行一韻，後二行轉韻。韻式爲：AABB。例如：

影子　馮輝岳

屋子裡，黑漆漆，

我的影子在哪裡？
到屋外，去找它，
哈哈！
影子就在太陽下。

——《借一百隻綿羊》九八頁

6.隨意韻：隨意韻就是詩裡雖然押韻，但是隨著情意而不規則的押。許多押韻的童詩，常採用這種方式。例如：

楊柳　馮喜秀

身材健美的楊柳，
最喜愛做做體操。
細細柔柔的手，
東搖搖，
西擺擺，
看見了我，

還會愉快的，
向我點點頭、彎彎腰。
——《放風箏的手》二〇頁

這首詩主要是押「ㄠ」韻，但是ㄠ韻的出現並不規律；另外又押了「ㄡ」韻，但只出現兩次。所以屬於隨意韻。

押韻形式多種，不容易全歸納出來。例如有的詩採用多次換韻法，前面兩行或四行是A韻，其次幾行換到B韻，後幾行又換到C韻、D韻，最後幾行又回到A韻，有似連環。而有的詩大部分採用某一種韻式（如雙迭韻），可是快結束時卻又不押韻或轉成其他韻式。因此，寫作兒童詩，除了參考以上押韻方式外，最好還是根據詩情自己設計押韻方式。呂進先生說：「一般講來，篇幅不大或情感起伏不大的詩篇往往一韻到底，給人行雲流水、一氣呵成的美感。篇幅較大或情感流轉起伏較大的詩篇往往通過換韻，使音響更加跌宕多姿，以充分表達詩人的情懷。」[33]這是對詩歌中採用一韻到底或換韻的指導原則。另外，林武憲先生說：「在韻腳的選擇方面，ㄚ、ㄢ、ㄥ、ㄤ由於共鳴度大，發音洪亮，適於表現歡樂、奔放的感情。ㄛ、ㄜ、ㄞ、ㄠ、ㄡ韻收音比較柔和舒緩，適於表現哀怨沈痛的感情。能夠隨情遷韻的話，效果會更好。在韻的疏密方面，節奏快或近高潮處，用韻要密一點。如感情激動，用韻較密；感情平和，節奏舒緩，用韻可疏。密的，句句都押；疏的，可隔行數句數行，甚至只在詩節末尾才押。」34這是對選韻腳和安排韻腳應注意的地方。現在將有關押韻的「聽覺節奏」圖示於下：

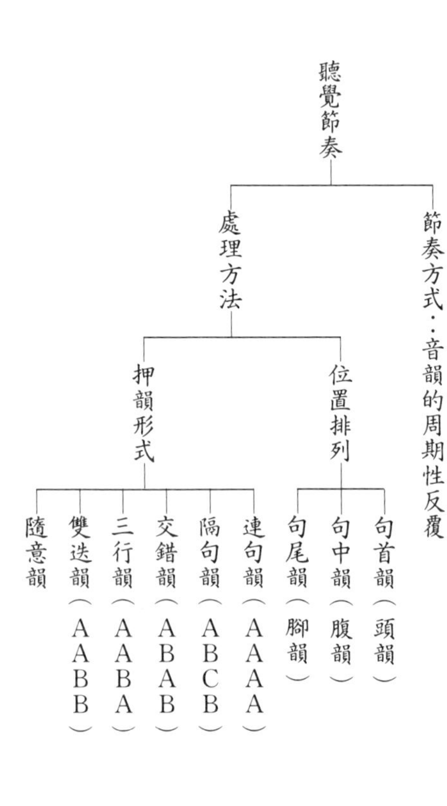

(二)視覺節奏

視覺節奏，指的是詩行在空間上的規律排列而產生的反覆節奏，也就是詩歌段式的同形性反覆節奏。這種節奏，可從均齊形和對稱形的詩歌排列中得到。我們先看以下兩種詩形的詩。

雨天　劉崇善

天上落著淅瀝瀝的小雨，
一把把雨傘像花兒飄曳，
你在人羣中忽隱忽現，
冒雨從學校跑回家裡。

看你被雨水淋得透濕，
媽媽又是疼愛又帶點怨氣，
她怎會知道你的心意，
你把雨傘留在老師那裡。

老師並沒有急著回家，
她察覺那把雨傘的秘密，
急匆匆趕來把你探望，

擔心雨水淋壞你的身體。

媽媽高興地把你緊抱，
感受到多麼深的師生情誼，
因爲有這樣愛孩子的老師，
才有這樣愛老師的孩子。

天上落著淅瀝瀝的小雨，
好像甘露灑在你的心裡，
萌生多麼純眞美好的感情，
似幼苗在雨天茁壯長起……

——《兒童詩初步》九九——一〇〇頁

窗外的蟬　　林安玲

噓——
小聲點兒

我的小貓睡著了

噓——
小聲點兒
我的小狗也睡著了

噓——
耐心地等呀！
媽媽就快要睡著了

噓——
別再叫了。
把媽媽吵醒了
我怎麼出去跟你
一起玩耍呢？

——《借一百隻綿羊》二二三—四頁

以上的第一首——雨天詩，全詩共分五段（五小節）。每段四行，每行字數也差不多，屬於大體整齊的「均齊形」。五個均齊形的各段詩句，產生等量性的反覆節奏。這種「均齊形」的排列，使人看了覺得節奏整齊、有秩序，但是也會覺得略顯單調、欠缺變化。因此，思想較凝鍊的，感情較平穩的詩，就可採用這種排列。「雨天」這首詩採用「均齊形」，在視覺節奏上，使人感到詩情較深沈、作者心情較平穩。而〈窗外的蟬〉共分四段，前三段各三行，後一段五行。這四段的前三行，詩行字數都整齊地由少而增多，屬於「對稱形」。四個對稱形的各段詩句，產生曲線形的等量反覆節奏。這種「對稱形」的排列，使人覺得節奏靈動、活潑、有變化。因此，思想較精巧、感情較迭蕩起伏的，就可採用這種排列。〈窗外的蟬〉這首詩採用〈對稱形〉，在視覺節奏上，使人感到詩情活潑，作者心情跳動大。

由詩的段式排列，我們也可以感覺到語言的節奏跳動。兒童詩的視覺節奏，常見的就是這兩種。現在將它圖示於下：

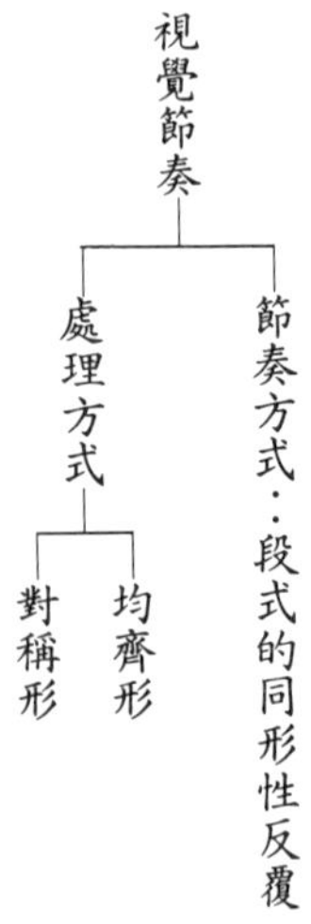

視覺節奏
- 節奏方式：段式的同形性反覆
- 處理方式
  - 均齊形
  - 對稱形

總之，音樂性的語言，是每一位寫詩的人應該努力追求的。兒童詩欠缺音樂性，常有如散文一樣、失去了詩的韻味。有個兒童寫了一首〈微風〉的詩：

微風有如母親的手，
柔柔的撫摸著我的臉龐；
微風有如母親的聲音，
細細的在我身旁叮嚀，
使我永遠沐浴在慈母的愛心下。

這首詩，以虛擬的兩個意象語來形容微風，倒很生動，但是全詩的音樂性較差。黃基博先生將它改成這樣：

微風如母親的手，
在我的臉龐，
柔柔的撫摸。
微風如母親的聲音，

在我耳旁細細的叮嚀。

——《怎樣指導兒童寫詩》二六頁

黃先生這樣一改，詩的語言就好多了。除了語言精鍊及富有意象語的特色外，由於諧韻而兼具了聽覺的音樂效果。如果末行能再改爲兩行：在我的耳旁，／細細的叮嚀。／／使全詩成爲對稱形排列，增加了視覺節奏，音樂性就會更濃。

附註

1 覃子豪：《論現代詩》三六頁（臺中：曾文出版社，民國七一年）

2 蕭蕭：《青少年詩話》十七頁（臺北：爾雅出版社，民國七八年）

3 李元洛：《詩美學》（五六四頁（臺北：東大圖書公司，民國七九年）

4 林良：〈兒童詩的語言〉載於《認識兒童詩》二八—三四頁（臺北：中華民國兒童文學學會，民國七九年）

5 劉崇善：《兒童詩初步》二九頁（臺北：千華出版公司，民國七八年）

6 蔣風：《兒童文學概論》一〇七頁（湖南：湖南少年兒童出版社，一九八二年）

7 張繼樓：〈兒童詩成人化的幾種類型〉載於《論兒童詩》一六八頁（廣西：廣西人民出版社，一九八八年）

8 金近：〈談兒童詩〉載於《論兒童詩》一〇頁（廣西：廣西人民出版社，一九八八年）

9 劉勰著王更生注釋：《文心雕龍讀本》下一一九頁（臺北：文史哲出版社，民國七三年）

10 林鍾隆：《月光光》四四集一頁（中壢：臺灣國語書店，民國七三年）

11 浦漫汀：《兒童文學概論》三七三—四頁（四川：四川少年兒童出版社，一九八二年）

12 李元洛：《詩美學》五八五頁（臺北：東大圖書公司，民國七九年）龐德的〈在地鐵車站〉詩是這樣的：

「人羣中出現的那些臉龐／濕漉漉黑樹枝上的朵朵花瓣／／」

13 蕭蕭：《青少年詩話》十七頁（臺北：爾雅出版社，民國七八年）

14 馮中一編：《詩歌藝術教程》二〇一頁（山東：山東教育出版社，一九九〇年）

15 黃永武：《中國詩學設計篇》四頁（臺北：巨流圖書公司，民國六五年）

16 張漢良：《現代詩論衡》五頁（臺北：幼獅文化公司，民國六七年）

17 李元洛：《詩美學》一七六—九八頁（臺北：東大圖書公司，民國七九年）

18 陳植鍔：《詩歌意象論》一二七—四六頁（秦皇島：中國社會科學出版社，一九九〇年）

19 呂進：《中國現代詩學》一五〇—二頁（重慶：重慶出版社，一九九一年）

20 林良：《淺語的藝術》一六六—七頁（臺北：國語日報社，民國六五年）

21 黃永武：《中國詩學設計篇》八頁（臺北：巨流圖書公司，民國六五年）

22 林鍾隆：〈介紹一位最傑出的兒童詩人〉載於《月光光》十九集四頁（臺灣國語書店，民國六九年）

23 呂進：《中國現代詩學》八一—二頁（重慶：重慶出版社，一九九一年）
24 李元洛：《詩美學》六六〇頁（臺北：東大圖書公司，民國七九年）
25 覃子豪：《論現代詩》九七頁（臺中：曾文出版社，民國七一年）
26 呂進：《中國現代詩學》七八頁（重慶：重慶出版社，一九九一年）
27 陳本益：《漢語詩歌的節奏》七頁（臺北：文津出版社，民國八三年）
28 陳本益：《漢語詩歌的節奏》二—六頁（臺北：文津出版社，民國八三年）對立的語音形式，如：長音與短音、重音與輕音、高音與低音、動音與靜音等對立形式。
29 吳戰壘：《中國詩學》一六二—三頁（臺北：五南圖書公司，民國八二年）
30 陳啓佑：《新詩形式設計的美學》二二五頁（臺中：臺灣詩學季刊雜誌社，民國八二年）
31 呂進：《新詩的創作與鑑賞》七七—八頁（重慶：重慶出版社，一九八二年）
32 林武憲：〈談兒童詩的音樂性〉載於《認識兒童詩》五〇頁（臺北：中華民國兒童文學學會，民國七九年）
33 呂進：《新詩的創作與鑑賞》八五—六頁（重慶：重慶出版社，一九八二年）
34 林武憲：同32五〇—一頁

第五章

兒童詩情意的表現手法

寫作兒童詩，蒐集了題材，決定了主題以後，就要應用語言媒介把情意表現出來。每個詩人都有自己的表現手法，因此寫出來的詩句，也就像天上的雲彩、海上的波浪、陸上的花朵一樣，千姿百態，變化無窮。在衆多的表現手法中，依據表現的方式，可以分爲直接表現與間接表現；依據詩句的呈現，可以分爲修辭技巧與詩句形式。現在說明於下：

第一節　直接表現與間接表現

一、直接表現

兒童詩情意的表現，偏重主觀情意直接表達的方式叫做「直接表現」。詩貴含蓄，常常借用他人、他事、他物來表現情意；但是有時候情意蓄積到高點，非直接噴薄出去無法表現眞正的情意，則可以採用直接表現手法，把深情强烈表露於外以震撼人心。許多戰鬥詩歌或者控訴的題材，常用這種手法。例如岳飛的〈滿江紅〉，首句的「怒髮衝冠」，即是直接表現的句子。

兒童詩中採用直接表現手法的很多，例如：

我不要當班長

張彥勳

我不要當班長
班長是老師的出氣筒
秩序不好　班長被責罵
整潔不好　班長被處罰
路隊不好　班長被修理
自從當了班長
我都在戰戰兢兢中過日子

我不要當班長
班長是老師的雜工
早晨的自修　班長要出題
各科的作業　班長要書寫
筆記的批閱　班長要代勞
自從當了班長
我的體重一直在減退

人家說：當了班長是榮譽
我卻說：誰當了班長就是倒楣

——《月光光》二十二集九頁

這首詩直接傾訴當班長的倒楣，採用排比方式說明班長如何成爲老師的出氣筒和雜工。感情直噴，令人震撼。再如：

勇敢的人　　吳望堯

風大算什麼　我們不怕風
雨大算什麼　我們不怕雨
有風有雨　我們前進
才是一個勇敢的人！

跌倒算什麼　我們骨頭硬
眼淚算什麼　我們不會哭
咬緊牙根　繼續前進

我們才是勇敢的人！

——〈中央日報〉副刊，民國68年5月9日

這首詩以風、雨、跌倒等形象語，代替「困難、挫折」的抽象語；以「骨頭硬」代替「有志氣」；以「眼淚」代替「失敗」。詩中有不少的意象語，但是全詩的重點，卻是反覆提到的做個「勇敢的人」。因此，這首詩也是屬於直抒胸臆的「直接表現」手法。採用直接表現法寫詩，如果能像這首詩一樣，兼用客觀景物形象的意象語，就會更爲生動。

二、間接表現

兒童詩情意的表現，偏重客觀景物形象塑造而表達的方式叫做「間接表現」。這裡指的客觀景物形象，除了自然景物外，也包含人、事等形象。

如果我們把詩歌中的情意部分用「甲」字代替；把景物形象部分用「乙」字代替，則前述直接表現法中，〈我不要當班長〉的詩，全篇是情意的直接表達，屬於「甲」型。而〈勇敢的人〉，在情意直抒中略帶形象，屬於「甲中有乙」型。間接表現的詩，常常不直接抒發情意，而只呈現形象，也就是屬於「乙」型。

描繪「景物形象」以呈現「情意」，一般常見的有兩種形式。一種是「以形傳神」，一種是「以神造形」。「以形傳神」的方式是什麼呢？鹿國治先生說：「以形傳神的方式偏重於形似，對景物的細節作眞實的描繪。以形求神似，約略相當於王國維所說的『寫境』一類。詩人如實地再現生活，讓情感從這個眞實生活的形象中透視出來，達到以形傳神。其形象的營造以造型性想像爲主。這一抒情方式又可分爲白描、陳述、寫景等三種。」[1]

兒童詩的作品中，常用到這些方式抒發情意。例如：

便當　　**林美娥**

一口一口的吃著
媽媽裝便當的手
在我眼前
晃著

一口一口的吃著
爸爸送便當的汗滴
在我眼前

亮著

——《月光光》一集七頁

這首詩，要表達的是父母的愛心以及子女的感恩。詩中沒有直接指出這些情意，而是透過孩子吃便當，想到母親的愛心表現——裝便當；父親的愛心表現——送便當的事。這種採用白描以及陳述事件來抒發情意的方式，屬於以形傳神的間接表現手法。

林良先生的〈白鷺鷥〉：

白鷺鷥　**林良**

青青山下
綠綠水田
白白的鷺鷥
低
低
飛

青青山下
綠綠水田
白白的鷺鷥
　　飛
　飛
飛

——《童詩百首》四一頁

這首詩，要表達的是大自然的景色秀麗，我們應該走向大自然。詩中也沒有直接指出這些情意，而是透過兩幅白鷺鷥在青山下、綠水田上飛舞的畫面，間接的表現出來。這種寫景而寓情的寫法，也是「以形傳神」的間接表現手法。

什麼是「以神造形」的形式？鹿國治先生說：「這裡的形，是一種主觀化了的形象。以神造形，就是用審美情感去把握客觀之境，充分發揮創造性想像的審美功能，對生活原型進行程度不等的改造和變形處理，具有王國維所說的『造境』的意味。所以詩中的景物形象可以允許離開生活的眞實形象。根據情感外化的具體情況，這一抒情方式又可分爲三種類型：移情型、虛擬型、象徵型。」[2]

兒童詩的作品中，也常用到這些方式抒發情意。例如：

街上行　林清泉

這是一條平靜的溪流
水裡游魚熙攘的往來
大的顯出猙獰的面目
小的露出驚惶的神情
驀地——
一條大魚吃掉一條小魚
水面便掀起很多的漣漪
旋即又平靜如恆

——《遨遊童詩國度》五頁

這首詩由標題可以看出，作者關心交通問題的嚴重，以及抗議弱肉强食的現象。作者不直接寫大車撞小車、撞行人的事件，而是把大車擬爲大魚，小車、行人擬爲小魚；發生了車禍，就是大魚吃小魚；車禍發生、街上秩序混亂，作者虛擬爲水面掀起漣漪。這種不直接抗議街上交通的紊亂，反而虛擬一個相關的事件，屬於「以神造形」的間接表現法。再如：

小草　趙天儀

只要有一撮泥土，
我就萌芽；
只要有一滴露珠，
我就微笑。

生活的天地雖然很小，
但天上有繁星，
地上有螢火，
都點綴了夜裡的黝暗。

當陽光強烈地照耀，
我抬頭挺胸；
當狂風暴雨猛烈地沖擊，

我昂然而青翠。

豎立在曠野小小的角落，
沈默是堅忍的音符；
啊！我在陽光中欣欣向榮，
也在狂風暴雨中渾身抖擻！

——《小麻雀的遊戲》五六—七頁

這首詩可以說是「托物言志」的詩。作者用擬人的移情手法來詠物，抓住小草的特點仔細描摹，表達小草富有堅忍不拔的生命力，以及樂觀進取的心。深入探究，乃借小草而寫人的堅忍不拔、樂觀進取。詩中的小草是人物象徵，而泥土、露珠、繁星、螢火、陽光、狂風暴雨，都是事物象徵。這種對某一具體事物的表象加以適當改造，以寄托或象徵某種主觀情意，屬於以神造形的移情型及象徵型的間接表現法。

寫作兒童詩，可以應用直接表現手法抒發情意，也可以用間接手法抒發情意。如果技巧熟練以後，還可以把這兩種手法綜合應用在一首詩內，使形與神有機地融合起來，使詩作更富有藝術價值。

第二節　修辭技巧與詩句形式

寫作童詩，在詩句呈現方面，應該考慮的是修辭技巧和詩句形式。現在分別說明於下：

一、修辭技巧

不同的材料有不同的表現方法。因此如何針對蒐集來的材料，決定適當的表現方法，便是創作者應該全力以赴的。我國研究詩歌寫作的人，常會提到〈毛詩序〉中詩經賦、比、興的寫作技巧。賦比興的表現方法是什麼呢？朱熹在《詩集傳》卷一裡說：「賦者，敷陳其事而直言之者也。」、「比者，以彼物比此物也。」、「興者，先言他物以引起所詠之詞也。」[3]從表現方式來說，賦的寫作技巧，接近前面提到的直接表現；比、興的寫作技巧，接近間接表現。以詩句呈現來說，賦似白描，比似比喻，興似象徵。

詩論家黃維樑教授研究文學的寫作技巧，在〈尋找文學的月桂〉論文中說：古代希臘大學者亞里斯多德（Aristotle）在《修辭學》書中提到的三大原則——用比喻，用對比，要生動，可以列爲文學創作的三大技巧。「生動」這一原則是「比喻」和「對比」的基本，也就是這株文學月桂樹的主幹。「比喻」和「對比」則是二大支幹。大支幹上還可分出細的支幹。比喻建基於「同」，對比建基於「異」。後世修辭手法要細分的不下數十百種。可是，如果從大處著眼，作綱領式的分類，則大部分的修辭手法，若非建基於「同」，即建基於「異」。以這三個技巧爲「綱」，後世的其他修辭手法可以當「目」，歸在「綱」下。例如象徵、借代、比擬、相關、誇張等建基於「同」的修辭手法，可歸在「比喻」的大類下；反諷、矛盾語等建基於「異」的修辭手法，可以歸在「對比」的大類下。他又說：我國〈毛詩序〉的賦比興之義，賦是「鋪陳其事而直言之」，引申來說，有具體生動的意思。比就是比喻，興則相當於象徵；比和興可以合爲比喻。如果賦比興的「比」可以解作比喻和對比，那就跟亞里斯多德的「生動、比喻、對比」三大原則大致相同，可惜事實上並不是這樣。因此亞氏的三大原則說，比〈毛詩序〉的三義說，要通透一點。[4]

黃教授的見解很有新義，現在根據「生動、比喻、對比」三大寫作技巧，談談童詩抒發情意的修辭技巧。

㈠生　動：

寫作童詩，在表達情意方面，不管是採用直接表現或間接表現，都要注意生動。例如：

醜　盧繼寶

醜有什麼不好？
癩蛤蟆長得醜才長命，
漂亮的青蛙處處危險哪！

醜有什麼不好？
漂亮的孩子不找我玩，
我才有更多的時間讀書哇！

醜有很多好處，
爲什麼我自己一個人的時候，
眼淚就想跑出來呢？

——《月光光》二集十三頁

這首詩屬於直接表現手法，但是卻寫得極生動。首先作者把「醜沒有什麼不好」的直敍句改爲疑問句，引起讀者好奇；其次，前兩段提到醜沒有什麼不好，按照思維邏輯，在末段裡應該總結爲：「醜有很多好處，我應該感到高興」，可是作者採用「意外筆」法，卻寫眼淚會流出來，仍舊不喜歡醜，使全詩收到驚奇、感人的效果。又如：

愛哭鬼　　方素珍

不打妳
不消氣
想打妳
怕妳哭

妹妹
妳出來
太陽下
妳的影子小
我的影子大
看妳怕不怕
不怕

好
跺妳的影子
跺妳的影子

哎呀
影子跺影子
根本不會痛
妳哭什麼嘛

——《借一百隻綿羊》二〇三—四頁

這首詩屬於間接表現。作者採用呈現語態，讓詩中的主人公，應用對話、動作和心理活動，把跟妹妹吵架，妹妹愛哭的情形，具體地呈現出來，因此極為生動。如果我們改為靜態的說明，寫做：「姊姊為了消氣／想打妹妹／又怕妹妹哭// 姊姊把妹妹叫出去／跟妹妹比影子大小／妹妹不怕／他們互相踩影子// 妹妹哭了／姊姊認為影子被踩又不痛／妹妹眞愛哭//」全詩的韻味就沒了。由此也可以知道：人物、場景、事件的描寫，愈具體生動的，愈感人。寫作童詩，文字要具有形象性，也就是要多用視覺、聽覺、觸覺、味覺、嗅覺等等描敍性意象語言來寫。古詩或現代詩的寫作，常採曲筆方式，如側筆、反筆、意外筆、交錯筆的角度寫，使詩作更爲生動。兒童詩的作者如果也能採用這些方式寫作，也可以使作品得到生動的效果。

(二)比　喻：

這兒的比喻，指的是廣義的比喻技巧。也就是前文朱熹說的「比，以彼物比此物」的比。這一式的表現手法，除了一般修辭學中提到會有明喻、暗喻、借喻、略喻的比喻手法外，還包含建基同於此的象徵、比擬、借代、雙關、示現、夸飾等等技巧。兒童詩的作品中，常應用這種技巧來寫作。例如：

關不住的愛　　**陳念慈**

媽媽的愛
像我家的水龍頭
關緊了
它還是流
一滴水，看不見
兩滴水，也看不見

水滿了
我看見了
我看見了媽媽的愛
媽媽的愛好深哦！

——《秋天的信》二一頁

這首詩寫母愛。母愛是抽象的，看不到的，作者採用明喻的比喻法，以水龍頭滴水的事件來說明，結果母愛的光輝就具體的呈現出來了。這首詩如果改採直接敍述，寫作：「媽媽的愛／不停的給予／平時一點一滴沒感覺／累積久了／媽媽的愛好多好多／／」如此，便也沒有詩味了。

再如：

鴨子 **曾淑麗**

老是擺著屁股，
跳著扭扭舞，
自己卻不知道，
那舞姿多難看！

得意時，
拉長喉嚨
「刮刮」的叫幾聲，
自己卻不知道，
那聲音好難聽啊！

——《兒童詩畫選》下册三二頁

作者要寫的是：沒有才幹卻又愛現，結果令人討厭。作者不是採用一般「比喻」的方式，寫作：「不會跳舞／又愛跳舞／自己不知道／那就像鴨子／扭著屁股／舞姿多難看／／ 有一點兒小成就／就拚命的吹牛／不知道這就像刮刮叫的鴨子／聲音多難聽啊／／」而是採用象徵手法，把鴨子象徵人，然後極力刻畫鴨子的舞姿難看、叫聲刺耳，以諷刺沒有實才卻又愛現的人。

㈢對　比：

對比就是把兩種不同的觀念、事實或景象，對列比較，使情意增強的修辭技巧。有的修辭學叫做「相對」、「對照」或「映襯」。古詩裡，應用對比技巧寫作的詩句很多。例如杜甫〈自京赴奉先詠懷五百字〉詩中的「朱門酒肉臭，路有凍死骨」，是一富一窮的對比；王維的〈鳥鳴磵〉

的「人閑桂花落，夜靜春山空」，是動靜對比。寫作兒童詩，應用對比來表現情意的很多。例如前文提到林艮先生的〈白鷺鷥〉，青山、綠水田是靜的，白鷺鷥的飛翔是動的，這是動靜對比的畫面。俗語說：「牡丹雖美也要綠葉扶」，對比的目的，就是借綠葉來襯托牡丹。寫作兒童詩，不管採用直接表現，或是間接表現，都可以應用「對比」的技巧。例如：

自信　　彰縣文德國小六年級　謝忠言

學鋼琴的同學說
學琴的孩子不會變壞
練書法的同學說
寫毛筆字的孩子不會變壞
學繪畫的同學說
畫圖的孩子不會變壞
學作文的同學也說
學作文的同學不會變壞
我放學回家
幫忙洗衣煮飯

照顧弟妹
復習功課
雖然沒有上什麼才藝班
可是我深信
忙碌中的爸爸媽媽
最放心我了

——《滿天星兒童詩刊》八期，五六頁

這首屬於直接表現的詩，前八行寫參加才藝班的同學不會變壞，後八行寫自己沒參加才藝班，卻是父母心目中的好孩子。將參加和沒參加才藝班的結果對列比較，讓讀者很快地辨別孰是孰非，增強了詩中欲表達的情意。

間接表現的童詩，也常活用對比技巧。例如：

雷公公和啄木鳥　　**聖　野**

我裝雷公公，
轟轟轟！

去敲奶奶的門，
敲了好半天，
敲得越是響呀，
裡面越是沒有聲音。

我做啄木鳥，
篤篤篤，
請奶奶給開開門，
奶奶奔出來，
像閃電一樣，
歡歡喜喜接小孫。

奶奶，奶奶，
雷公公聲音大，
爲什麼聽不見？
啄木鳥聲音小，

爲啥倒聽得見？

奶奶告訴我，
當我像小強盜的時候，
她的耳朵就聾了，
當我像小客人的時候，
她的耳朵就不聾。

——《中國兒童文學大系詩歌(二)》六五一——二頁

這首詩的「對比」技巧用得很好。例如前兩段詩，第一段寫敲門不懂禮貌，粗暴大聲，奶奶不理；第二段寫輕輕敲門，奶奶歡歡喜喜的來開門；這是不同行爲不同結果的對比。「雷公公」象徵粗暴不懂禮貌，「啄木鳥」象徵懂事有禮貌；這是形象的對比。「轟轟轟」暗示大聲，「篤篤篤」暗示小聲，這是聲音的對比。這首詩的主題在探討怎樣敲門才好。作者不是用直接敍述方式教訓兒童，而是採用呈現語言，將對比的情節呈現出來，供兒童自行辨別，得到教育。

使用對比增强情意的方式，除了前面提到的貧富對比、動靜對比、人我對比、大小對比、形象對比外，還有很多。例如：時空對比、今昔對比、正反對比、有無對比、虛實對比、晝夜對比、遠近對比、高下對比、情景對比、人物對比、感覺對比、色彩對比、明暗對比、異同對比、常變對比等等，都是經常見到的。

「對比」技巧下，還包含建基同於對比的倒反、矛盾語等修辭格。倒反就是言辭的表面意義和作者內心眞意相反的修辭法。例如要指責公車司機亂開車，詩句中沒有指責的語言，反而稱贊坐上這種車，可以鍛鍊臂力、可以訓練平衡力，這就是倒語。矛盾語就是對列兩個矛盾情境，以表現詩意的方法。例如北投國小陳朝華小朋友寫的〈怎麼不一樣〉的詩：「昨天老師教我／上車要排隊／車上要讓座／今天／媽媽帶我上街／等車的人很多／媽媽告訴我／車子來了／趕快擠上去占位置／奇怪／怎麼媽媽說的和老師說的不一樣？」

二、詩句形式

寫作兒童詩，對詩中的情意，要多考慮應用生動、比喻、對比等文學的三大技巧來表現。決定了表現技巧，要把它寫成詩句，卻要考慮詩句的進行方式。兒童詩的詩句進行方式，常見的有：直進式、跳躍式、並列式、迴環式、轉折式及總分式等六種。直進式和跳躍式，情意進展較快；並列式大部分針對情意中的某個特性分解，情意進展較慢。迴環式有的是針對某個特點迴環相應，情意進展也慢，不過有的則是文字蟬聯而已，情意並未明顯減慢。轉折式、總分式，語意轉折或暫爲停頓，情意進行也稍慢。現在分述於下：

㈠直進式：

直進式的句式，就是句子間情意的表現，屬於一直線連貫前進。這種句式，常常是單純化的。例如：

遊戲　詹冰

「小弟弟：我們來遊戲，
姊姊當老師，
你當學生。」
「姊姊：那麼，小妹妹呢？」
「小妹妹太小了，
她什麼也不會做。
我看——
讓她當校長算了。」

——《太陽．蝴蝶．花》三頁

這首詩採用對話方式呈現情意，把握了生動的表現要領。詩句中的情意表達，一句話一個意思，每個意思接得很緊密，沒有跳躍、並列、迴環，屬於直線連貫前進的詩句形式。再如：

圖書館附近的小麻雀　　**林煥彰**

住在圖書館附近的小麻雀，
牠們都很喜歡念書；
經常飛到閱覽室的窗前，啁啁的念著。
有一天，牠們壯大了膽子，
停在我的圖畫故事書上，
對著我羞羞的說：
我們讀過的字，
已經比你還多。

——《我愛青蛙呱呱呱》二六—七頁

這首詩的句子也是一句話一個意思，意思跟意思間接得很緊密，沒有跳躍、並列、迴環的現象，屬於「直進式」的形式。直進式的形式有很多種。例如依照時間秩序，由昔而今或由今而昔；依照空間秩序，由近而遠或由遠而近；依照空間、事物秩序，由大而小或由小而大等，所寫出的詩句成直線進行的，都是。

(二)跳躍式：

跳躍式的句子是針對直進式的形式而分的。也就是情意的表現，句子跟句子間不是連貫的直線，而是像一個個跳躍的點；從一點馬上跳到另一個點，中間省去許多相關的句子。古詩常用跳躍式的句子。例如編入國小國語課本中的〈江南〉詩：「江南可採蓮，蓮葉何田田。魚戲蓮葉間：魚戲蓮葉東，魚戲蓮葉西，魚戲蓮葉南，魚戲蓮葉北。」（《樂府詩集一》三八四頁）按照語意的連貫，江南可採蓮的詩句，接下去該寫的是採到多少，但是這首詩的第二句卻跳到蓮葉多麼茂盛，跟採蓮無關了。第二句寫蓮葉何田田，第三句該接的是，蓮葉如何茂盛，但是句子又跳到魚如何在蓮葉間嬉戲。像這樣的句式，就是跳躍式的句式。童詩作品，也可以找到這類的句式。例如：

鐵窗　李國躍

藍天
分割成一塊一塊的；

遠山
分割成一塊一塊的；
幻想
被阻擋在粗粗的鐵條前，
也分割成一塊一塊的，
飛不出窗外。

——《滿天星兒童詩刊》六期二六頁

這首詩的前四行，完整的意思是：鐵窗把藍天分割成一塊一塊的；把遠山分割成一塊一塊的。句子省略了主語「鐵窗」，於是詩句變成由敍述「藍天」的點，跳到敍述「遠山」的點，點跟點之間，沒有直線連接。後四行的主語變成我的「幻想」，內容敍述我的幻想被鐵窗阻擋的結果。這個「幻想」的點，跟前四行的藍天、遠山的點，也沒有直線連接。全詩各點，採用語斷意連的方式進行。這是跳躍式的句式。

㈢並列式：

並列式的句式，就是並列好幾個性質相近的句子，表現一個相同的情意。詩歌的寫作，敍事時往往惜墨如金，採直線或跳躍式寫；但是在抒情的時候，往往又用墨如潑，採用相似意象排比鋪寫。例如：

映像　非馬

我在鏡子前面／對著影子齜齜牙／吐吐舌頭／影子也對我齜齜牙／吐吐舌頭／／　我在忽忙的街上／對一個踩了我一腳的行人／狠狠瞪了一眼／他也狠狠瞪了我一眼／／我在寧靜的夜裡／向天上的星星眨眼／星星也向我眨眼／／　我在露水的田野上／對著一朵小小的藍花／微微點頭／小藍花也在風中／頻頻對我點頭／／　今天我起了個大早／心情愉快地／對著窗外的一隻小鳥吹口哨／小鳥也愉快地對我吹口哨／／　我在甜蜜地回想／昨夜夢裡／那個不知道名字的小女孩／卻怎麼也記不起來／是她還是我先開始的微笑／／

——《布穀鳥》十四期四四——五頁

這首詩要寫的情意就是「我對人好，人家也對我好；我對人不好，人家也對我不好」；也就是：我怎樣對人，人家也怎樣對我。作者根據這個情意，鋪排了許多並列的情景。有正面的小藍花點頭、小鳥吹口哨、小女孩微笑；也有反面的影子齜牙吐舌頭、行人瞪眼、星星眨眼。這種句式，節奏性高、情意較深刻，但情意進展較慢。再如：

妹妹　**國小兒童李昌駿**

妹妹的鼻子像螞蟻，
很靈敏。
妹妹的嘴像螞蟻，
愛吃甜食。
妹妹的字像螞蟻，
眞小。
眞奇怪！
妹妹總是像螞蟻。

——《兒童詩初探》六〇頁

這首詩前六行，並列了三個妹妹像螞蟻的具體意象。這兒的句式，也是並列式。

(四)迴環式：

迴環式的句式，就是句子迴環呼應。常見的句式有回文、頂眞、類疊等形式。例如：

海與天　何光明

海看著天　海高興天也高興
天看著海　天生氣海也生氣

海藍似天藍　海天認識已久
天藍似海藍　海天相知已深

天若晴空萬里　海容納著天
海也風平浪靜　天包含著海

海若波濤洶湧
天也風狂雨驟

——《滿天星兒童詩刊》七期封面內頁

這首詩的有些詩句，上下兩句詞彙大都相同，而詞序恰好相反，是回文方式，例如：「海看著天，天看著海」、「海藍似天藍，天藍似海藍」等。這種詩句有迴旋的美。再如：

醒　　樊發稼

每天，／天不亮，／沒有人叫，／奶奶就早早醒啦。／／　天亮了——／公雞叫醒媽媽，／媽媽叫醒姊姊，／姊姊叫醒我，／可我，／怎麼也叫不醒睡在身旁的／布娃娃。／／

——《滿天星兒童詩刊》五期三四頁

這首詩中，「公雞叫醒媽媽，媽媽叫醒姊姊，姊姊叫醒我，可我，怎麼也叫不醒睡在身旁的布娃娃」。前一句的結尾詞語，作爲下一句的起頭詞語，接連相生，屬於頂眞的句法。而其中的「叫醒」詞語，一再的隔句出現，又有類疊的呼應效果。全詩的句子，屬於迴環的形式。

(五)轉折式：

轉折式的句式，就是前後詩句在意思上發生了轉折，後面的詩句不是順著前面的詩句說下，而是表示了與前面句子相反或相對的意思。例如：

賣糖的老人　張彥勳

庭院裡的小花，／爬過屋頂，／悄悄地溜走了。／／森林裡的小鳥，／越過山嶺，／悄悄地飛走了。／／寺廟裡的鐘聲，／渡過溪谷，／悄悄地跑走了。／／只有——／只有那賣糖的老人獨自一個，／吹著喇叭，在傍晚的廣場上，／寂寞地站著。／／

——《張彥勳詩集——朔風的日子》五五——六頁

這首詩前三小節詩句，採用並列式，寫的是小花、小鳥、鐘聲都走了；第四小節開頭並沒有順著前面的句式，說賣糖的老人也走了，而是寫出相反的意思，說賣糖的老人寂寞地站著不走。這樣的詩句進行形式，屬於轉折式。很多意外筆的詩句，常是轉折式的句式。

㈥總分式：

總分式的句式，分爲總說和分說兩部分。總說是簡略的提示和總括；分說是較詳盡地共同說明總說。例如：

板擦兒　作者待考

板擦兒的命好苦哇！
替黑板洗臉，
弄髒了身體，
還挨了一頓打。

這首詩的詩句進行方式，「板擦兒的命好苦哇！」是總說。後面的詩行說明他爲什麼命好苦，屬於分說。

總之，詩句形式常見的有這六大類，每大類下又可細分爲許多小類。寫作一首兒童詩，尤其是一首長詩，這六種句式可以根據詩的情意交互應用。情意應單純進行的，就採用直進式、跳躍式的句式；情意要加强豐富性、韻味性，可用並列式、迴環式、轉折式、總分式的句式。現將兒童詩情意的表現手法圖示於下：

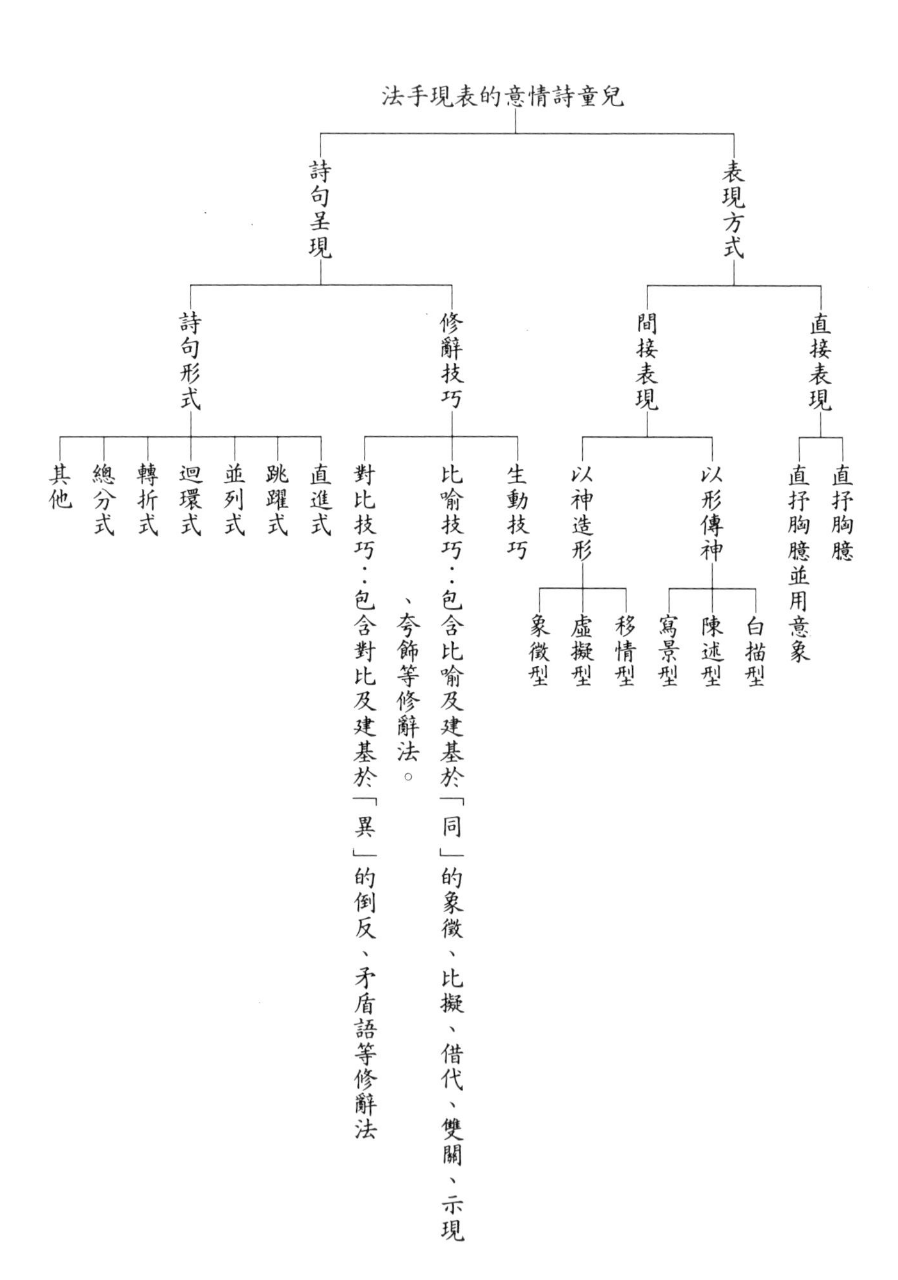
兒童詩情意的表現手法
詩句呈現
表現方式
詩句形式
修辭技巧
間接表現
直接表現
其他
總分式
轉折式
迴環式
並列式
跳躍式
直進式
對比技巧：包含對比及建基於「異」的倒反、矛盾語等修辭法
比喻技巧：包含比喻及建基於「同」的象徵、比擬、借代、雙關、示現、夸飾等修辭法。
生動技巧
以神造形
以形傳神
象徵型
虛擬型
移情型
寫景型
陳述型
白描型
直抒胸臆並用意象
直抒胸臆

回附　註回

1 馮中一等：《詩歌藝術教程》一五一－四頁（山東：山東教育出版社，一九九〇年）

2 馮中一等：《詩歌藝術教程》一五五頁（山東：山東教育出版社，一九九〇年）

3 朱熹集註：《詩經集註》一－四頁（臺北：華正書局，民國六六年）

4 黃維樑：〈尋找文學的月桂・文學的三大技巧〉，載於〈中國時報〉副刊，民國七〇年，九月二一－三日）

第六章

兒童詩的結構

結構是寫作兒童詩中重要的技巧之一。詩人兼詩論家覃子豪先生說：「詩更注重結構。因爲詩是屬於高度性的技巧表現。結構，是技巧表現之一，不可忽視。但一般作品都缺乏嚴密的結構，故其作品不是趨於癱瘓，鬆懈無力，便是趨於僵化，無統一的諧和。簡短的詩，成了片斷，是一首詩的一部分，不是一首詩的一個整體；較長的詩，則呈零亂，成爲無秩序的囈語，或是成爲繁冗的廢話。句子和句子之間，不能絲絲入扣；段和段之間，沒有呼應和聯繫。」①由覃先生的這段話可以知道，「結構」是寫作詩歌的人，應該重視的技巧。那麼「結構」是什麼呢？寫作兒童詩如何安排結構呢？這是本章所要探討的。

結構本來是建築的術語，指的是房屋的構造或組織。②傑出的建築師，決定建造一個偉大的建築物後，必先考慮當前可以應用的建築材料，然後根據目標設計結構圖，以供施工時按部就班地安排各種建築材料，完成理想的建築物。同樣的，寫作兒童詩，在詩性、詩意充沛，題材、詩句尋覓妥切後，也應該設計全詩的結構，以容納這些內容。兒童詩的結構，就是指兒童詩作品的組織方式，以及各部分的結合關係。它屬於表達詩情、意境的內在運轉層次，也就是詩的內在邏輯聯繫，不是指外在的詩句排列或韻律安置的形式。

詩的內在邏輯聯繫，即結構的進展方向，在詩篇中的具體表現，鹿國治先生將它分爲四類：生活的邏輯、思想的邏輯、情感的邏輯、想像的邏輯。生活的邏輯，指的是按照客觀生活中的時空秩序來構築詩篇。思想的邏輯，指的是以一個強有力的思想，作爲或隱或顯的邏輯線索貫串起一首詩的結構；情感的邏輯，是根據詩人的內心情感、內在情緒的運動過程和發展層次來構架；想像的邏輯，就是按照詩人的審美想像中的可能性，在多層次、多序列的動態時空中來重新熔鑄並組合意象、構築成篇。[3]寫作兒童詩，應多利用這四類邏輯來設計結構。

兒童詩的結構方式是靈活而多樣的。現在根據內在邏輯聯繫，參考鹿國治先生對一般詩歌結構方式的分法，列表於下並分節說明：

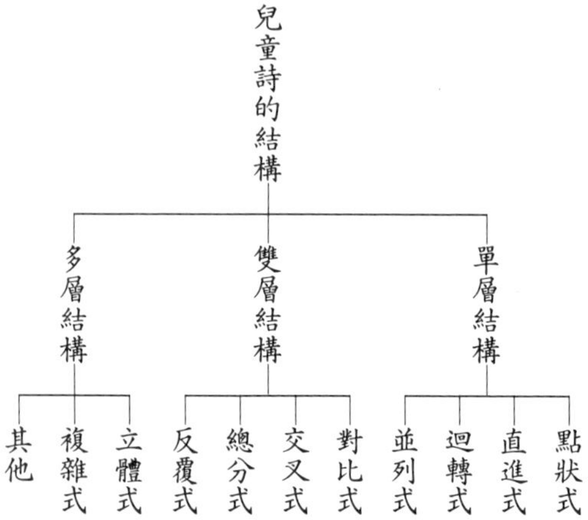

- 兒童詩的結構
  - 單層結構
    - 點狀式
    - 直進式
    - 迴轉式
    - 並列式
  - 雙層結構
    - 對比式
    - 交叉式
    - 總分式
    - 反覆式
  - 多層結構
    - 立體式
    - 複雜式
    - 其他

第一節　單層結構

有些兒童詩的結構比較單純，它的內在邏輯關係，只停在一個點、一條線或一個面上。這種詩的結構方式，叫做單層結構。單層結構中的兒童詩，常見的有點狀式、直進式、迴轉式、並列式等四種。

一、點狀式：

點狀式的兒童詩，呈現的只是一個物象或事件的小片斷，也就是一個「點」，看不出明顯的前進、彎曲或並列的邏輯線索。例如：

路燈　**林良**

深夜裡，
街上靜悄悄。

走路的人看到路燈，
就像看到一個
醒著的人。
——《林艮的詩》五〇頁

這首詩把路燈擬人，寫出了萬物有情、物我和諧的境界。詩中的內在邏輯，只是行人看到路燈的一個「小點」而已。這是屬於「點狀式」的結構。有些詩，單純得只有一句話，或一兩行詩而已。例如：張中海的〈夢〉詩：「夢再美，也只能做到醒的時候。」孫立潔的〈青蛙〉詩：「青蛙！一年又一年，你就總重覆著一個調子的歌嗎？」（以上見《新詩的創作與鑑賞》三〇四頁）、曾錦山的〈春風〉詩：「春風／叫花兒張開嘴來唱歌」（月光光雜誌第二集）、賴保琪的〈怪手〉詩：「一隻巨大的手／一把抓走我遊戲的地方」（滿天星兒童詩刊創刊號）。這些都是「點狀式」的結構。

二、直進式：

直進式的兒童詩結構，有的是按照客觀生活中的時空秩序構造詩篇，有的是按照情感、想像等主觀邏輯中的順序設計架構。例如：

禮物　　蔡美珍

姊姊要幫忙洗衣服
哥哥要幫忙擦地板
我也要幫忙洗碗筷
這是我們要送給媽媽——
母親節的禮物
一會兒
姊姊把衣服洗好了
哥哥把地板擦好了
我也把碗筷洗好了
媽媽笑了
媽媽笑著走進浴室洗衣服
　　走進客廳擦地板
走進廚房洗碗筷

——《民生報》民國77年6月6日

這首詩，寫的是三個富有孝心的孩子，在母親節中，表達感謝母親的情形。但是可能由於平時受寵過分，因此不但沒幫上母親，反而使母親更忙。結尾採用「意外筆」寫出結果，不但富有幽默效果，而且很有韻味。這首詩的內在邏輯聯繫，根據事情發展先後的秩序來安排詩篇，屬於直進式的結構。又如：

登山　林鍾隆

我到了山下
山就笑了
山好像在說
他來了
不知要多久才能上來啊
我在山中的時候
山沒有被踐踏的痛苦

山一次又一次勉勵我
快了
近了
再努力呀

我到山頂上的時候
山沒有被征服的頹喪
山好像在問我
有沒有看到什麼
有沒有看得比我多
有沒有很快活

我要下山的時候
山好像在說
要再來喔
要帶更多的人來喔

——《月光光》四十七集四—五頁

這首登山詩，在結構上採用客觀性結構，也就是客觀生活中的時空秩序來安排。先寫山下，再寫山中、山頂，這是空間秩序；但是登山的順序也是山下、山中、山頂、下山，因此又是時間的先後秩序。這也是屬於直進式的結構。再如：

橡皮擦　　作者待考

一元的橡皮擦，
可以擦掉鉛筆寫的字；
五元的橡皮擦，
可以擦掉原子筆寫的字；
不知多少錢的橡皮擦，
可以擦掉我做錯的事？

——《青少年詩話》四頁

這首詩先寫一元橡皮擦可以擦掉鉛筆寫的錯字，五元的橡皮擦可以擦掉原子筆寫的錯字。寫到這裡，屬於客觀物象的景；接著轉到內心世界的情，提到不知多少錢的橡皮擦，可以擦掉自己做錯的事。全詩的結構，採用主觀性結構，也就是根據詩人內心的情感，內在的情緒的運動過程和發展來貫串詩篇的。這種由觸景生情的情景安排，也是屬於「直進式」的結構。

三、迴轉式：

迴轉式的兒童詩結構，就是邏輯線進行後，繞了一圈又回到原頭；或是進行到某一點後停頓而倒轉回頭；或是事情先敍經過和發展，然後倒回敍述原因。例如：

半口井——鹿港所見　　楊能祐

一口井
分兩半
一半在牆裡
一半在牆外
看的人都覺得好奇怪
好心的有錢人

知道鄰居用水不方便
沒錢可鑿井
吩咐工人鑿了井
一半在牆裡自己用
一半在牆外
讓鄰居方便提水
洗菜和煮飯

一口井
分兩半
一半在牆裡
一半在牆外
牆外的半口井
充滿了愛

——《國語日報》民國83年6月12日

這首詩，開頭是「一口井，分兩半，一半在牆裡，一半在牆外」，以引起讀者的好奇心。接著寫爲什麼這樣建的原因。結尾又回到「一口井，分兩半，一半在牆裡，一半在牆外」，然後點出主題是「愛心」。全詩頭、尾相呼應，邏輯線索的進行，似回到原點。這是屬於「迴轉式」的結構。又如：

你別問這是爲什麼　　**大陸國小兒童　劉倩倩**

早晨，媽媽給我兩塊蛋糕，
我悄悄地留下了一個。
你別問，這是爲了什麼？

中午，爸爸給我穿上棉衣，
我一定不要把它弄破。
你別問，這是爲了什麼？

下午，哥哥給我一盒歌片，
我選出了最美麗的一頁。

你別問，這是爲什麼？

晚上，我把它們放在床頭邊，
讓夢兒趕快飛出我的被窩。
你別問，這是爲什麼？

我要把蛋糕送給她吃，
把棉衣給她去擋雪，
在一塊唱那美麗的歌。

你想知道她是誰嗎？
請你去問一問安徒生爺爺——
她就是賣火柴的那位小姐姐。

——《中國少年報》一九八〇年九月十日

這首詩從事情的發展部分開始寫起，由早晨、中午、下午，寫到晚上，所做的事，結構線按時間先後前進。末尾的時候，揭示行動的原因，原來是要把蛋糕、棉衣、歌片送給安徒生童話中那位賣火柴的女孩。到這兒，結構線倒轉回到發生事件的「原因」去，這是屬於先寫發展、再寫原因的「迴轉式」結構。

四、並列式：

並列式的兒童詩結構，就是把同性質的意象並列一起，它們之間沒有時間的先後或空間的走向，也沒有輕重主次的分別。例如：

爸爸　　邱雲忠

爸爸高興的時候
說話特別大聲
連天花板都會震動

爸爸傷心的時候
眼睛呆呆的

好像一個木頭人

爸爸煩惱的時候
就不停的抽煙
一圈一圈的吐著悶氣

爸爸生氣的時候
好像火山爆發
誰碰到了　誰就倒楣

——《童詩叮叮噹》三二——三頁

這首詩的四個小節，它們之間沒有時間、空間、主次的邏輯線索聯繫，是平面裡的並列形式。這首詩的結構，屬於「並列式」結構。又如：

朋友　**林清雄**

月亮的朋友是星星

月亮說一句
小星星就眨眨眼睛
說個不停

花兒的朋友是蝴蝶和蜜蜂
花兒流汗了
蝴蝶和蜜蜂就鼓著翅膀
爲她搧風

大海的朋友是藍天
大海睡著了
藍天就在他的身上
蓋上藍被單

白雲的朋友是微風
白雲想看風景

微風就陪著他
到處旅行

——《國語日報》民國83年12月4日

這首詩並列了四種有關「朋友」的景象。他們之間只有並列的邏輯線索，而沒有時間、空間、情感主從的邏輯聯繫，也是屬於「並列式」的結構。

第二節　雙層結構

有些兒童詩的結構，很明顯的有兩條邏輯線索。詩意就在這兩條邏輯線索中展開。這種結構，就是雙層結構。雙層結構的兒童詩，常見的有對比式、交叉式、總分式、反覆式等四種。

一、對比式：

對比式的結構，就是全詩中的兩條邏輯線索，有明顯的對比現象。這種對比現象，有的是時間、空間的對比，有的是情景的對比，有的是觀點的對比，有的是事實的對比，種類很多。詩的情意就在這兩條相對的邏輯線索中，呈現出來。例如：

小草與大樹　　**趙天儀**

小草纖柔地，
站在小路邊；
强勁的風，吹不倒，
一下伏地，
一下挺身。

大樹茁壯地，
站在曠野上；
强暴的風，吹倒了，
攔腰截斷，
一臥不起。

——《小麻雀的遊戲》五八——九頁

這首詩的結構，有兩條強烈對比的邏輯線索。首先從人物來說，一個是小草，一個是大樹；小草小，大樹大，它們屬於兩物的大小對比。而在性狀上，小草是柔性的，大樹是剛性的，它們間的性格，屬於柔剛的對比。在結果上，小草被風吹不倒，大樹被風吹成兩截，它們之間是存亡的對比。整首詩的兩條邏輯線索，一條是從小草能以柔克剛，結果生存下來，一條是大樹只懂得以硬碰硬，結果滅亡。這兩條線索，有強烈的對比現象，屬於「對比式」結構。再如：

山靜靜的坐著　　**尤增輝**

山
靜靜的
坐著
雲來了，雲又去
花開了，花又謝
月圓了，月又缺
日出了，日又落
山
全都看到了

沒有說些什麼
連那野孩子偷摘他種的
水果
春夏秋冬
白天晚上
山
總是
靜靜的
坐著
是不是
山
這麼想
雲去了，雲又來
花謝了，花又開
月缺了，月又圓
日落了，日又出

被摘走的水果
不久又要長出來
——《秋天的信》七—八頁

這首排列成山形圖象詩的結構，也是有兩條明顯對比的邏輯線索。一條是靜態的山，一條是動態的景物。靜態的山，只坐著，不說話；動態的景物，則變化很多。例如雲來了又去，去了又來；花開了又謝，謝了又開；月圓了又缺，缺了又圓；太陽出了又落，落了又出；水果被摘走，又長了出來。這首詩，由動態的景物，使我們想到世事變化萬千；由靜態的山，使我們彷彿看到永恆的歷史、永恆的上帝，在靜觀世事變化。全詩結構，根據「動靜對比」的兩條邏輯線索，把富有哲理、富有玄機的詩意呈現出來。再如：

電視　非馬

一個手指頭
輕輕便能關掉的
世界

卻關不掉

逐漸暗淡的螢光幕上
一粒仇恨的火種
驟然引發熊熊的戰火
燒過中東
燒過越南
燒過每一張焦灼的臉

——《青少年詩話》三九—四〇頁

這一首詩的結構，也有兩條明顯的對比邏輯線索，一條是關掉電視，一條是關不掉電視裡報導戰爭而引起焦慮的消息。由「關掉和關不掉」的對比邏輯線索，呈現了作者關懷世人的仁愛胸懷。

二、交叉式：

交叉式的結構，就是全詩中的兩條邏輯線索，有明顯的交叉現象。例如：

老人與帆　〔日本〕西條八十作　武繼平、沈治鳴合譯

呵——爸爸，
今天你又獨自躺在海灘，
孤零零地沈吟著，
不知在把誰思念。
暮色已籠罩了海岸，
夜來香展開鵝黃色的花瓣。
快收起那捕撈的網吧，
快撲向家中燈火的身邊。
孩子啊，你等一等，
我心中的話兒
還沒和年邁的祖輩說完。
傍晚吹拂的微風裡，
星兒像嬰孩一樣嬌豔，

讓我和那些老人一起，
盡情相訴昔日的欣歡。

呵——爸爸，
您是否還沈浸在夢裡？
沙灘已變得又暗又冷，
黃昏的海濱闃寂無人……
眼睛裡幻影般地閃現著
那點點蒼白的帆影。

是啊，我的孩子，
海上那一片片風帆裡，
藏有那白髮祖先的影子。
它終日縈繞在夜來香開放的砂丘，
對著我那早已衰老的耳廓，
輕輕唱著懷念昔日的歌曲。

——《世界兒童詩名篇精選》七—八頁

這首詩有兩條明顯交叉的邏輯線索。第一條是第一小節和第三小節的兒子問的話，第二條是第二小節和第四小節父親回答的話。兒子、父親這兩條線索，交叉了兩次。從交叉的詩句中，表現了老漁夫懷念從前海上捕魚以及爲了生活而奮鬥向上的偉大精神。再如：

小　河　**〔日本〕谷川俊太郎作　張凡譯**

媽媽，小河爲什麼笑聲琅琅？
　因爲太陽在胳肢她使她發癢。
媽媽，小河爲什麼在歡唱？
　因爲雲雀在贊美她的潺潺聲響。
媽媽，小河爲什麼那麼清涼？
　因爲她沈浸在被雪深愛著的遐想中。
媽媽，小河幾歲了？
　她永遠與年輕的春天同齡。
媽媽，小河爲什麼不休息？

因爲母親——大海在時時刻刻把她盼望。

——《世界兒童詩名篇精選》十四頁

這首詩也有兩條明顯的交叉邏輯線索。一條是孩子，一條是母親。它們一共交叉了五次。佟希仁評析這首詩說：「《小河》這首兒童詩，以母子一問一答的形式，寫出了孩子對大自然中的小河，充滿了天眞的好奇心。小河分明是沒有生命力的，但它在孩子眼裡，不僅能笑、能唱歌，還能永遠和春天一樣年輕。這表現了孩子童稚的幻想，和他們獨特的思維軌迹。媽媽的回答也充滿了兒童情趣。眞是問得天眞，答得有趣。如果詩人的心不和孩子的心同步跳動，是絕不會寫出這樣生動巧妙的作品的。」[4]佟先生的評析很深入。這首詩就是應用交叉的邏輯線索結構，把富於幻想，富有兒童情趣的詩意表現出來。

三、總分式：

總分式的結構，就是屬於思想邏輯的應用。全詩中的兩條邏輯線索，有明顯的總提和分寫的情形。這種結構，還可以分爲先總後分、先分後總、先總後分再總、先分後總再分的形式。

(一)先總後分：

先總後分的結構，也就是「演繹式」的結構。詩的前面，先總提全詩的主旨或概要內容，後面則分寫或解釋、證明前面總提的主旨與概要。例如：

夏天　陳文和

夏天
就像一客送上桌的牛排

白天一到
掀開鍋子
有煮熟的太陽
和被燒燙的柏油路

還有
太陽和柏油路間

八分熟的我們
——《童詩創作一一〇》五二頁

這首詩把夏天的炎熱以及人們的痛苦，寫得非常生動。全詩的結構有兩條邏輯線索：一條是開頭的總提——「夏天就像一客送上桌的牛排」；一條是二、三小節分寫的一客牛排——熱氣（太陽）、汁（柏油路）、牛排（人）。這首詩的結構，就是「先總後分」式，也就是演繹式的結構。

㈡先分後總：

先分後總的結構，也就是「歸納式」的結構。詩的前半或大半部分，採用分寫法，分別列出跟末段總結性詩行有關的意象；詩末則做總括。例如：

影子　　**黃清波**

我走在太陽下，
他緊緊的跟隨我，
一刻也不分離，

好像有什麼話要對我說；
我回過頭去看他，
他低下頭一句話也沒說。

我走進黑暗的巷子裡，
他馬上離開了我；
我走出巷子看見了太陽，
他又馬上跟隨著我。
啊！他喜愛光明討厭黑暗。

爲了他，
我應該走在光明的大道上。

——《明天要遠足》四七—八頁

這首詩，借用影子愛光明的物象，抒發人們應該走光明大道的情意。引喻生動、有趣。在全詩的結構上，也有兩條明顯的邏輯線索，一條是影子出現在太陽下，消失在黑暗的巷子裡（作者分寫影子「出現、消失、出現」共三次）。一條是總括部分，敍述影子喜愛光明討厭黑暗，因此我要走光明大道。這首詩的結構方式是「先分後總式」，也就是「歸納式」。

㈢先總後分再總：

先總後分再總的結構，也就是既演繹又歸納的雙括式。詩的前面是總提，中間部分是分寫，詩末又是總括。這也是屬於兩條邏輯線索的總分結構類型。例如：

母親節　　方素珍

我不喜歡這個日子
眞的
每逢這個日子
淚珠就不聽話
每逢這個日子
老師就要我們
畫媽媽
每逢這個日子

弟弟就畫我的臉
再畫上媽媽穿過
的衣服
弟弟說
這就是
媽媽

我不喜歡這個日子
眞的
每逢這個日子
我就更想念
睡在荒野中的
媽媽

——《明天要遠足》二三—四頁

這首詩把缺乏母愛的孩子的心聲寫得很深入。作者敘述母親節時，要畫媽媽，可是記憶中沒有媽媽的形象，難過得更想念媽媽。作者的取材很巧妙。不從沒有母親照顧的悲哀去寫，反而從小的地方著手，連畫媽媽都不方便，也就更襯出需要母親的殷切。全詩的結構，也有總分的兩條邏輯線索聯繫著。詩的第一部分先總提我不喜歡母親節，因爲會流淚。中間部分敍述流淚的原因：畫媽媽，沒有媽媽形象當模特兒的悲傷。末段又總括全詩，我不喜歡母親節這個日子，因爲會更想念死去的母親。全詩的結構，屬於「先總後分再總式」，也就是既演繹又歸納的方式。

四先分後總再分：

先分後總再分的結構，詩的總提部分在中間，前後部分是分寫。例如第二章中提到的謝武彰先生的作品〈乖樓梯〉。總提部分是「這裡的樓梯好乖喔」，分寫部分是詩前交代背景，詩後解釋樓梯乖的道理。這也是屬於兩條邏輯線索的總分結構類型。

四、反覆式：

反覆式的結構，就是全詩中的兩條邏輯線索，最少有一條具有反覆的現象。這種反覆式，有句句反覆的，有間隔反覆的，有重疊對應反覆的。例如：

多麼有趣

旮旯

活著多麼有趣
能自由自在行走多麼有趣
徜徉於書海多麼有趣
寫一首詩多麼有趣
練練毛筆多麼有趣
游游泳多麼有趣
喝一杯水多麼有趣
搭公車多麼有趣
跟路上行人擦身而過多麼有趣
太陽跟著我走多麼有趣
風追著我跑多麼有趣
雲充當我的遮陽傘多麼有趣
活著多麼有趣

——《國語日報》民國82年9月2日

這首詩分爲兩條邏輯線索，一條是主要邏輯線索「多麼有趣」，一條是次要的有趣物象與事象。由於每行都反覆了「多麼有趣」的主要詩句，因此具有句句反覆的結構特色。再如：

小草的歌　〔泰國〕詩琳通公主作　王曄、邢慧如合譯

像稻苗一樣碧綠，
小草，你是那樣柔嫩美麗。
當微風徐徐吹過，
我願輕輕地唱著歌，
來到你身邊小憩。
和你在一起，我充滿樂趣！
像稻苗一樣碧綠，
小草，你是那樣柔嫩美麗。
吮著你滴滴清新的露水，
我可愛的小牛也喜歡你，
我可愛的野兔也喜歡你，
是的，是的，

像稻苗一樣碧綠的小草啊！
我永遠永遠不離開你。

——《世界兒童詩名篇精選》一頁

這首歌頌小草的詩，也就是歌頌大自然，熱愛生活的心理表現。全詩有兩條邏輯線索：一條是主要詩句：「像稻苗一樣碧綠，小草，你是那樣柔嫩美麗」，一條是次要的物象或事象。在兩節詩裡，每節的前兩行詩句，反覆出現主要詩句。而第二小節的後面，還再出現「像稻苗一樣碧綠的小草啊！」的主要詩句。這些反覆的形式，屬於間隔反覆的結構。又如：

小貓走路沒有聲音　　**林煥彰**

小貓走路沒有聲音，
小貓穿的鞋子是
媽媽用最好的皮做的；
小貓走路沒有聲音，
小貓知道牠的鞋子是

媽媽用最好的皮做的；
小貓走路沒有聲音，
小貓知道牠的鞋子是
媽媽用最好的皮做的，
小貓愛惜牠的鞋子；

小貓走路沒有聲音，
小貓知道牠的鞋子是
媽媽用最好的皮做的，
小貓愛惜牠的鞋子，
小貓走路就輕輕地輕輕地；

小貓走路沒有聲音，
小貓知道牠的鞋子是
媽媽用最好的皮做的，
小貓愛惜牠的鞋子，

小貓走路就輕輕地輕輕地；
沒有聲音。

——《童詩五家》四四—五頁

這首詩雖然是要表現貓由於腳上長了肉墊，走起路來沒有聲音的特性，深入探討，更表現了母愛以及孝順的心。這首詩也有兩條邏輯線索，一條是主要詩句：「小貓走路沒有聲音」，一條是小貓的體會母愛和愛惜鞋子而輕輕走。全詩裡，主要詩句都在每一節的第一行反覆出現，也是間隔的反覆結構。

還有用重疊對應手法構成的特殊的反覆式。鹿國治先生曾舉了徐志摩的這一首詩說明：

爲要尋找一顆明星　　徐志摩

我騎著一匹拐腳的瞎馬，
　向著黑夜裡加鞭；
　向著黑夜裡加鞭，
我騎著一匹拐腳的瞎馬。

我衝入這黑綿綿的昏夜，
　為要尋找一顆明星；
　為要尋找一顆明星，
我衝入這黑茫茫的荒野。

——《詩歌藝術教程》一八三頁

這首詩的結構有兩條邏輯線索，一條是騎拐腳瞎馬向黑夜加鞭，一條是要尋找一顆明星。兩條線索，都各自採用回文方式反覆一次，屬於重疊對應的反覆結構。

詩歌應用反覆式結構來寫，有如樂曲中的反覆部分，目的是加强該强調的部分。鹿國治先生說：「反覆式結構，應該是感情的衝激在搭架時自然形成的波紋，卻不能是隨隨便便的囉嗦話。」⑤這句話是非常值得寫詩者參考的。

第三節　多層結構

有些兒童詩的結構，很明顯的有三條以上的邏輯線索；而有的兒童詩裡，卻很複雜，包含了單層結構、雙層結構，也包含了許多獨立性強、跳躍性強的意象，或者是立體式的結構，呈現多采多姿的架構。例如：

湖畔之夢 **吳澤民**

我是山
你有我的倒影
綠樹是我的秀髮
白雲從我頭上飄過
鳥兒在我身上跳躍
我是雄偉的山
你是騙子

～～～～～～～～～～

我才有山
你是我的幻影
綠樹是我的羅裙
白雲從我腳下掠過
鳥兒在我身上倒立
我是神奇的山
你才是騙子

別吵！別吵
風伯伯來做公正的評判
呼——呼——
我不怕風～～我喜愛風

風動不了〰羅裙擺動了

——《月光光》七集十八頁

這首詩有四條明顯的邏輯線。一條是湖畔的實體山，一條是湖中的倒影山。第三條是作者的說明，第四條是風的叫嘯聲。這是多層結構。詩作中，把兩種山的不同想法對比寫出，讓讀者體會「公說公有理，婆說婆有理」的趣味。又如：

沈默的神　　黃基博

「神啊！請助我，
簽中六合彩，
老母需要龐大的醫藥費用。」

「神啊！
請出示明牌，
讓我中獎，

把賭債還清。」

「神啊！請您慎重考慮！
大家都中了大獎，
組頭就得賣妻兒賠本！」

神明不知如何是好，
靜坐無言以對。

——《月光光》六九集二八頁

這首詩分爲四小節，共四個邏輯線索。前兩小節是兩個參加六合彩的賭博者祈求的心聲。這兩個賭博者，第一個是爲了醫母親的病，被逼得只好下注賭博，希望解決困難；第二個卻是眞正的賭徒，目的是爲了還債。第三小節是組頭的祈求，希望不要破產。第四小節是神的爲難。前三小節，作者採用電影中蒙太奇的組接手法，讓不同時間出現的三個祈求的畫面（意象）呈現一起，而且互相撞擊產生衝突，引起了第四小節神明的無法處理。全詩有四條邏輯線索，四條邏輯線索中又有並列、因果的關係，形成了多層的複雜結構特色。再如：

什麼叫做好，什麼叫做不好？

〔蘇聯〕馬雅可夫斯基作　任溶溶譯

走來一個　小寶寶，
向他爸爸問道：
「你說什麼叫做　好，
　什麼叫做　不好？」
這位爸爸　的回答，
我讓大家知道。
它在書上　全記下，
孩子，　你們聽好。

大風掀掉　瓦蓋頂，
頭上　掉下冰雹，
誰都知道　這事情，
對於散步　不好。
下點小雨，　天放晴。

太陽到處照耀。
對小孩子　對大人，
這都　非常地好。

身上　比夜晚　還要黑糊糊，
一臉　烏七八糟，
這對孩子的皮膚，
自然　非常　不好。

要是　孩子　愛牙膏，
而且喜歡肥皂，
這孩子就　乖得很，
他這樣做眞好。

要是小孩　愛打人，
專門欺侮弱小，

我不願讓　這惡棍，
在這書裡　看到！

這孩子叫：「不許碰　比你小的　寶寶！」
這個孩子　好得很，
眞想把他多瞧！

要是　書本和皮球
弄壞　不少不少，
這就難怪小朋友，
說你這人不好。

要是孩子　愛讀書，
指頭　點著　書讀，
書上對他　要寫道：
他是個　好寶寶。

大胖小子，見烏鴉，
嚇得噢喲就逃。
膽子　還沒耗子大，
這樣　非常不好。

這個孩子　尺把高，
膽敢　對抗凶鳥。
勇敢孩子，　好，很好，
生活裡　用得著。

這孩子鑽　垃圾堆，
襯衫髒了還笑。
大家說他　髒鬼，
大家說他　不好。

這個，　氈鞋自己刷，

套鞋　洗得　閃耀。
他雖然是　小娃娃，
可是十分地好。

這個　人人　要牢記，
個個　都得知道：
小時　小豬　一隻，
大來　大豬一條。

孩子　喜洋洋走掉，
主意，他拿定了：
「我從今後　要做好，
絕不去做　不好。」

——《世界兒童詩名篇精選》一二六——三一頁

這首詩屬於「立體式」的多層結構，也就是詩的敍述觀點，不是平面座標上的一個固定點，而是散布在立體座標上的許多可以移動的點。全詩採用「內外部交替觀點」的邏輯方式安排結構。首先在第一小節裡，作者介紹有個小寶寶問他的父親，什麼叫做好，什麼叫做不好，以及父親要回答的事。這兒作者以旁觀者立場對故事的人物和事件加以介紹，邏輯方式，屬於「外部觀點」中的作者觀點。接著第二小節開始，一直到倒數的第二小節，都是以父親立場採用並列、反覆、對比方式回答孩子問話。這兒的敍述觀點，移到內部觀點中的主角第一身觀點，也就是詩中父親的觀點去了。詩的最後一節，又回到外部觀點中的作者觀點，交代孩子高興的離開，並自言自語說要做好。這首詩的結構較複雜，敍述觀點也移動多次，屬於「多層結構」。

總之，兒童詩的結構手法形式多種。作者應該根據詩情、詩意來安排妥當的結構，也就是自己設計適合的結構，不要一味拘泥現有的結構方式，使結構流於程式化。

回附　註回

1 覃子豪：《詩的表現手法》八二頁（臺中：曾文出版社，民國六六年）

2 陳正治：《童話寫作研究》一七一頁（臺北：五南圖書出版公司，民國七九年）

3 馮中一等：《詩歌藝術教程》一七二—三頁（山東：山東教育出版社，一九九〇年）

4 佟希仁選評：《世界兒童詩名篇精選》十四—五頁（遼寧：遼寧少年兒童出版社，一九九二年）

5 馮中一等《詩歌藝術教程》一八三頁（山東：山東教育出版社，一九九〇年）

第七章

兒童詩的外形排列

兒童詩的外形排列，沒有固定的形式，但是兒童詩的作者，爲了使抽象的語言文字更能表現詩歌的藝術效果，也就是更能表現作品的抒情美、音樂美和繪畫美，都非常重視詩行的排列。例如：

豐收　**謝新福**

爸爸
收工了，
他看見我幫媽媽
給曬穀場上一座座的小山
戴上超級斗笠，
就笑開了。

——《媽媽有兩張臉》四四頁

這首〈豐收〉詩，作者採用圖象式的排列法，將詩句排成農村曬穀場上常見到的稻穀堆形狀。這樣的排列，不但富有實體美，吸引兒童注意和欣賞，而且更可以由小山形狀的稻穀堆，啓發兒童悟出「豐收」的詩題。如果改用上下句連貫排列，寫成：「爸爸收工了，他看見我幫媽媽給曬穀場上一座座的小山戴上超級斗笠，就笑開了。」整首詩的意境就大為遜色了。

兒童詩的外形排列，要根據詩的內容。不同的內容，就會有不同的外形。同是寫「蝴蝶詩」，林煥彰先生的詩形排列，跟大陸詩人金波先生的就不一樣。

蝴蝶和花　　**林煥彰**

蝴蝶是會飛的
花，花是
不會飛的蝴蝶。

花是不會飛的
蝴蝶，蝴蝶是
會飛的花。

蝴蝶是花，
花也是蝴蝶。

——《我愛青蛙呱呱呱》五〇——一頁

會飛的花朵　金　波

蝴蝶，蝴蝶，
你飛過原野，飛過山崗，
在我們春天的土地上，
到處有鮮花開放。

紅的花，黃的花，紫的花，
匯成了鮮花的海洋，
蝴蝶從這裡飛過，
張開了五顏六色的翅膀。

蝴蝶，蝴蝶，
你像會飛的花朵，
你飛呀飛，飛向遠方，
遠方也是鮮花的海洋……

——《兒童文學家》十二期十三頁

金波先生曾從內容和形式方面比較過這兩首詩。他認爲林煥彰的蝴蝶詩，內容側重表現兒童的感覺和想像，利用兒童眼中的世界，將兩個外形相似的事物作了巧妙的比喻，以引發兒童潛在的智力和想像力。在作法上，前兩節採用迴環反覆的句式，造成花與蝴蝶互爲比喻的奇妙效果，再利用斷句手法，將兩句斷爲三行排列，造成較多的停頓。如此，可把讀者的注意力引向曲折的、跳躍的流動中，使讀者感受到蝴蝶上下翻飛，花朵隨風搖曳，花與蝴蝶互相嬉戲的情境。

他自己的詩，在內容上側重表現社會的外觀環境。雖然詩中有「蝴蝶，蝴蝶，你像會飛的花朵」的比喻句，但在全詩中不占重要位置。全詩重點是吟咏客觀世界中的田野、山崗、春天的土地和鮮花盛開的遠方。追求內涵的豐富、深度和廣度。在技法上，採用傳統的四行一節、隔行押韻的形式，以求節奏鮮明。全詩沒有斷句排列，每一句都給人一氣呵成的感覺。這種連貫的表達，以及平穩的節奏中，表現出春風徐徐吹來，蝴蝶款款飛舞，由近及遠眺望春野的寧靜心緒。[1]

由金波先生的分析可以瞭解：寫作一首兒童詩，除了加强詩情的提鍊、充實詩歌內涵以外，還得注意形式的配合。兒童詩的外形雖然沒有固定的形式，卻不是胡亂湊成的。兒童詩的作者安排詩歌外形，積極方面應充分配合詩歌內容，增進詩歌的情意美、音樂美、繪畫美；消極方面應避免形式與內容分開，以免分行混亂、排列混亂，感情邏輯及音韻節奏表現不佳。

我國的兒童詩與新詩，都在五四時期發展出來的。因此，兒童詩的外形跟新詩的外形相差不多。根據羅青的分類，新詩依外形排列，分爲：分行詩、分段詩、圖象詩等三類。[2]由於分段詩是分段不分行，跟散文的處理方式接近，兒童詩作者很少創作這種文體，即使寫出，也會被列入兒童散文去，因此目前的兒童詩，依據外形排列方式，就只好分爲分行詩和圖象詩兩大類。現在分述它們的特性以及常見的排列方式於後。另外，標點的使用也是寫作兒童詩應該注意的，特於分行詩內探討。

第一節　分行詩的排列

詩句分行排列，這是分行詩的外表標幟。一般地說，詩的形成是集字爲頓，集頓爲行，集行爲節，集節爲章，集章爲篇的。小詩只有兩三節或幾行而已，長詩則有好幾章，好幾節，好多行。其中，行是詩行排列的最小單位。

大陸詩論家呂進說：「詩行是詩的感情單位、節奏單位、音韻單位，是詩情向前發展的跳躍基點，但它不一定是意義單位，完整的語法結構單位。」[3]

是的，一個詩行可以是一句完整的意義，也可以不是完整的意義。大部分來說，兒童詩的作者爲了考慮兒童的接受能力，一個詩行多爲一個完整的意思。但是有時候爲了强調一句或一行之中某些特殊的觀念，詩人可以把一句完整的意思拆散，然後分成兩行或兩行以上排列。

另外，詩行的長短跟情感的表達也有密切的關係。詩論家馮中一歸納詩行長短跟情感特徵說：「排列長度常見的有三種情況：㈠長行：語氣舒緩通暢。㈡短行：節奏迫促、强勁、若有『鼓點』聲。㈢長短交錯：思想感情複雜深沈，富於變化。」[4]

寫詩，瞭解了詩行的這些特徵後，對詩意的表達，節奏、音韻的處理，都有幫助。例如：

蛋　桃縣大溪國小二己　胡安妮

這皮球不圓嘛！
也可以滾吧。
啊！
破了！
哈哈！
太陽
流出來了。

——《月光光》十一集十三頁

詩人兼詩評家陳木城說：「這首詩後面五行，本來用兩句話『啊！破了！』、『哈哈！太陽流出來了。』就可以講完。可是作者卻分成五行，把原來的句子斷開了，句子很短促，使整首詩充滿驚訝，顯得更跳躍生動。如果改成：

這皮球不圓嘛！
也可以滾吧。
啊！破了！
哈哈！太陽流出來了。

比比看，詩行長了，是不是味道就不同了？原來的驚訝和緊張，就緩和了許多。」[5]

陳木城先生根據詩行的特徵，評論得很有見地。由此可以知道，創作兒童詩的時候，要考慮到如何安排詩行。

新詩的分行排列，馮中一提出常見的格式有四種：均齊式、高低式、樓梯式、拋行式。[6]呂進提出常見的有五種：半自由體、高低行、樓梯式、對稱體、圖案體。[7]林東山先生就內容布局言，分爲分節與不分節。就詩行排列言：從整首詩看，分爲豆腐乾體、對稱體、十四行詩；從個別詩行看，分爲高低、跨句及空格諸種形式。[8]

兒童詩在分行詩的外形排列上，似乎還沒有人提出分類報告。現在參考前述幾位先生的分類，以詩節畫分和詩行排列歸類，列出童詩各種分行詩的排列形式表，並說明於下：

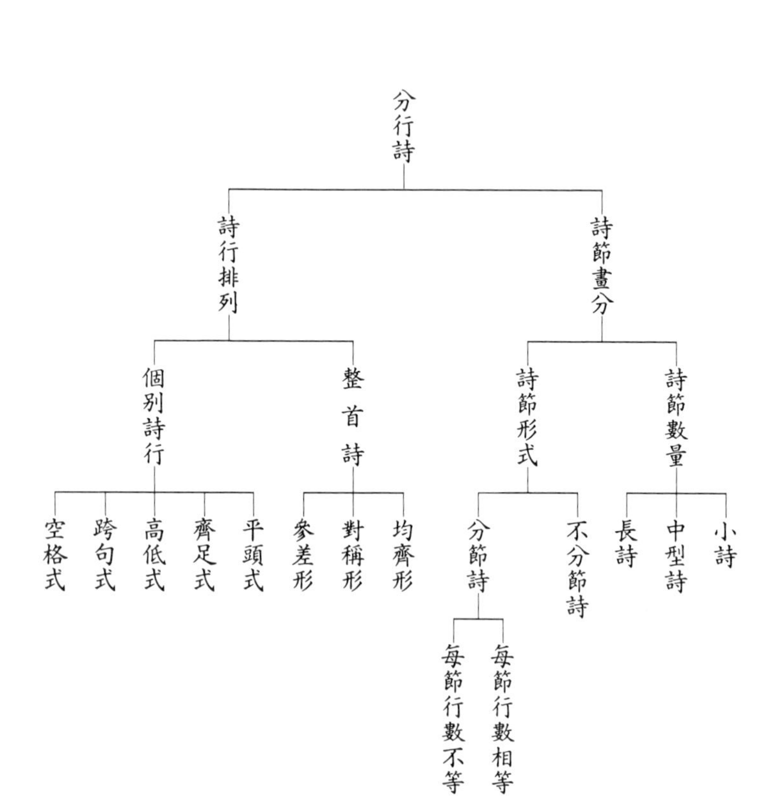

一、從詩節畫分

採用詩節畫分，依據詩節數量多寡，分行詩的形式有：小詩、中型詩、長詩等三種。依據詩節形式，分行詩的形式有：不分節詩、分節詩等二種。

大體上說，小詩是指一至六行一節，一至四節一篇的作品，例如前述的〈蝴蝶和花〉一詩。中型詩是指七至十餘行一節，五至十餘節一篇的作品，例如楊喚的〈童話裡的王國〉一詩。長詩是指許多行、許多章節的詩，例如大陸作家阮章競的《金色的海螺》童話詩，共有五百行，一百二十五節。

不分節詩就是指作品只有一節的詩，例如前述的〈蛋〉詩。分節詩指的是作品有兩節以上的詩。這種詩，還分為每節行數相等的詩，和每節行數不等的詩。例如：

汗落成米　　**羅青**

農夫的手
為稻子
流滴滴的汗

稻子的心
爲農夫
結粒粒的米

——《螢火蟲》十二頁

這一首詩每節三行，是每節行數相等的分節詩。前述林煥章先生的〈蝴蝶和花〉，一、二節每節三行，第三節爲兩行，這種詩屬於每節行數不等的分節詩。

二、依詩行排列畫分

採用詩行排列畫分，依據整首詩的外形，分行詩的形式有：均齊形、對稱形、參差形等三種。

㈠均齊形：

均齊形的詩，就是節有定行，而且行有定字的詩。這種詩的外形，有的像長方形，有的像正方形。由於類似豆腐乾形狀，因此有的人把它叫做豆腐乾體。豆腐乾體的名稱，目前似有貶義。

例如羅青先生曾說：「不是充實的內容產生出來的天然整齊的輪廓，被人認為機械的豆腐乾體。」⑨兒童詩的排列採用均齊形，不見得就是機械不好的形式，因此這兒不取豆腐乾體。現舉詩人詹冰先生的〈插秧〉作品說明：

插秧　　**詹冰**

水田是鏡子
照映著藍天
照映著白雲
照映著青山
照映著綠樹

農夫在插秧
插在綠樹上
插在青山上
插在白雲上
插在藍天上

——《太陽、蝴蝶、花》二頁

這一首插秧詩，每節五行，每行五個字。每節像個長形方塊，看來似乎整齊得機械了，其實詹先生設計均齊形安排詩句，卻是巧思。水田是方塊形的，秧是插在水田上的。詹先生的插秧詩，以整齊的方塊形式暗示水田，詩句就是秧苗。這種排列，形式與內容自然合一，設計得極爲高明。

㈡對稱形：

對稱形的詩，不管分節不分節，詩行長短跟相應的詩行相近；出現的地方，跟相應的詩行規律地呼應。對稱形式，在整齊中求變化，有一唱三歎的呼應效果。這是一種對稱美的形式。對稱形的形式很多，常見的是一種主要詩句反覆出現，次要的伴唱句式互爲呼應。例如：

春雨　杜榮琛

誰來了？
使湖上的水花，
一朵朵開得響亮亮的。

誰來了？
使路上的傘花，
一朵朵開得嗤嗤笑的。

誰來了？
使老農夫們的心花，
一朵朵開得甜蜜蜜的。

——《稻草人》一八—九頁

這首詩採用對稱的優美形式，表現春雨帶給大家的快樂。主要詩句是「誰來了」，作者安排在每節第一行。次要的伴唱句是敍述萬物受到春雨滋潤的喜悅，安排在每一節的後兩行。如此，隔離出現，互爲呼應，屬於對稱形。

㈢參差形：

參差形的詩，就是作者根據詩歌的思想感情設計出來的形式，行數和字數，參差不齊的詩。目前的兒童詩，大部分是參差形，例如前面出現的〈蛋〉詩。

採用詩行排列畫分，依據個別詩行的外形，分行詩的形式有：平頭式、齊足式、高低式、跨句式、空格式等五種。

㈠平頭式：

平頭式的詩，就是每一行詩句的第一個字平齊。例如前〈春雨〉的詩，每一行的第一個字都平齊。

㈡齊足式：

齊足式的詩，就是每一行詩句的末一個字平齊。例如：

不快樂的想法　　陳木城

蝸牛不快樂
埋怨自己每天背著
一棟又笨又重的房子
實在太累了
寄居蟹也不快樂

每天埋怨自己沒有房子
一年到頭忙著找房子換房子
實在太累了
寄居蟹羨慕蝸牛
有一棟那麼大的房子
蝸牛也羨慕寄居蟹
常常可以換新房子
他們一直這樣想：
我實在太累了
我很不快樂

——《心中的信》二八頁

(三)高低式：

高低式的詩，就是詩行高低排列。這種排列方式，除了因爲詩句太長，分爲兩行以上敘寫較好外，作者主要的用意，正如張健教授說的：「1.解釋、說明前句；2.節奏上有休止、緩慢之作用；3.造成波瀾感（情緒之波動）。[10]例如：

如果你閉上眼睛

魏桂洲

　閉上眼睛
聽見了樹葉
　熱烈交談的聲音
聽見了夏蟬
　爽朗豪邁的心情
聽見了飛鳥
　輕快悠揚的歌聲
聽見了微風
　柔柔細細的呢喃
更聽見了自己心裡
無數小精靈
親切的叫喚

　閉上眼睛
雜亂的

不再雜亂
擁擠的
不再擁擠
吵鬧的
不再吵鬧
我是一隻輕盈的
小青鳥
伸展著翅膀
在
最藍的天空中
迎向未來

——《童詩創作一一〇》一二三—五頁

高低式的詩形，如果排列得像階梯，也可以叫做「階梯式」。

(四)跨句式：

林東山先生說：「跨句，就是跨行的詩句，是指把一句詩句前面的詞語放在前行，或把後面的詞語放在次行；閱讀時，在本行的末尾稍作停頓，然後進入次行，與拆開的詞語銜接……跨句的作用有三：1.配合諧韻……2.調整音節……3.製造懸疑或推展詩意。」⑪跨句式的詩在跨行的形式中比較特殊，也許兒童不能一下子就接受，因此寫作這種詩句的人不多。現在我們看看下例：

夏　**林煥彰**

夏天，
海是快樂的，
有很多
笑聲。

夏天，我也是
快樂的。

因爲我
走向海，穿著
最少的衣服。

——《童詩五家》五六頁

林煥彰先生的這首詩，後一節有三個跨句。例如第一個詩行就是跨句。「夏天，我也是快樂的。」是一個詩句，如果仿第一節的詩行寫法，應該寫作：

夏天，
我也是快樂的。

現在，作者把該屬第二行的主語及繫詞「我也是」突入前行的「夏天」詞下排列而造成跨句，用意是製造懸疑及推展詩意，讓讀者好奇的想瞭解我也是什麼的答案。此外，並可以突出「快樂」的詩意。

(五)空格式：

空格式的詩，就是在詩句中，爲了代替標點，或是爲了停頓、强調語意、製造懸疑、舒緩節奏、整齊句式，因此採空格處理。例如：

爬竿 **張惠蘭**

從長長的竹竿下
　　　仰望
一片藍天
想望
高高的世界一定美妙
扣緊手腳
像蝸牛　一寸一寸的往上爬
原來　蝸牛的腳步　是這樣的艱辛
手酸腳麻

一鬆手
咻！ 又滑到原來的地方
只好從長長的竹竿下
仰望
一片藍天

——《台灣兒童詩選集》一〇八—九頁

這首詩的空格，除了表停頓、强調語意、製造懸疑、舒緩節奏外，它還可以代替標點。談到詩歌的標點，目前兒童詩的使用標點有兩種情況：一種是全首均標點；一種是少用標點，只在行中不可不標時才用。原則上，詩歌可以不必標點，但在不標會引起歧義，或是影響閱讀，就要加標點。

不過，詩歌使用標點，跟一般文章並不完全相同。詩歌中的標點，不僅具備一般文章中的標點用途，有時候還可以利用它當做獨特的抒情標記。例如〈爬竿〉這首詩，「咻」字加了驚歎號——「咻！」不但把爬竿人從竿上滑落的「咻」聲表達出來，而且還傳達了爬竿人滑落地面的情形：一豎，表示爬竿人筆直滑落的具象；一點，表示爬竿人停在地面上了。又如林武憲先生的

「風箏」詩（見後文象形詩中），他把「落到」的詞語中間加了破折號，成爲「落——到」。這種使用方法，也跟上述驚歎號的一豎的特性一樣，屬於詩人抒情邏輯線索的形象化，把詩意加在符號上，串起不同的意象，實現詩行的大幅度的感情跳躍。

再如刪節號，除了有省略的意思外，還有其他意思。例如陳啓佑先生針對楊牧「問舞」詩「我想你是可能的，我怕你是……」的詩句，說明其中刪節號表示的意思是：「詩人言而未能盡，陷入沈思狀態。」又針對鄭愁予的「十槳之舟」中的詩句「輕……輕地划著我們的十槳」其中的刪節號用法說：「由極纖微的細黑點組成的刪節號，在這裡不但暗示划槳動作的輕盈，而且表達在划槳中緩緩流逝的時間，它的節奏感比『輕、輕』或者『輕，輕』緩滯。」[12]

寫作兒童詩，使用或不使用標點符號，以及如何使用，是一件值得作者深入研究的事。陳啓佑先生對標點符號的功能說：「在消極方面，能夠添增文句意義的明確度；積極方面，則足以表達文句的聲音、神情、語氣以及節奏、時間感。標點符號絕非微不足道的雕蟲小技，它已成爲文字表達上的生力軍，確有舉足輕重的地位，不容許以文章之外的附屬裝飾品看待。」[13]陳先生的這段話，值得寫作兒童詩的人深思。

第二節　圖象詩的排列

詩跟其他文學作品一樣，仍以意義爲主。爲了使詩歌生動、感人，發揮它的功效，可以加入聽覺、視覺，甚至味覺、嗅覺、觸覺性的成分。詩歌應加入音樂性，這是屬於聽覺範疇，大部分的人都已接受；詩歌加入繪畫性，這是屬於視覺範疇，雖然大部分人也有共識，但是如何加入，卻仍有爭論。一般人對詩的繪畫性，只重視如何將繪畫的理論，像透視遠近的技巧，應用在詩上；忽略或反對利用文字外在組成的形象，也就是圖象的方式表達詩意。其實利用文字的外在形象，也就是圖象方式表達詩意，早就產生。詩人白荻說：「遠在紀元前三百年，那些居住在希臘盧德斯的詩人，便寫了一些有關樂器、刀斧、祭壇、雞蛋和鳥翼的圖象詩。而古希臘西米亞斯的成就幾乎爲後來所有圖形詩作者所推重。在他四百年之後，有彼占丁納斯的發揚，以及十七世紀英國的喬治・哈柏和現代的戴南・湯麥斯與法國的馬拉美、阿保里奈爾莫不在從事著圖象詩的努力並且有相當成就。」[14]

我國雖然沒有明確的資料指出從什麼時候開始，有人寫出圖象詩，但是很巧合的，李白的〈蜀道難〉，卻是一首很好的圖象詩。黃永武教授在《中國詩學設計篇》中將這首詩依照詩句長短排列，結果排出了一座險峻難行的高山圖，[15]把「蜀道之難難於上青天」的詩意，生動地表達出來。李白寫作此詩，也許沒有意存創作圖象詩，但是經過圖象排列，既有視覺上的特殊效果，形式又能與內容緊密配合，實在是詩畫合一的好作品。這也可以說，圖象詩在我國，也能發揮詩歌功用；我國的詩歌，也需要圖象詩。

目前的兒童詩，有許多圖象詩。圖象詩的確切定義是什麼？它有什麼特點？台灣詩論家林東山說：「凡是一首詩，部分或整首，以詩行的排列展示圖象的，都可以稱為圖象詩。」[16]

大陸詩論家呂進說：「圖象詩的特點，是訴諸讀者的視覺：詩人以文字排列摹仿各種事物的外形，企圖以此讓『那件事物本身站在那兒向你逼視』。」[17]

這兩位先生的見解都很不錯。兒童詩是給兒童看的，更應該很快地吸引兒童注意。兒童詩中，不管部分或全首，能將描繪的事物本身一下子站在那兒，向讀者逼視，這種詩，必能很快地讓兒童接受。由於這緣故，台灣的一些兒童詩作家，寫了不少圖象詩。在這些作品中，有的是部分圖象的，有的是整首圖象的。現在採用林東山先生的現代詩圖象詩分類方式，將兒童詩中的圖象詩歸類於後。

一、象形詩：

林東山說：「所謂象形詩，是指部分的詩行作刻意的排列，配合詩意，產生某種形象的聯想。一方面豐富詩的內涵，一方面也加强表現的效果。這裡「形象」一詞，包括兩個概念：一指某種實物的相似的模樣；一指長寬高組合的空間觀念，可能指距離，也可能指面積。」⑱兒童詩作者應用此法排列外形的作品，例如：

風箏　林武憲

風箏說
如果明明不拉住我
我會飛得更高
更高，飛得更高

明明
聽見了
就把手
鬆
開

風箏
飄呀
飄呀
落——到
地
上
了

——《童詩五家》九八頁

林武憲先生這首詩第三節的詩行排列，展示了風箏從天空跌落地面的具體過程。這種用詩行排列「事物」活動形象，有象形作用，屬於象形詩。

二、圖形詩：

林東山說：「所謂圖形詩，就是整首詩刻意排列成詩裡重要意象的圖形。當然，這種文字排列的圖形與實際的形象還是有一段距離；仍然要藉聯想組合起來。這種文字排列的圖形，只是抽象的形似——一種輪廓模樣的近似而已。」[19]

有些人將這種類型的詩，叫做圖畫詩。其實這種詩不是「畫」，只是近似圖形而已。林先生把此類詩叫做「圖形詩」，倒是很妥切。

兒童詩作者中，有不少人寫過圖形詩，也寫得滿不錯的。例如：

滑梯　　馮俊明

彎著腰，
駝著背，
默默地——
讓天眞活潑的小天使們，
快快樂樂地爬上又滑下——
爬上
又
滑
下！

——《升旗》二八頁

馮俊明先生這首兒童詩，表面敍述的是滑梯盡職的供兒童遊戲；深入欣賞，可以體會出長輩爲了晚輩的幸福，犧牲、奉獻的偉大精神。詩中以「滑梯」象徵長輩，是一首托物抒情、情景交融的好詩。在外形設計上，馮先生應用文字把本詩主要的意象「滑梯」，排出圖形來，使兒童不但讀到一首好詩，也看到了一首好詩。又如：

電線杆

陳木城

一支瘦瘦的電線杆說
我
的
手牽著你的手
瘦瘦的電線杆說
讓
我
也牽著
你的

手
一支電線杆說
大
家
手
牽
手
從鄉村到城市
手
牽
手
城市到鄉村
夜，就亮了
燈，柔柔的
暖暖的
照著

——《心中的信》十一頁

陳木城先生這首兒童詩，表面寫的是許多電線杆手牽手，合力把電從鄉下送到城市，使城市到鄉村都亮起來的事，深入探討，可以瞭解作者要表現的是：現在社會「人和人之間，有如電線杆一樣，看起來每個人都是獨立的，但如果我們願意，就可以彼此心手相連，靈犀相通。在我們每個人心中都有一種「電」，一種人性的溫暖，一種感情的光熱。我們要把這分珍貴的光與熱傳給別人，彼此友善，互相關懷，那麼，人世間就會充滿光明和溫暖。」⑳這首詩取材新穎，主題積極向上，能啓發兒童智慧、陶冶兒童性情。而在外形設計上，陳先生應用詩句，排列出電線杆、電線、城市建築物，富有圖形美。尤其在圖形設計上，近的電線杆和電線，比遠的長；遠方城市建築物的詩行也很短小。這樣的設計，使整個造形具有遠近比例特色，發揮了繪畫的透視特性，實在是匠心獨運，美妙萬分。再如：

山　黃基博

山啊
雄偉高大
像一個大男人
狂風吹你不動搖
滂沱大雨淋你不感冒

烈日曬你不頭暈
　為何我不像你
　　堅強挺立
　　　不被人
　　　　嘲笑

——《圖象詩》一〇二頁

黃基博先生這首〈山〉，寫的是想效法山的堅強特性。詩中將「山」象徵自立、堅強的男人，也是一首托物抒情、情景交融的好詩。在詩的外形設計上，排出山的圖形，讓山直接逼視兒童，吸引兒童。

三、會意詩：

林東山說：「所謂會意詩，是指詩行的排列，要借助詩意的聯想，以呈現具體的物象。換句話說，光看詩行的排列，是看不出像什麼的，必須借助詩裡主要意象的聯想，才能把詩行妥切地想像成什麼。」[21]

台灣詩人最早應用這種形式寫兒童詩的人，可能是詹益川（詹冰）先生。他寫過好幾首這種形式的詩。我們來看他獲得第二屆洪建全童詩佳作獎的〈山路上的螞蟻〉作品。

山路上的螞蟻　詹益川

螞蟻螞蟻螞蟻螞蟻螞蟻螞蟻
　蝗蟲的大腿
螞蟻螞蟻螞蟻螞蟻螞蟻螞蟻
螞蟻螞蟻螞蟻螞蟻螞蟻螞蟻
　　　　　蜻蜓的眼睛
螞蟻螞蟻螞蟻螞蟻螞蟻螞蟻
螞蟻螞蟻螞蟻螞蟻螞蟻螞蟻
　蝴蝶的翅膀
螞蟻螞蟻螞蟻螞蟻螞蟻螞蟻

——《蝴蝶飛舞》二一九頁

詹先生這首圖象詩，採用寓情於景法的表現技巧，把有關的意象，應用文字排成圖象，讓讀者自行體會詩中的主題。這首詩設計新穎，富有創意。但是，這種詩，需要讀者發揮想像力，把有關的意象會合，才能悟出其中的旨意。由於每人的想像力、意象的組合力不同，因此悟出的旨意也不同。例如有人悟到：只要團結一起，必能得到所要的東西；於是贊揚螞蟻。有人悟到：螞蟻很可怕，爲了達到目的，不管其他動物的死活；於是討厭螞蟻。這種會意詩，提供了寬闊的思考空間，是它的優點；但也因爲提供的空間太大，沒有提示或憑藉的導引，讀者無法分享作者頓悟到，或欲表達的主要情意，因此減弱了它的詩意。再如：

月亮和星星　**黃基博**

星星
星星星星星
星星星
星**月**星星
星星
星星星
星星星
星
星
星星

——《圖象詩》八三頁

這首詩也是會意的圖象詩，需要借助詩中意象而聯想其主題。我們看黃先生的學生創作有關「月亮和星星」的兒童詩，也許可以更明白這種會意詩。

月亮和星星　　屏東仙吉國小三年級　林孟燕

月亮很無聊，
星星們跑去跟她玩耍。
星星本來有二十五個，
月亮數了數，問：
怎麼只有二十四個呢？
一個從雲裡跑出來說：
我在這兒！
大家都笑起來了。

——《圖象詩》八五頁

月亮和星星　　屏東仙吉國小四年級　張惠雅

今夜多麼美好！

月亮要出嫁，
穿著一襲白紗衣，
滿臉笑盈盈。
小星星們出來祝福。
想起姊姊出嫁那天，
就像今夜那麼美好！

——《圖象詩》八五頁

月亮和星星　　**屏東仙吉國小六年級　陳德源**

月亮出來了，
身旁跟著許多小星星。
月亮是溫和、善良的母親，
星星喜歡在她的身邊。

月亮出來了，
身旁跟著許多小星星。

月亮是慈愛、美麗的老師，
星星喜歡跟她親近。
——《圖象詩》八六頁

圖象詩具有繪畫性，是兒童喜愛的一種詩歌外形。如何應用這種方式，羅青先生說：「一、內容與圖形應配合無間，相輔相成，相互發明。……二、內容必須是詩，必須具備有詩的要素；而圖形的安排也必須對詩的內容有啓發闡揚或暗示象徵的功能。……三、寫圖象詩必須有基本的繪畫修養，對構圖及造形瞭解深刻，是有助於創作的。」㉒

羅青先生的見解很正確。尤其是圖象詩的圖形設計，必須對內容有啓發和暗示的作用，不能捨本逐末，忘了內容而專在構圖上求新求變，把詩降格爲文字拼圖遊戲。

總之，童詩至今，作品的外形排列，已經發展出分行詩和圖象詩等兩種。這兩種詩，又可以細分出好多方式。本篇歸納了不少種童詩外形的排列方式，每種方式，還舉例說明它們的特點和應用方法。寫作童詩，找到題材、決定主題、構思好詩句後，應根據詩的內容來安排外形。希望有志創作童詩的人，除了能熟練的應用這些方式外，還能創造出更新穎、更生動、更妥切的形式來。

附註

1 金波：〈從兩首蝴蝶詩談起〉載於《兒童文學家》十二期，十一—二頁
2 羅青：《從徐志摩到余光中》九頁（臺北：爾雅出版社，民國六七年）
3 呂進：《新詩的創作與鑑賞》九二頁（重慶：重慶出版社，一九八二年）
4 馮中一：《詩歌藝術教程》三四—五頁（山東：山東教育出版社，一九九〇年）
5 陳木城：《童詩開門(三)》十三頁（臺北：錦標出版社，民國七二年）
6 馮中一：《詩歌藝術教程》三五—七頁（山東：山東教育出版社，一九九〇年）
7 呂進：《新詩的創作與鑑賞》九三—七頁（重慶：重慶出版社，一九八二年）
8 林東山：《現代詩形式初探》二—九頁（花蓮：作者印行，民國七四年）
9 羅青：《從徐志摩到余光中》三一〇頁（臺北：爾雅出版社，民國六七年）
10 張健：《文學概論》一四九頁（臺北：五南圖書公司，民國七六年）
11 林東山：《現代詩形式初探》一三四—四三頁（花蓮：作者印行，民國七四年）
12 陳啓佑：《新詩形式設計的美學》二四四頁（臺中：臺灣詩學季刊社，民國八二年）
13 同註12二四一頁
14 白荻：〈由詩的繪畫性談起〉載《現代詩導讀—理論史料篇》一一二頁（臺北：故鄉出版社，民國六八年）

15 黃永武：《中國詩學—設計篇》一七一—二頁（臺北：巨流圖書公司，民國六五年）

16 林東山：《現代詩形式初探》三七頁（花蓮：作者印行，民國七四年）

17 呂進：《中國現代詩學》三二七頁（重慶：重慶出版社，一九九一年）

18 林東山：同註16三九頁

19 林東山：《現代詩形式初探》四九頁（花蓮：作者印行，民國七四年）

20 陳木城：《春天的腳印—看童詩學作文》十九頁（臺北：圖文出版公司，民國八二年）

21 林東山：《現代詩形式初探》五九頁（花蓮：作者印行，民國七四年）

22 羅青：《從徐志摩到余光中》六九—七〇頁（臺北：爾雅出版社，民國六七年）

第八章

兒童詩的創作過程

瞭解兒童詩的定義、特質、發展、類別等等基本觀念，也知道兒童詩的主題、題材、語言、表現手法、結構、外形排列等等寫作知識後，我們應該進入學以致用的層次，從事兒童詩的創作。

創作兒童詩，沒有固定的公式，因此也沒有固定的創作過程。可以說，兒童詩的創作過程是多樣化的：可以人人有自己的寫作過程，也可以每一首詩有每一首詩的構思方式。現在針對多樣化的創作過程，提出共通思考的重要項目，以及列舉幾種創作過程於下，以供寫詩的人參考：

第一節　多樣化創作過程中應思考的重要項目

詩人或詩論家，對創作詩歌的過程，提出了不少的高見。

蕭蕭先生說：「寫詩的過程應該是這樣的：感動→醞釀→下筆→省思。」[1]

鄭毓瑜先生把詩歌創作過程模式，圖解如下：[2]

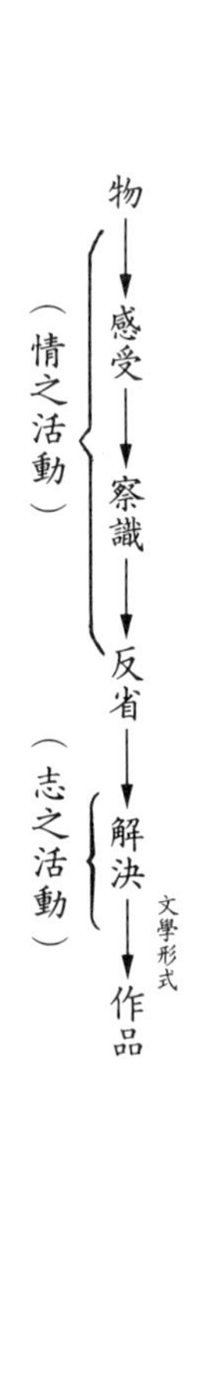

林艮先生說：「詩的構想，人人有不同的歷程，沒有公式。有一位作家說：『詩也是一種文章。』他擬了一個構思流程，供人參考：『1.你想到了什麼，感受到什麼，有心寫什麼，說明了你寫作動機是什麼。2.對這個什麼，你有了些什麼？這些什麼夠不夠多？3.這麼多的什麼，你選定了什麼？4.你要怎麼寫出這個什麼？』是不是這樣，這只是提供參考。」[3]

白靈先生認爲詩的誕生除了「胎生法」外，還有「卵生法」。[4]

大陸詩論家呂進先生在《新詩的創作與鑑賞》書中，將詩的創作過程分爲四部分：詩情提煉、角度選取、布局謀篇和語言錘煉。[5]在《中國現代詩學》書中，將抒情詩的產生，分爲三個階段：獲得靈感→尋思（立象、建構）→尋言（詩的修辭）。[6]

以上各家所說的創作過程或方法，可以分爲兩部分。一部分是：感動、物與感受、寫作動機、詩情、獲得靈感等。這些項目，可以說是屬於「寫什麼」的部分，也就是指作品的內容方面，像主題、題材的研討。另一部分是：醞釀、下筆和省思、察識、反省與解決，怎樣寫出什麼，胎生和卵生，角度取捨、布局謀篇和語言錘煉，尋思和尋言。這些項目，可以說是屬於「怎麼寫」的部分，也就是指作品的形式方面，像結構、外形排列、情意表現手法、語言等等。現在針對這兩部分探討於下：

一、寫什麼

在我們的社會裡，有許多正確、趣味、新穎的主題可以供我們寫成詩；也有許多自然現象、兒童生活、社會及國家題材、知識性題材、幻想性題材供我們寫成詩。可是在這麼多的主題、題材中，我們要寫什麼呢？我的淺見就是根據感動、符合兒童需要、新穎等三項要素來選擇。

「感動」是眞情的流露，是寫詩的基本要素。在衆多的主題和題材中，如果我們都不感動，怎麼能冀望作品能感動他人呢？詩人兼詩論家蕭蕭先生說：「一隻小昆蟲，一段傷心事，都可以在我們的詩中出現。但是，我們要注意，這些題材必須先感動我們。我們深深爲一棵路邊的小草，爲一件驚心的車禍，心有所感，心有所動，然後，才能表現在詩中，去感動別人，引起大家的共鳴。……相反的，我們看見『車輛』、『車禍』，毫無所覺，既不好奇，也不關心，淡漠處之，這就不能寫成詩，勉强去寫也不可能成爲好詩。」[7]蕭蕭先生的話很有道理。因此，在「寫什麼」中，首先我們應該選擇感動自己的事物來寫。

其次，我們要考慮「符合兒童需要」的內容。兒童需要的內容是什麼？林守爲教授引了美國兒童文學專家石德萊女士的話，舉了四種：「一、遊戲的需要：滿足兒童娛樂的需要。二、安全的需要：物質的、情緒的、智能的和精神的。三、成功的需要：當受尊敬的人、做受尊敬的事。四、審美的需要：美的詞句、美的線條、美的感情、美的景色、美的音韻。」⑧其中，遊戲的需要，是兒童詩寫作者應該特別注意的。兒童會主動找童話、兒童小說、寓言、兒童故事書閱讀，主要是這些書能滿足兒童娛樂的需要。兒童很少主動去找主題正確、題材重要的古詩閱讀，如：詩經、唐詩三百首，理由除了這些詩的語言不是兒童能瞭解的外，主要是這些詩的內容大部分是成人的思想、成人的趣味的。因此，我們寫作兒童詩，要感動兒童、先要兒童主動接觸兒童詩；要兒童主動接觸兒童詩，先要注意兒童詩符合兒童的遊戲需要；要符合兒童的遊戲需要；先要考慮搜集來的寫作材料，是不是具有高度的詩趣，是不是能引起兒童欣賞的興趣。如果答案是肯定的，那麼已感動自我、也符合主題正確的材料，就值得寫了。例如：

閃　電　　**馮俊明**

一閃一閃的，
天空有困難嗎？
連連拍發信號燈。

怎麼辦？
沒有人看得懂信號，
天空急得哭了。

——《蝴蝶飛舞》十一頁

這首屬於閃電、下雨的自然景物題材，作者採用移情方式，把天空擬人，讓閃電當做信號燈打出的信號，雨滴當做淚水。全詩寫的是：他人有難而我們又愛莫能助的痛苦。這種關心事事物物的主題是健康的、正確的。詩人把有生命的天空，想像成有急事而等待援助的人，把閃電當做信號燈，把雨滴當做淚水，又充滿了情意，因此非常吸引讀者注意。兒童看了這種有意義又有情趣的詩，自然吟誦不輟，自然受到薰陶而關心萬物。這種寫作材料，就是符合兒童需要。

短詩的材料取捨重視兒童需要，也就是非常重視兒童的遊戲需要，長詩的材料取捨，也是要符合兒童的需要。例如：

看球記　柯　岩

我們全家要去看小足球，／今天是「新疆」對「青島」。／小弟從清早就在院子裡看天，／有一朵烏雲他就急得跺腳。／／　妹妹把花園裡的鮮花全部摘掉，／她們二年

級決定支持「青島」，／因爲「青島」的左鋒，／是他們同學的表兄。／／

爸爸也希望「青島」踢贏，／因爲「青島」是山東省的冠軍。／媽媽可盼著「新疆」得勝，／因爲「新疆」是遠道來的客人。／／

我說他們這樣偏心可不行，／看球應該像裁判一樣公平。／只有小弟什麼也不懂，／他說最好讓兩邊都贏。／／

看台上擠得人山人海，／忽然手帕帽子一齊飛舞起來，／兩個球隊剛剛跑步入場，／誰强誰弱已經有人開始猜。／／

「青島」剛剛得了一分，／爸爸和媽媽就爭個不休；／爸爸說：「青島」基本訓練好；／媽媽說：「新疆」對場子不熟。／／

「青島」又在開始射門，／媽媽急得直招旁邊阿姨的手，／我又要提醒媽媽又忙著看球，／只有爸爸伸著脖子給「青島」喊「加油」！／／

「新疆」的球門一連救出三個險球，／媽媽才發現自己招紅了人家的手。／阿姨忙著喝采沒聽見媽媽的道歉，／爸爸跺著腳埋怨「青島」的中鋒漏了球。／／

上半場記分板上始終是個「1」，／妹妹抱著大捧的鮮花只歎氣，／哼！這種光等著獻花的小丫頭，／依我說以後根本不許來看球！／／

下半場我已決定支持「新疆」，／他們一得著球我就鼓掌。／他們對失敗的局面那樣沈著，／這才是足球運動員的英雄本色。／／

小弟慢慢地也看出了門路，／他跟著我鼓掌還學著喝采，／有一次「新疆」把球踢出了場外，／他站起來差一點跳出了看

台。／／
　　最後還是「青島」得勝，／妹妹把花舉在頭上亂蹦；／小弟搶過花來丟在地下，／兩人扭到一起就要打架。／／
　　叔叔阿姨們都笑著來勸解，／爸爸媽媽還在一邊爭辯，／我一把拉住小弟跑到場外，／等運動員退場時好好看一看。／／
　　好些人圍著「新疆」的大門照相，／我也擠進去對他說：「眞棒」！／小弟一把抱住9號運動員，／他說：「我也看出來你們很勇敢！」／／
　　回家的路上爸爸和媽媽已經和好，／小弟和妹妹可還在爭吵，／我用腳鈎一塊小圓石頭踢給小弟，／唉！有工夫磨牙還不如來練腳。／／
　　夜裡大家已經睡熟，／可是小弟還在夢裡踢球：／一腳把被窩踢到地下，／還用腦袋拚命去頂枕頭。／／
　　媽媽歎口氣去給他蓋被，／他一腳丫正踢著媽媽的手。／媽媽笑著把他側過身去，／一看，背心上還用紅墨水塗了個大「9」。／／

——《中國兒童文學大系詩歌一》七七二—五頁

　　這首生活敍事長詩，一開頭就提出懸疑問題，全家的人都要去看足球賽。有的人希望青島隊贏，有的人希望新疆隊贏。中間一段，敍述看球時，家人彼此爲自己支持的隊伍加油，然後引起紛爭的事。結尾寫小弟如何入迷，連睡覺時也做踢球的動作。全詩不但有吸引人的故事情節，而且個個人物刻畫栩栩如生，實在精采萬分。這首表達全家幸福、快樂，懂得享受正當娛樂生活的詩，是健康、有益的。而觀球賽的題材，又是生動有趣，因此這種寫作材料，就是符合兒童需要的題材。

「寫什麼」第三個要考慮的要素是「新穎」。寫作兒童詩，要避免「撞車」。所謂「撞車」，也就是所選的寫作材料，主題和題材跟別人一樣。別人已寫過，而我們又依樣畫葫蘆。例如有人已寫出「板擦兒的命好苦哇！替黑板洗臉，弄髒了身體還挨了一頓打」這是同情「服務熱心卻惹來處罰」的人的詩。我們如果也寫「板擦兒的命好苦哇！吃了一點兒飯，就被痛打一頓」的詩，就是「撞車」，就是模仿他人的作品。模仿他人的作品，如果懂得「通變」，意境比原來作品更好，也還允許，甚至也是值得鼓勵的。例如大家熟悉的王勃〈秋日登洪府滕王閣餞別詩並序〉中句子「落霞與孤鶩齊飛，秋水共長天一色」便是模仿庾信〈馬射賦〉「落花與芝蓋齊飛，楊柳共春旗一色」的例子。可是這種形似而內容不同的模仿，比原來更為出色，這是允許的。目前有些兒童詩的作者，也許看的兒童詩作品少，不曉得他人已寫過，或是看過他人作品後，成為自己的潛意識，不小心又寫出雷同內容來，這是不好的現象。例如杜榮琛先生在民國七十年出版的《稻草人》一書中的〈浪花〉詩：「雖然，春天開的花兒比我香，／但我開的花兒卻比春天響，／一年四季都是我的花期，／冬天裡，／蜜蜂不來採蜜，／蝴蝶不來作媒，／我依然把花兒開得又大又白。／／」已寫出浪花一年四季開放，花兒又大又白的題材。可是民國七十二年，我看到另一個作者也寫浪花是四季皆開的詩，雖然詩內的映襯物——蜜蜂、蝴蝶換成風和岩石，可是這也是屬於「撞車」，屬於內容不新鮮。因此，當我們獲得一個感動自我的寫作材料，一個能引起衆多兒童共鳴的有趣材料後，還得注意是否新穎、是否不撞車。

二、怎麼寫

我們應用「神往會物」或「物來感人」的方式找到了感動自己，也符合兒童需要和新穎的寫作材料後，要把它寫成詩，就得思考「怎麼寫」。

劉勰在《文心雕龍》〈附會篇〉說：「何謂附會？謂總文理，統首尾，定與奪，合涯際，彌綸一篇，使雜而不越者也。若築室之須基構，裁衣之待縫緝矣。」王更生教授對這段話有了明確的注譯：「什麼叫做附會呢？就是指總攬文章的辭采與義理，統貫篇章的開頭與結尾，確定文稿的增加或刪削，彌縫前後段落的承接和辭氣，並綜合全篇的形式與內容，使之言辭雖多，思理或繁，卻能脈落一貫，不踰越主題的一種寫作方法。此種爲文之道，好比建築房屋一樣，必須先紮下穩固的基礎；又如同裁製衣服，須依靠細心的縫合。」[9]由這兒我們可以知道要寫一首詩，應該先有完整的計畫，也就是注意：安排主題、取捨材料、設計結構、活用言辭技巧、妥善排列外形，以及修改。現在分述於下：

1.**安排主題**：如果打算採用直接表現方式安排主題，就可以考慮主題要安置在詩前、詩後、詩中或詩的前後的事；如果打算採用間接表現方式安排主題，就可以考慮應用寓情於景、藏意於事或從他顯己的方式。

2.**取捨題材**：應用相似聯想、對比聯想、接近聯想找來素材，是否有用，就得根據主題決定取捨。找到了有用的題材，如果還不夠，還可以由定向想像再找出需要的題材來。

3.**設計結構**：兒童詩的結構多樣，常見的單層結構即有：點狀式、直進式、迴轉式、並列式；雙層結構即有：對比式、交叉式、總分式、反覆式；多層結構也有蒙太奇式、立體式、複雜式等等。兒童詩作者要根據詩的內容選擇適當的結構，或者創造新的結構。短詩的結構也許較簡單而不太傷腦筋，長詩的結構，就得多注意秩序、連貫、統一、對比的關係。在結構中，也要注意題目的擬定和結尾方式。題目的擬定要能吸引兒童。例如柯岩的〈眼鏡惹出了什麼事情〉、林鍾隆的〈我要給風加上顏色〉、張水金的〈台北一隻雞〉、魯兵的〈下巴上的洞洞〉、約瑟夫・雷丁的〈姑娘，別指望王子！〉謝武彰的〈借一百隻綿羊〉、〈著急的鍋子〉、〈乖樓梯〉等等，都是很吸引人的題目。結尾的方式要注意含蓄有味。前述〈看球記〉的結尾，富有含蓄美，便很有韻味。

4.**活用言辭技巧**：活用言辭技巧，也就是指妥當處理詩的句法、字法。諸如詩句情意的間接表現，是以形傳神或者以神造形？以形傳神是採用白描法、陳述法、或者寫景法？以神造形是採用移情型、虛擬型，或者象徵型？詩句呈現方面的修辭技巧，是採用生動式、比喻式或對比式？詩句形式是直進式、跳躍式、並列式、迴環式、轉折式或總分式？語言是否新鮮、淺顯而精鍊？意象的語言是採用描敍性意象或虛擬性意象？音樂的語言，是採音頓等時性的意義節奏、強弱等量反覆的情緒節奏、音韻反覆的聽覺節奏或段式反覆的視覺節奏？這些都是活用的範圍。

5.**排列外形**：詩歌的外形排列是採分行詩或圖象詩？分行詩中在分行排列上是採均齊形、對稱形或參差形？依據個別詩行的外形，是採平頭式、齊足式、高低式、跨句式或空格式？採用圖象詩的排列，是採用象形式、圖形式或會意式？這也是該考慮的。

6.**修改**：寫作兒童詩，出口成詩，一片天籟，不用修改，也許有人有過這個美好的經驗，但是，大部分寫完後，總是要修改。古人寫詩就常修改。袁枚曾說：「愛好由來落筆難，一詩千改始心安。」一詩千改也許誇張了些，但是也可以知道修改是許多人在寫作過程中必經的一關。寫作兒童詩有的修改字句，有的修改題目，有的甚至改掉了大半內容。修改是對自己作品的負責，也是詩藝精進的表現。現在我們就看看黃雙春先生修改詩的例子。

黃雙春先生有八首兒童詩，得到第一屆洪建全教育文化基金會主辦的詩歌創作的佳作獎。其中有一首〈火車〉詩，內容是這樣的：

火車　　黃雙春

小時候

火車好長好長
一面走
一面長著長頭髮

現在
火車好響好響
一面走
一面隆隆隆隆

——〈兒童詩集佳作選〉十一頁

這首詩採用對稱形排列，有視覺的節奏美；前後兩段詩句，大致上也注意對偶，有形式的美。全詩共兩段，屬時間對比的內容：第一段寫小時候看到的火車外形；第二段寫現在聽到火車飛奔的聲音。這首詩雖然也很有情趣，可是在題材的取捨上欠統一。前後兩段既然是對比關係，那麼內容上應該有對比的關係，可惜一段寫外形，一段寫聲音，不構成對比要件。後來他跟洪中周先生合著的《和詩牽著手》的書裡，已把這首詩改成這樣：

火車　黃雙春

小時候
火車好長好長
一面走
一面長著長頭髮

現在
火車還是好長好長
靜溜溜的
滾動鐵輪子
一面走
一面伸出一隻小手
拉著高壓電線放風箏

——《和詩牽著手》二一二—三頁

這首詩把前首詩的後半段改了，而且改得很好。改過的詩，從火車的外形來比。先回應第一段，敍述現在火車還是好長好長；接著敍述現在火車的進步，不像以前長著長頭髮式的冒黑煙，而是靠著電線行走，只見滾動的輪子沒有黑煙，沒有轟隆隆了。詩中前後對比的內容相當，這樣的修改，使詩作價值更高了。詩不怕改，只要越改越好，一詩千改，是值得提倡的。

第二節 兒童詩創作過程舉隅

前面提過，兒童詩的創作過程可以人人不同，個個都有自己的方法。例如有的人可以從理論入手創作兒童詩，有的人卻得完全忘了理論，只能從感覺入手，才得心應手。從理論入手的，有的先從決定主題再找題材；有的卻先找題材再找主題。因此可以說，創作是沒有固定的公式。創作詩的方式雖然很多，但是從詩的量產角度來看，白靈先生說的胎生法和卵生法，卻是一個很簡明的二分法。白靈先生說：「很多人都以爲一首詩的誕生就像是嬰兒的臨盆般，是頭腳齊全地來臨的，殊不知它們經常是靠一隻鼻子找到一張臉，憑一根腳趾找到一條腿的。……『從一而終』的『胎生法』——大部分人的詩都是這樣來的，但又何妨也試試遊戲般、充滿各種可能的『卵生法』？……多數人一再煩惱的是『怎樣寫』而非『寫什麼』，他們常問的是：『怎樣寫一首好詩？』其實最好是『怎樣寫一句好詩？怎樣寫一堆好的詩句？怎樣找到一些美妙的想法？』前者是胎生，後者是卵生。因此不要期望每次都把一首詩完成……寧可把一句或幾句詩寫好，寧可只寫一堆好的詩句或一段好詩，這些好的詩句在將來都有機會成為一首詩堅挺的鼻子或有個性的大拇指，它們經常是一首詩誕生的基礎。」⑩白靈先生說的胎生法，就是指一次只寫一首詩，而且專心去完成它；卵生法，就是採用遊戲法，找出一堆好的詞語或詩句，將來由這些詞語或詩句，變成不同的好幾首詩。白靈先生以胎生、卵生來形容詩歌產生的方式，是個富有意象而且生動的分類名詞。現在採用這個意象名詞，列舉出兩種兒童詩的創作過程於下：

一、胎生法的創作過程舉隅

胎生法就是一個「感動」，構思一首詩的寫作法。也就是採用「神往會物」或「物來感人」的方式找到感動的寫作材料後，接著便深入「想像」，探討寫作材料、應用各種技巧表現這個材料。例如拙作：

最大的聲音　　**陳正治**

半夜裡
屋前的汽車

轟隆地發出了聲
床上的媽媽
睡得更沈

半夜裡
一歲的妹妹
輕輕地翻了個身
床上的媽媽
一下子驚醒

——《國語日報》民國74年11月3日

拙作〈最大的聲音〉這一首詩的產生，在題材的獲得上，屬於「神往會物」型的方式。從小我就深刻的體會到母愛的偉大。我生於台灣光復前，那時候的社會，大家的物質生活條件都很差，而我家無田無地，尤其清寒。母親跟大姊、二姊，整天忙著編草蓆、草帽賺一點錢買菜買米。我們一家有七個兄弟姊妹，母親爲了不讓小孩子在家中餓肚子，就答應別人的請求，把其中兩個孩子送給人撫養。三歲的小弟送給他人撫養的時候，我讀國小二年級。我常半夜被母親的哭聲驚醒。原來母親捨不得小弟被他人撫養，連半夜睡覺時在夢中也悲傷地哭出聲來。經過了一段日子，母親已較習慣了，可是另一個更大的打擊又來了。大姊大概從小營養不良，又整天編草蓆、編草帽缺乏運動，結果得了病而過世。母親悲痛萬分，不管白天、晚上一提到大姊，就哭出聲來。那時候，我又常在半夜裡被母親抽抽噎噎的哭聲驚醒。由於家中只剩四個小孩，母親更發揮了愛心照顧我們、督導我們。我們幾個孩子，雖然物質生活貧乏，但是卻不缺母愛。因此使我深深體會出母愛的偉大。後來我結婚了，內人由於剖腹生產才得到孩子，所以對孩子更為小心照顧，深怕他有什麼意外。我們把孩子放在我們床舖旁的嬰兒床上。半夜裡，嬰兒發出一點聲音，我與內人都擔心他是吐奶哽到或發生其他危險的事情，兩人常不約而同的驚醒起來。這時我又體會出母愛的偉大。我利用「母愛」的主題寫過一篇童話，也寫過一篇兒童小說，卻沒寫過母愛的兒童詩，因此心中常想：我要寫一首母愛的詩。有了這個心願，可是總沒努力去找外界的「物象」，以引起創作的火花。後來我們又得了第二個孩子，恰好不久後，搬到大馬路旁的新家。半夜裡，我們又常起來照顧生下不久的這個孩子，也常聽到大街上快速奔走的汽車聲。有一天的深夜，睡在嬰兒床上的女兒發出伊伊唔唔的聲音，內人一下子驚醒，起身去看。這時候，我靈光一閃，想到：這麼小的聲音卻可以把母親驚醒，於是找到以「聲音」為表現的題材。由於我小時候在深夜中驚醒的經驗，因此我以小孩子為抒情主人公，寫出母親關心妹妹的事。另外，為了表現母愛的主題，為了深化這個題材，我採用對比聯想，加入對比的材料，利用大馬路上汽車的轟隆聲來襯托，使大聲音驚醒不了母親，小聲音卻可以驚醒母親，以造成反常的趣味。還有在主題安排的時候，採用間接表現法，不直接揭示「母愛」兩個字，以得到婉曲、含蓄的抒情效果。而在詩題上，爲了吸引兒童注意，以「最大聲音」爲題。在語言方面，注意意象的語言，以「轟隆地」描敍性意象，表示聲音大；以「輕輕地」語言，表示聲音小。另外，在聽覺意象上，我翻《中華新韻》以「ㄣ、ㄥ」的諧韻字來押，造成音韻反覆的音樂美。我的創作過程是：感動、深入想像、下筆、修改。深入想像的部分就是安排主題、取捨題材、設計結構、活用言辭技巧、排列外形等事項。這種創作過程，也接近前面蕭蕭先生說的創作過程：感動→醞釀→下筆→省思，以及呂進先生說的：詩情提煉、角度選取、布局謀篇和語言錘煉等。

胎生法中「物來感人」過程，跟「神往會物」也很接近。例如林煥彰先生這首「5」詩：

5　**林煥彰**

上幼稚園小班的孩子寫的
5
是一隻長頸鹿
昨天才從阿拉伯的數字裡走出

很艱苦地　走過大沙漠
　走過大戈壁
　走過大沼澤
　走向我

已經很疲憊地
望著我光禿禿之樹的那隻長頸鹿
期待的頸子仍顫抖著
垂吊一只喝空了的罐頭

——《童年的夢》六九頁

根據林煥彰先生的一篇文章〈從生活開始——談一首詩的寫作過程〉，以及我的電話訪問，林先生創作這首詩的過程是這樣的：

林先生二十九歲時，他的一個讀幼稚園的孩子，在練習簿上寫了一個阿拉伯數字「5」。由於年紀小，手指的小肌肉還沒發達，因此寫的5字，第一筆「豎弧形」的豎筆部分寫得過分長，而且由於手指顫抖，這一豎也彎曲了。第二筆支持處又超過了豎筆部分，整個字看起來，有點像掛著東西的「長頸鹿」。於是他見「字」得靈感，利用這個貌似長頸鹿的字，想寫成一首詩，表達孩子寫字的艱苦。他把這個字當做長頸鹿，很快地寫下了前兩小節的背景內容，接著也很順利的想到第三節的「感想」——長頸鹿艱苦地走來。爲了加强「艱苦地」效果，於是他採用並列反覆的方式，敍述長頸鹿「走過大沙漠、走過大戈壁、走過大沼澤」才「走向我」。

構思到這兒，一首詩已大致完成。不過後來他深入的探討又加了一節。他說：「這首詩可以算完成，但我覺得它還有不盡的地方，如此只是完成一首『單純的詩作』，無法表現更深一層的複雜的內涵，如：寫字的孩子與我的關係，以及我要求於孩子的，甚或孩子對於我的期望等等多重心理矛盾和撞擊，是無法在那樣單純的外在的描繪中獲得，因此最後一節的安排，也是有意的，故在這首詩的寫作過程中，這一節是屢經更改，所費心血最多的地方。直到最後，時隔一年，我編的單行本時，還一再斟酌的。在這一節中的『長頸鹿』，已不再是孩子寫的『5』之外象的稱謂，而是轉化或還原爲孩子本身的比喻。而那『光禿禿之樹』則是作者自覺貧乏的象徵，是表現自己發現到自己所能給予孩子的協助，竟然也是如此無能爲力，頗有歉意之感。」[11]由林先生寫作這首詩的過程可以知道，這首詩的誕生是由「物來感人」而獲得靈感，然後再深入想像，思考主題、題材、結構、言辭技巧、外形排列等等寫作項目，並加以修改。這也接近前面提過的蕭蕭先生以及鄭毓瑜先生、呂進先生說的創作過程。

「胎生法」的寫作過程中，「感動」和「想像」是作品產生的要素。詩人受到感動，有如母體中卵子的受孕；詩人努力「想像」，有如母體的懷胎十月。經過了「感動」和「想像」，詩作才能順利產生。至於如何培養「感動」，那就得經常關心創作。我們如能時時觀察兒童的生活情形，並設身處地聯想，時時回憶自己的童年，捕捉可以表現的題材，情意充斥了，自然正如《文心雕龍》〈神思篇〉中說的：「登山則情滿於山，觀海則意溢於海」，處處都有材料可以寫了。其次如何「想像」，那就要多站在兒童的立場，應用兒童的眼光、兒童的感受、兒童的想法、兒童的理解能力，以及亞里斯多德的「相似、對比、接近」的聯想律，想出有用的材料，以供組合成詩。例如：大陸著名的兒童詩人金波先生的作品：

綠色的太陽　金　波

從雙手抱著的奶瓶，
我認識了潔白。
從熟透的蘋果，
我認識了鮮紅。
從我仰望的晴空，
我認識了蔚藍。
當我三歲的生日，

爸爸送我一盒蠟筆。
我覺得我是這樣富足，
我得到了一切色彩。

於是，我畫：
一道藍色的直線，
那是解凍的小溪；
畫綠色的波紋，
那是連綿起伏的遠山；
再畫一個
大大的橙色的圓，
是中秋的明月掛在天邊。

然而，現在，
我畫彩色的棉花，
爲了給小妹妹們，

去做花衣裳；
我畫透明的海洋，
爲了看清海底的寶藏。
再畫一個綠色的太陽，
爲了讓夏天涼爽。

——《一片紅樹葉》一一三—五頁

金波先生曾於民國八十三年五月到台灣參加「兩岸兒童文學學術研討會」，以及台東師院舉辦的「兒童文學學術研討會」。在這段時間裡，筆者請教過他許多有關兒童詩創作的技巧。他提到他寫兒童詩，常先決定一首詩的結果，然後再倒過來寫造成這個結果的原因與經過。根據他的說法，以〈綠色的太陽〉這首詩來看，如果我們不管這首詩是由「神往會物」或「物來感人」的感動方式獲得靈感，也不管這首詩寄寓什麼含義，只從這首詩如何由靈感產生詩作的想像過程來看，那麼金波先生在想到詩末全詩詩眼「畫一個綠色的太陽」的詩句後，便努力構思如何會畫出這種太陽。誰來畫？如何畫？爲什麼要這樣畫？金波先生站在幼兒的立場想像。首先他勾勒出畫綠色太陽的步驟：先認識色彩，其次得到蠟筆可以任意畫出想要的顏色；再從畫出的圖畫，由小溪、遠山、明月、棉花、海洋而太陽。層次由遠而近，井井有條的交代出何以畫出綠色太陽的遠因；最後在詩末寫出爲了讓夏天涼爽而畫綠色太陽的近因。這個詩歌內容的縱座標次序，金波先生採用「接近聯想」方式蒐集題材而表現的。再看第一小節的重點是認識色彩，金波先生找到並列的白、紅、藍色表達；三、四、五、六小節的重點是畫圖，金波先生也是找到並列的小溪、遠山、明月、棉花、海洋來襯出太陽。這個詩歌內容的橫座標次序，金波先生採用「相似聯想」方式蒐集題材而表現的。從詩歌內容的安排，我們可以看到金波先生的活用各種聯想律。

再從依據什麼人來想像方面看，金波先生把握了以兒童爲觀點的想像法。他寫兒童認識色彩，是由奶瓶認識白色，熟蘋果認識紅色，晴空認識蔚藍。這種寫法，就是符合兒童的想像。幼兒認識各種顏色，是由具象入手的。他們稱呼黃色叫香蕉色，紅色叫蘋果色，綠色叫樹葉色，白色叫牛奶色，藍色叫天空色。由此也可以知道金波先生瞭解兒童的深刻。其次，兒童喜歡塗鴉，到處畫畫，而且畫畫的內容配合心理的需要。因此想吃蘋果就畫蘋果，想做花衣裳就畫棉花或布，這也是兒童的天性。金波先生讓兒童畫出綠色的太陽，正符合兒童天眞可愛的特性。我們由這篇作品中可以看出，金波先生在創作詩篇的過程中，能夠把握兒童的特性去想像，這是我們寫作兒童詩的人在寫作過程中，應該效法的。

寫作兒童詩如何根據兒童特性來想像呢？兒童文學理論家林飛先生曾提了四項要點：

1. 熟悉兒童生活，選擇兒童感興趣的題材。

2.用兒童審美的眼光去發現生活的詩意，尋找開啓兒童心靈的鑰匙。
3.根據兒童的心理特點展開豐富的聯想和奇特的想像，進行精巧的藝術構思。
4.創造兒童能理解和感受的富有兒童情趣的優美意境。⑫

這四項跟「兒童」有關的寫作要領，說得非常妥切。我們如果能好好把握，寫的詩就會令兒童喜愛，就不會變爲只供成人欣賞的兒童詩了。

二、卵生法的創作過程舉隅

卵生法就是有計畫地找出好多「感動」的題材，然後分寫出不同詩篇的寫作法。這種創作過程，在找題材和研討內容特性方面，跟一般胎生法不同，但是在應用各種技巧表現主題和題材方面，例如設計結構、活用言辭技巧、排列外形、修改等部位，並沒什麼不一樣。現在以「海浪」爲詩題，詳述尋找題材和研討內容特性於下。至於應用各種技巧表現主題和題材的部分，如結構、言辭、外形、修改部分，就在研討內容特性部分略爲提及，或省略不提了。

㈠尋找題材：

卵生法可以採用「聯想律」中的相似聯想、對比聯想、接近聯想，或者「六何法」中的何時、何地、何事、何因、何人、如何等方法來找出跟詩題有關的題材。例如「海浪」詩題的題材有：

1.**相似聯想**：聲音（潮聲、唱歌、嘩嘩笑、抗議不平、輕聲細語、說悄悄話、演說……），外形（浪花、輕紗、走動的山、水霧、千軍萬馬、萬馬奔騰、一羣白綿羊、羊兒上山、一羣手拉手的娃娃、一簇白花、翻觔斗的孩子、跳舞、繩子旋轉、白棉被……），行動（後浪追前浪、前進又後退、親兒童的腳、拍打礁石、吞噬船隻、撲向沙灘、浪花湧上岸、圍著船隻、一羣海浪嘩嘩向前行……）

2.**對比聯想**：聲音（哭泣、噪音、吵鬧、發瘋、亂告狀……），外形（山石、一堆石頭、一羣黑羊、一隊黑娃娃……），行動（被追趕的前浪、捉弄兒童的腳、不怕海浪拍打的礁石、勇敢的船隻……）

3.**接近聯想**：時間（天晴的魚鱗般海浪、颱風的排山海浪、夏天月光下的海浪、黑夜的咆哮海浪、未來的可發電海浪、從前捲走爺爺的海浪……），空間（沙灘、岩石、船、有人玩衝浪、海鷗飛翔、海浪變換顏色、夏威夷或黑海的海浪、靠近北極圈附近的海浪、挾著冰山的海浪、美人魚、對海藻輕聲細語……），哲理（膽小、活潑、愛美、演說家、喜怒無常、波浪有個性……）

找到題材後，可以根據主題需要做定向想像，歸納其他相關的題材，或是再依據相似聯想、對比聯想、接近聯想，找到更多的題材而組合成詩。

例如採用借物抒情方式，敬佩海浪有個性而想效法的主題，則可以再應用定向想像，找到如下的更多素材：對海藻細語、圍著船隻說話、表演翻觔斗的特技、反抗颶風、抗議不平、海浪有個性、效法……。

大陸詩人蔡其矯在一九六二年作的一首〈波浪〉詩，首先從一般性去讚美波浪，接著讚美風暴中的波浪，比暴風還要凶猛的個性，最後轉寫到歌誦波浪及想效法波浪。詩的最後二節是這樣的：「我也不能忍受強暴的呼喝，／更不能服從邪道的壓制，／我多麼羨慕你的性子／波浪啊！／／　　對水藻是細語，／對巨風是抗爭，／生活正應像你這樣充滿音響／波——浪——啊！／／」[13]這首詩有那麼多素材，一定是經過定向想像而找出的。

(二)決定內容特性及其他：

根據主題及題材而得到的內容特性，要如何深化、如何把握，這是寫詩者應當思考的項目。在這方面，白靈先生提到的特性單挑、分列、並列、單擬、暗示、多向比擬、分解等等思考種類，可供我們參考：

1. **特性單挑**：將某一特性放大來寫。
2. **特性分列**：將不同特性用不同詩處理。

3.**特性並列**：將所列舉特性於同一首詩中並列處理。

4.**特性單擬**：將所列舉某一特性以某一類比方式轉變。

5.**特性暗示**：借所列舉的某一特性暗示。

6.**特性多向比擬**：將所列舉諸多特性用多種類比手法於同一首詩中一一轉換。

7.**特性分解**：將事物某一特性以分解動作方式逐步呈現。⑭

在「海浪」詩題中，根據前面尋找到的題材，配合擬定的主題，可以寫出好多不同的海浪詩來。現在根據各種詩歌內容特性的處理法來說明，並舉出目前可見到的有關海浪詩的佳作，供大家參考。

1.**特性單挑**：特性單挑就是所列舉的題材中，主觀地將最動人的內容特性，放大來寫。例如：

海浪　　**沈百英**

前面一個浪，
後面一個浪，
後浪追前浪，
兩浪撞一撞。

只剩一朵白浪花，
前浪沒落後浪揚。
問你前浪爲甚不快走？
卻叫後浪來追上？

——《兒童文學簡論》二四二頁

根據「後浪推前浪」的特性放大來寫，可以寫成這樣的一首詩。這首詩第一段採用具體呈現，寫出後浪追前浪的現象，後一段針對現象抒情。全詩根據事情發展先後秩序安排題材，屬於直進式的單層結構。詩中押韻，富有聽覺的節奏美。又如：

浪花　劉饒民

浪花家在哪兒？
家在大海中。
浪花幾時開？
請你去問風。

浪花什麼色？
　朵朵白如雲。
浪花開多少？
　千千萬萬朵。

——《中國兒童文學大系詩歌一》七三五頁

這首詩，很明顯的是根據「浪花多而美」的特性放大來寫。全詩採用一問一答的並列式單層結構。詩句也富有節奏美。

浪　花　　**范廣興**

嘩啦，嘩啦……
大海唱著歌，
又要退潮啦。
咦？
小浪花，小浪花，
你捨不得離開我？

要不，
爲啥退了一步，
又還回來，
親親我的腳丫？

——《中國兒童文學大系詩歌二》四〇八頁

這首詩根據「浪花退又進」的退潮現象放大來寫，也是單層直進式。

2.特性單擬：特性單擬就是根據所列舉的題材中，主觀地挑出最動人的內容特性，以某一類比方式轉換來表現。例如：

牧　童　　**劉饒民**

一朵朵浪花撲岸，
像我的羊兒上山。
是不是海裡也有個牧童，
甩響了他的牧鞭？
牧童啊你在哪兒？

請上來和我做伴。

——《論兒童詩》三六四頁

這首詩將「浪花湧上岸」的特性，改採類比方式，單純虛擬成綿羊上山。全詩根據海浪的色彩、動作而聯想到白綿羊上山；又由白綿羊上山聯想到牧童；再由牧童聯想到請他上來做伴。結構設計也是直進式的單層結構。全詩偶數句押韻，屬於一韻到底的隔句韻式。再如：

海浪　　林美娥

一羣士兵
天天在操練
一排排
一列列
整整齊齊

走　走　向前走
他們高聲的唱著

雄壯的歌

——《月光光》五二集三三頁

這首詩根據「一羣海浪嘩嘩向前行」的特性，改採類比方式，單純虛擬成一羣士兵唱著歌前進。是一首富有情趣之美的詩。這首詩的結構方式，採用單層直進式。

3.特性分列：特性分列就是將蒐集來的不同特性的內容，分寫成不同的詩。我們看看前面列舉的劉饒民先生的兩首詩，就可以知道這種方式。劉先生把「浪花多而美」的特性，寫成「浪花」詩；把「浪花湧上岸」的特性，寫成「牧童」詩。由此可見，同一個詩題，可以採用特性分列方式，寫成不同的詩。

4.特性並列：特性並列就是將所列舉的特性，找出相關的部分，並列於一首詩中。例如：

海與沙灘　　**屏東仙吉國小四年級　廖建忠**

親愛的爸爸像大海，
調皮的我是沙灘，
晚上睡覺不乖，
我把棉被踢開。

爸爸不厭其煩，
一次又一次的替我蓋上。
——《海洋兒童文學》十一期二四—五頁

根據「海浪、棉被、沙灘」等蒐集來的特性，可以「父愛」的主題把它們連合在一起而寫出詩來。

5.特性暗示：特性暗示就是將蒐集來的特性，極力放大所寄託的部分，以暗示某個意思。例如：

礁石 艾 青

一個浪，一個浪
無休止地撲過來
每一個浪都在它腳下
被打成碎沫，散開……
它的臉上和身上

像刀砍過一樣
但它依然站在那裡
含著微笑，看著海洋……

——《詩歌藝術教程》六五頁

這首詩以海浪拍打礁石爲題材，然後改以礁石爲觀點，寄寓了作者的本意。這一首詩的「海浪」，象徵惡勢力、惡劣的社會環境與國際環境；礁石象徵不怕惡勢力的英雄好漢或國家、民族。這首詩採用押韻式的隔句押韻。

6. **特性多向比擬**：特性多向比擬就是將所蒐集來的許多特性，挑出需要的部分，用多種類比手法，在同一首詩中予以轉換。例如：

浪花　　金波

大海裡湧來了
一排排浪花，
它們像一隊隊
手拉手的娃娃。

透明的水霧
是它們紗的衣服；
轟轟的潮聲，
像它們敲著小鼓。

浪花、浪花告訴我：
你們的步伐走得這樣齊，
是不是要到海濱夏令營，
和我們一起過隊日？

浪花在沙灘上
跳一跳，又笑一笑
調皮的摸一下我們的光腳，
就又跑回了大海的懷抱。
原來浪花把禮物

給我們送來了，
你看，沙灘上
貝殼正眨著亮眼睛在笑！
——《金波兒童詩選》一〇八—九頁

這首詩根據海浪翻滾、水霧、潮聲、海浪撲向沙灘、貝殼等等特性，採用多種類比的虛擬意象而寫成。這首詩把海浪翻滾，虛擬成一隊隊手拉手的娃娃；水霧，虛擬成紗的衣服；潮聲，虛擬成敲著小鼓；浪潮前進後退，虛擬成淘氣、可愛的小孩子的跑上跑下；貝殼，也虛擬成有生命而會笑的孩子。作者賦給浪花活潑、可愛的生命，並製造了許多美景，因此全詩也充滿了形象美、聲音美、動作美。再如：

海　浪　　王蓉子原作　趙友培潤色

一層層起伏的海浪，
好似透明的輕紗蕩漾。
聰明的人魚姑娘，
用它來剪裁漂亮的新裝。

那海水做成的衣裳，
有各種不同的花樣；
閃動金黃、碧綠、乳白的顏色，
就像「貓兒眼」變換著光芒。
我想送大姊最美麗的生日禮物，
答謝她對我的疼愛。
我願有一件海水織成的衣料，
但是不知道向誰去買。
我要坐在海邊等待；
當人魚姑娘從海裡出來，
向她討一匹彩色的輕紗，
請她替大姊費心剪裁！

——《民國66年國民小學國語課本九冊》第四課

這首詩根據海浪外形、色彩，以及傳統的人魚等等特性，採用多種類比的虛擬意象寫出的。

這首詩把海浪滾動的外形，虛擬成飄動的輕紗；再由輕紗，虛擬爲人魚姑娘的新裝；又把海水的色彩，虛擬成有貓兒眼的各種顏色。作者塑造出一個小孩子對海浪的幻想，從幻想中，表達姊妹間或姊弟間的愛；也寫出了大海的美來。

7. 特性分解：特性分解就是將事物的某一特性細膩分解。例如：

浪花　　林美娥

知道我不高興，
就命小海浪表演特技

小海浪集合了，
小海浪排成一列了，
小海浪翻了個
漂亮的大觔斗。

知道我開心了，
海也嘩嘩地笑了。

——《月光光》七集十七頁

這首詩依據小海浪表演特技的特性，細膩的分解它的動作而寫成的。這首詩的分解特性語句部分，採用並列方式寫作，富有節奏美。

總之，卵生法的創作過程，可以依據一個詩題，寫出各種不同特色的詩來。因此，不管是在學校指導學生創作兒童詩，或者自行創作一直找不到靈感的人，可以利用這種構思法找到許多題材來寫。

回附　註回

1 蕭蕭：《青少年詩話》五七頁（臺北：爾雅出版社，民國七八年）

2 鄭毓瑜：〈詩歌創作的兩種模式——「詩緣情」與「詩言志」〉載於《中外文學》十一卷九期十五頁（臺北：中外文學雜誌，民國七二年）

3 林良：〈兒童詩的語言〉載於《認識兒童詩》三五頁（臺北：中華民國兒童文學學會，民國七九年）

4 白靈：《一首詩的誕生》一一二頁（臺北：九歌出版社，民國八〇年）

5 呂進：《新詩的創作與鑑賞》一七五—八七頁（四川：重慶出版社，一九八二年）

6 呂進：《中國現代詩學》一三五頁（四川：重慶出版社，一九九一年）

7 蕭蕭：《青少年詩話》四一—三頁（臺北：爾雅出版社，民國七八年）

8 林守爲：《兒童文學》十三頁（臺北：五南圖書公司，民國七七年）

9 劉勰著，王更生注譯：《文心雕龍讀本》下，二四三—五〇頁（臺北：文史哲出版社，民國七二年）

10 白靈：《一首詩的誕生》一—四頁（臺北：九歌出版社，民國八〇年）

11 林煥彰：〈從生活開始——談一首詩的寫作經過〉載於《詩・評介和解說》一二一—八頁（宜蘭：宜蘭縣立文化中心，民國八一年六月）

12 陳子典等：《兒童文學大全》二二〇—二頁（廣西：廣西人民出版社，一九八八年）

13 呂進：《新詩的創作與鑑賞》一八六—七頁（四川：重慶出版社，一九八二年）

14 白靈：《一首詩的誕生》一七四—五頁（臺北：九歌出版社，民國八〇年）

第九章

結論

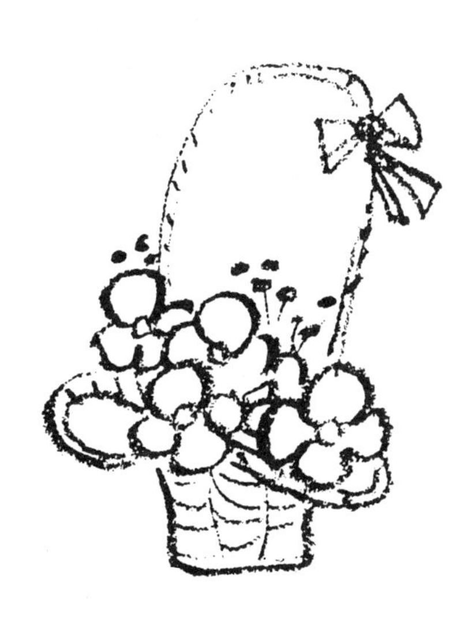

兒童詩是兒童文學裡重要的一種文體。兒童詩可以陶冶兒童性情、美化兒童心靈、增進兒童智慧、提昇兒童語文程度。因此，關心兒童教育和兒童文學的人，都很重視兒童詩。本書的寫作，就是針對兒童詩的認識和創作，提出淺見，以供關心兒童教育的人，以及有志創作兒童詩的人參考。現在針對本書的內容與作法，以及幾個跟寫作兒童詩有關的問題，總述和探討於下：

一、本書內容與作法

本書共分九章，約二十萬字。現依次摘述各章大要於下：

第一章爲緒論。前四節敍述兒童詩的定義、特質、發展與類別，目的是讓讀者對兒童詩有基本而正確的認識；第五節敍述兒童詩作品的內容與形式，目的是讓讀者知悉構成一首兒童詩作品的要素，以及本書二至七章的章節安排用意。第六節敍述兒童詩作者應具備的素養，主要在介紹充實自我學識、開擴寫作視野、提昇寫作能力的方法，以供創作兒童詩的準備。

第二章爲兒童詩的主題。第一節介紹兒童詩的三個主題特色：正確、趣味、新穎；第二節介紹兒童詩的主題表現，可以採用主題在詩前、詩中、詩後或詩前後均有的直接表現方式；也可以採用寓情於景、藏意於事、從他顯己的間接表現手法。

第三章爲兒童詩的題材。第一節介紹兒童詩中常見到的題材範圍有：自然現象、兒童生活、社會及國家、知識性、幻想性等題材，以供選擇題材參考。第二節介紹如何應用「神往會物」以及「物來感人」的方式獲得題材，以編成兒童詩。

第四章爲兒童詩的語言。兒童詩的語言，除了跟一般文學語言重視新鮮以外，特別重視淺顯而精鍊、意象、音樂等特色。淺顯是利用兒童口語；精鍊要注意「準確生動」的鍊字，「濃縮、張力和小跳躍」的鍊句。意象的語言有描敍性意象和虛擬性意象語等兩種。音樂的語言有內在音樂性語言（內在節奏）、外在音樂性語言（外在節奏）。內在音樂性的語言，包含音頓等時性反覆的意義節奏，和情緒強弱等量性反覆的情緒節奏；外在音樂性的語言，包含音韻周期性反覆的聽覺節奏，和段式同形性反覆的視覺節奏。寫作兒童詩，在音樂性方面，可以多採用音韻周期性反覆的聽覺節奏來寫，因爲兒童比較喜歡這種語言；如果不採用這種節奏，改採用意義節奏、情緒節奏表現，當然也可以。

第五章爲兒童詩情意的表現手法。本章側重詩句的表現技巧。第一節中介紹兒童詩情意的表現方式有兩種。一種是直抒胸臆或直抒胸臆兼用意象的直接表現方式；一種是以形傳神或以神造形的間接表現方式。以形傳神的表現方式，列舉了白描型、陳述型、寫景型三種；以神造形的表現方式，列舉了移情型、虛擬型、象徵型三種。第二節介紹修辭技巧與詩句形式。在修辭技巧方面，採用生動、比喻、對比等文學三大技巧來介紹。在詩句形式方面，介紹直進式、跳躍式、並列式、迴環式、轉折式、總分式等六種。

第六章爲兒童詩的結構。本章根據詩的內在邏輯聯繫，將兒童詩的結構分爲單層、雙層、多層等三種結構類型。單層結構裡，介紹了點狀式、直進式、迴轉式、並列式等四種；雙層結構裡，介紹了對比式、交叉式、總分式、反覆式等四種；多層結構裡，介紹了立體式、複雜式等形式。兒童詩的結構多樣，這兒提出的只供參考而已。

第七章爲兒童詩的外形排列。本章第一節分行詩的排列裡，先談詩節畫分，再談詩行排列。詩行排列中，依整首詩的排列情形，分爲均齊形、對稱形、參差形；依個別詩行的排列，分爲平頭式、齊足式、高低式、跨句式、空格式。第二節圖象詩的排列裡，分爲象形詩、圖形詩、會意詩等三種。

第八章爲兒童詩的創作過程。這是綜合前幾章的寫作理論，介紹如何創作一首兒童詩的實際情形。這一章介紹胎生法和卵生法的創作過程。

第九章爲結論。總敍前八章的內容和撰寫方式，並探討幾個有關兒童詩創作的觀念問題，最後提出作者的期望。

二、兒童詩創作與寫作技巧

有的人認爲專研寫作技巧，對寫詩幫不上忙，有時甚至會妨礙文思。例如說在靈感來的時候，心裡一直想著寫作技巧，便寫不出詩來；捨棄了寫作技巧，反而寫出詩了。

這個現象，劉勰在《文心雕龍》神思篇裡已經提過。他說：「夫神思方運，萬塗競萌，規矩虛位，刻鏤無形。登山則情滿於山，觀海則意溢於海，我才之多少，將與風雲而並驅矣。方其搦翰，氣倍辭前，暨乎篇成，半折心始。何則？意翻空而易奇，言徵實而難巧也。……以養心秉術，無務苦慮，含章司契，不必勞情也。」[1]這兒提到「神思方運，萬塗競萌，規矩虛位，刻鏤無形」，指的就是靈感一來，情感充沛，寫作技巧常常無暇顧及。「方其搦翰，氣倍辭前，暨乎篇成，半折心始」，指的就是如果這樣，寫出的作品，常打了一半的折扣。「是以養心秉術，無務苦慮，含章司契，不必勞情也」，指的就是寫作前如能涵養內心的虛靜，把握寫作的技巧，就不會有那麼勞苦的事。如果寫作技巧練得純熟，則不但不會妨礙文思，反而使文思有如神助，作品又多又好。

有的人還認爲，不讀寫作理論的書，也可以寫詩。只要多看他人作品，多寫詩，自然「意到筆隨」、「行所不得不行，止所不得不止」寫出詩來；詩只要寫得「平易」「自然」就可。

這個反對閱讀寫作理論的書，看來似乎有理，其實並不正確。本來，作理論的書，就是從衆多作品中歸納出要領來的。作品可以求新、求進，理論也可以增修、充實。不看理論的書，自己去研讀作品，頓悟寫作技巧，這也是去找尋寫作理論，只不過是自己摸索出來而已。理論的書只有好壞之分，不是要不要的問題。不看「好的理論書」，而自己去摸索他人創作的技巧，當然可以，只是要花很多時間。但是不能以這種理由去否定理論書的價值。另外，寫詩能「意到筆隨」、「行所不得不行，止所不得不止」，這已表示寫作技巧很高明。何況詩寫得「平易」也不容易。不要以爲「平易」就是不用講求技巧。名詩人余光中教授說：「『平易』也是一種技巧，而且還是一種很『高深』的技巧。」[2]不用看寫作理論書的人，應該是寫作技巧已經非常高超，能獨立成家的詩人，不是剛要摸索寫詩的人。

有的人又認爲，讀了有關詩歌寫作理論的書，也不見得就會寫詩。是的，只有讀，不去實踐；只有認知，而不去磨鍊寫作技巧，那就像得到刷牙能保持牙齒健康的知識，卻不去刷牙一樣，一輩子也得不到好處。知和行要一致，才能見到功效的。

三、寫詩者的努力方向

詩藝是無止境的。李白有李白的好，杜甫有杜甫的高。目前我們兒童詩的作品，還沒有被公認爲已達到李白、杜甫的境界，因此，仍須再加努力。這兒提出兩個努力的方向供做參考。一是努力研討理論與他人作品；一是努力提升自我作品水準。

努力研討理論，除了看本國人目前有關的詩論書籍以外，還要多看外國的詩論；除了研究現代詩作的寫作趨向、寫作技巧以外，也要研究過去的詩論，了解優良的傳統。但是在研究的時候，一定要記得「兒童」的特質。例如稱贊「敲日玻璃聲」的詩句，密度很大，很有想像的空間，可能這個贊美的詩論便不適合兒童詩。兒童詩的語言雖然也求意象，也求含蓄，但是卻要注意符合兒童程度。「敲日玻璃聲」這個轉了好幾折的譬喻語言，對兒童詩來說，不是好的語言，我們不必去提倡。其次，研討他人作品方面，除了精讀本土兒童詩外，也要看看大陸詩人寫的兒童詩；除了看本國人寫的兒童詩外，也要看看其他世界各國的優秀兒童詩。本書在西洋兒童詩的發展中，介紹多首外國兒童詩，目的也就是希望大家多多觀摩他國的優良作品。

另外，提升自我作品水準，也是努力的方向。每一位有志寫作兒童詩的人，在藝術的大千世界中，都應該是一棵獨立、高大的樹；都可以充當綠化世界的重要角色。因此，在勤奮創作中，應該時時檢討自己作品的水準，時時考慮如何提升詩作品質。蔣風先生在一篇論文中從詩學的角度，提到兒童詩的四個美學範疇：情、象、境、神，可以做爲詩人的努力目標。[3]情，指的是眞摯的感情；象，就是意象；境，就是意境；神，就是神韻。其中的意境和神韻，更是童詩作者應努力追求的目標。林飛先生在「兒童詩的特點」中提到兒童詩應「意境優美，興味盎然」。這就很接近「意境」和「神韻」的特點。他說：「詩歌要有優美的意境，濃郁的興味，經得起讀者的咀嚼、回味，它才有生命力。詩的意境是客觀事物與作者主觀思想感情的統一體，是作品描寫的外境與作者內情的結晶，是情與景的交融，『物』與『我』的有機統一，形象與哲理的化合。成人詩的意境要求哲理性更深刻。兒童詩的意境要求形象性更鮮明，適合兒童的心理特點，爲他們所容易理解和接受。兒童詩比成人詩具有更濃郁的興味，含有區別於成人詩的兒童情趣。」[4]我們寫完兒童詩，如果能夠以「情、象、境、神」的四個美學範疇檢視一下作品，對往後詩藝的精進，一定有所幫助。

四、期望

「兒童詩寫作研究」的出版，除了總結自己研究兒童詩的心得，請專家、學者、先進批評指教外，衷心還有許多期望。

首先期望的是，這本書對我國兒童詩的發展、詩人作品的精進方面有些微的幫助。目前有些兒童詩的作品，仍舊停留在「成長期」中的水準，有的作品甚至還停留在「像什麼」的譬喻修辭形式。我們已進入「開花期」，希望兒童詩作品，都能提昇層次。而已經寫得不錯的詩人，更能把作品提昇到國際水準上。

其次，從中國文學史的發展上看，各朝代都有各朝代發展出來的文學特色。例如唐朝的詩，宋朝的詞，元朝的曲。民國以來，新詩抬頭，但是目前的新詩，並未深入大家的生活裡。好的兒童詩，除了兒童喜愛之外，成人閱後，也是贊賞不已。因此希望本書的出版，能激起更多人創作兒童詩，更多人寫出水準的兒童詩，讓我們這一代的兒童詩，成為新時代的新文學代表。

另外，希望本書的出版，對讀者的鑑賞詩歌能力有所幫助。本書中對兒童詩的內容和形式，做了深入的研討；尤其在語言、詩句情意表達、結構方面，更歸納出了許多寫作方法。詩藝是相通的，希望這些兒童詩的寫作技巧，除了增進讀者對兒童詩的鑑賞能力外，也增進讀者對新詩、古詩詞等文體的欣賞能力。

▣附　註▣

[1] （梁）劉勰著，王更生注譯：《文心雕龍讀本》下篇四頁（臺北：文史哲出版社，民國七二年）

[2] 余光中：〈大詩人的條件〉載於《中華日報》副刊民國六一年六月十五日（臺北：中華日報社）

[3] 蔣風：〈情、象、境、神，從中國詩藝美學傳統看海峽兩岸兒童詩〉載於《童詩童話比較研究論文特刊》二九—三六頁（臺北：中國海峽兩岸兒童文學研究會，民國八三年）

[4] 林飛：〈兒童詩〉載於《兒童文學大全》二一八頁（廣西：廣西人民出版社，一九八八年）

本書主要參考引用書目

（按「APA」論文格式，姓氏在前及筆畫序排列）

壹、兒童文學論著

五畫

冉紅著《兒童文學寫作概說》。福建：福建少年兒童出版社，一九八九年五月初版。

七畫

吳鼎著《兒童文學研究》。臺北：遠流出版社，民國六九年三版。
宋筱蕙著《兒童詩歌的原理與教學》。臺北：五南圖書出版公司，民國七八年九月初版。

八 畫

林文寶著 《兒童詩歌研究》。臺東：作者印行，民國八四年二月初版。
林文寶等著 《兒童文學》。臺北：國立空中大學，民國八二年六月初版。
林守爲著 《兒童文學》。臺北：五南圖書出版公司，民國七七年七月初版。
林良著 《淺語的藝術》。臺北：國語日報社，民國六五年七月初版。
林良等著 《慈恩兒童文學論叢(一)》。高雄：慈恩出版社，民國七四年四月初版。
林煥彰等著 《童詩童話比較研究論文特刊》。臺北：中國海峽兩岸兒童文學研究會，民國八三年五月初版。
林鍾隆著 《兒童詩研究》。臺北：益智書局，民國六六年一月初版。

九 畫

祝士媛著 《兒童文學》。臺北：新學識文教出版中心，民國七八年十月初版。
洪中周著 《兒童詩欣賞與創作》。臺北：益智書局，民國七六年一月再版。

十畫

徐守濤等著　《認識兒童詩》。臺北：中華民國兒童文學學會，民國七九年十一月初版。

十一畫

梅沙等著　《兒童文學概論》。四川：四川少年兒童出版社，一九八二年初版。
陳子典等著　《兒童文學大全》。廣西：廣西人民出版社，一九八八年十一月初版。
陳木城等著　《童詩開門》。臺北：錦標出版社（現改由國語日報社），民國七二年四月初版。
陳正治著　《童話寫作研究》。臺北：五南圖書出版公司，民國七九年七月初版。
許義宗著　《兒童文學論》。臺北：作者印行，民國六六年初版。
許義宗著　《兒童詩的理論與發展》。臺北：作者印行，民國六八年七月初版。
張清榮著　《兒童文學理論與實務》。臺南：供學出版社，民國七七年八月初版。
郭成義編　《兒童詩的創作與教學》。臺北：金文圖書公司，民國七三年初版。

十二畫

黃基博著　《怎樣指導兒童寫詩》。屏東：太陽城出版社，民國七〇年十月三版。

十三畫

葛琳著 《兒童文學創作與欣賞》。臺北：康橋出版社，民國六九年七月初版。

葉詠琍著 《西洋兒童文學史》。臺北：東大圖書公司，民國七一年十二月初版。

十四畫

趙天儀著 《兒童詩初探》。臺北：富春文化事業公司，民國八一年十月初版。

十五畫

劉崇善著 《兒童詩初步》。臺北：千華出版公司，民國七八年八月初版。

蔣風著 《兒童文學概論》。湖南：湖南少年兒童出版社，一九八二年五月初版。

蔣風編 《兒童文學教程》。山西：希望出版社，一九九三年六月初版。

樊發稼等著 《論兒童詩》。廣西：廣西人民出版社，一九八八年十二月初版。

貳、一般詩文論著

四畫

王國維著　《人間詞話》。臺北：宏業書局，民國六四年一月初版。

五畫

古遠清著　《詩歌分類學》。高雄：復文圖書出版社，民國八〇年九月初版。
白靈著　《一首詩的誕生》。臺北：九歌出版社，民國八〇年十二月初版。

七畫

杜松柏著　《詩與詩學》。臺北：洙泗出版社，民國七九年十二月初版。
李元洛著　《詩美學》。臺北：東大圖書公司，民國七九年二月初版。
李聯明著　《文學概論》。福建：福建人民出版社，一九八四年十月初版。
何文煥編　《歷代詩話》。臺北：漢京文化事業公司，民國七二年一月初版。

呂進著 《新詩的創作與鑑賞》。四川：重慶出版社，一九九一年四月三印。
呂進著 《中國現代詩學》。四川：重慶出版社，一九九一年十二月初版。
吳戰壘著 《中國詩學》。臺北：五南圖書出版公司，民國八二年十一月初版。

八 畫

林東山著 《現代詩形式初探》。花蓮：作者印行，民國七四年一月初版。
林煥彰著 《詩・評介和解說》。宜蘭：宜蘭縣立文化中心，民國八一年六月初版。
邱燮友註譯 《新譯唐詩三百首》。臺北：三民書局，民國六二年五月初版。
周振甫等著 《詩文鑑賞方法二十講》。臺北：國文天地雜誌社，民國七八年十一月初版。

十 畫

馬美信主編 《中國古代詩歌欣賞辭典》。上海：漢語大詞典出版社，一九九〇年六月初版。

十一畫

陳木城著 《春天的腳印——看童詩學作文》。臺北：圖文出版公司，民國八二年十月初版。
陳本益著 《漢語詩歌的節奏》。臺北：文津出版社，民國八三年八月初版。

陳啓佑著　《新詩形式設計的美學》。臺中：臺灣詩學季刊雜誌社，民國八二年二月初版。

陳植鍔著　《詩歌意象論》。秦皇島：中國社會科學出版社，一九九〇年八月初版。

張建著　《文學概論》。臺北：五南圖書出版公司，民國七六年十一月四版。

張漢良等著　《現代詩導讀——理論史料篇》。臺北：故鄉出版社，民國六八年十一月初版。

十二畫

黃永武著　《中國詩學・設計篇》。臺北：巨流圖書公司，民國六五年六月初版。

黃春貴著　《文心雕龍之創作論》。臺北：文史哲出版社，民國六七年四月初版。

覃子豪著　《論現代詩》。臺中：曾文出版社，民國七一年六月初版。

覃子豪著　《詩的表現方法》。臺中：曾文出版社，民國六六年六月初版。

馮中一等著　《詩歌藝術教程》。山東：山東教育出版社，一九九〇年十月初版。

十三畫

楊昌年著　《新詩品賞》。臺北：牧童出版社，民國六八年九月再版。

十五畫

劉孟宇著《寫作大要》。臺北：新學識文教出版中心，民國七八年八月初版。

劉勰著王更生注釋《文心雕龍讀本》下。臺北：文史哲出版社，民國七二年十一月初版。

十七畫

蕭蕭著《現代詩入門》。臺北：故鄉出版社，民國七一年三月初版。

蕭蕭著《青少年詩話》。臺北：爾雅出版社，民國七八年一月初版。

十九畫

羅青著《從徐志摩到余光中》。臺北：爾雅出版社，民國六七年十二月初版。

參、期刊論著

六　畫

安珂撰　〈兒童文學是什麼〉。臺北：《國語日報》。兒童文學周刊版，民國七五年四月六日。

八　畫

林良撰　〈談兒童詩裡的語言〉。臺北：《布穀鳥》第二期，四〇～三頁，民國六九年七月。
金波撰　〈從兩首蝴蝶詩談起〉。臺北：《兒童文學家》十二期，十一～三頁，民國八三年三月。
林鍾隆撰　〈介紹一位最傑出的兒童詩人〉。中壢：《月光光》十九集，四頁，民國六九年三月。

十一畫

陳清枝撰　〈我如何創作一首詩〉。臺中：《滿天星》兒童詩刊三期，三四頁，民國七七年三月。

十二畫

傅林統撰〈從兒童詩的發展歷程談起〉。臺北：《國語日報》兒童文學周刊版，民國七二年六月十二日。

黃維樑撰〈尋找文學的月桂・文學的三大技巧〉。臺北：《中國時報》副刊，民國七〇年九月二一～三日。

黃基博撰〈詩是怎樣誕生的〉。臺北：《中國語文》月刊三六五期，七一～五頁，民國七六年十一月。

十五畫

蔡尚志撰〈兒童歌謠與兒童詩研究〉。嘉義：《嘉義師專學報十二期》，六二頁，民國七一年四月。

鄭毓瑜撰〈詩歌創作的兩種模式——「詩緣情」與「詩言志」〉。臺北：《中外文學》十一卷九期十五頁，民國七二年

肆、兒童詩作品

四畫

方素珍等著　《明天要遠足》。臺北：書評書目出版社，民國六九年四月初版。

方素珍著　《娃娃的眼睛》。臺北：書評書目出版社，民國七三年九月初版。

王蓉子著　《童話城》。臺北：臺灣書店，民國五六年四月初版

七畫

何光明等著　《升旗》。臺北：書評書目出版社，民國六八年四月初版。

沙白著　《星星愛童詩》。高雄：台一牙科診所，民國七六年九月初版。

杜榮琛著　《稻草人》。臺北：長流出版社，民國七〇年五月初版。

佟希仁選評　《世界兒童詩名篇精選》。遼寧：遼寧少年兒童出版社，一九九二年二月初版。

吳當編　《海洋兒童文學》一至十三期。臺東：海洋兒童文學雜誌社，民國七二年四月至七六年四月。

八畫

林良著　《林良的詩》。臺北：國語日報社，民國八二年十月初版。
林良等著　《童詩五家》。臺北：爾雅出版社，民國七四年六月初版。
林武憲著　《井裡的小青蛙》。臺北：漢京文化公司，民國六八年十二月初版。
林武憲著　《快把窗子打開》。彰化：作者印行，民國七三年九月初版。
林武憲等著　《秋天的信》。臺北：書評書目出版社，民國六七年四月初版。
林武憲編　《兒童文學詩歌選集》。臺北：幼獅文化事業公司，民國七八年五月初版。
林建助著　《媽媽的眼睛》。臺北：德華出版社，民國六九年一月初版。
林清泉著　《遨遊童詩國度》。屏東：現代教育出版社，民國七六年十月初版。
林煥彰著　《童年的夢》。臺北：光啓出版社，民國六五年四月初版。
林煥彰著　《我愛青蛙呱呱呱》。臺北：小兵出版社，民國八二年十月初版。
林煥彰編　《童詩百首》。臺北：爾雅出版社，民國六九年三月初版。
林煥彰編　《兒童詩選讀》。臺北：爾雅出版社，民國七十年四月初版。
林煥彰編　《借一百隻綿羊》。臺北：民生報社，民國八二年八月初版。
林煥彰編　《布穀鳥》兒童詩學季刊一至十五期。臺北：布穀鳥兒童詩學雜誌社，民國六九年四月至七二年十月。
林鍾隆編　《月光光》一至七六集。中壢：台灣國語書店，民國六六年四月至七九年七月。
林鍾隆編　《台灣兒童文學季刊》一至十七號。中壢：台灣國語書店，民國八〇年二月至八四年三月。
金波著　《金波兒童詩選》。北平：人民文學出版社，一九八三年八月初版。
金波編　《一片紅樹葉》。臺北：民生報社，民國八二年八月初版。
邱雲忠著　《童詩叮叮噹》。臺北：親代週刊雜誌社，民國七四年二月初版。

九畫

洪中周等著　《和詩牽著手》。臺中：作者印行，民國七五年六月。
洪中周編　《滿天星》兒童詩刊一至十二期。臺中：滿天星兒童詩刊社，民國七六年九月至七九年四月。
洪志明　《詩與生命的對話》。臺中：台中市立文化中心，民國八三年六月初版。

十一畫

陳千武等　《童詩創作一一〇》。臺中：滿天星兒童詩刊社，民國七八年六月初版。

陳木城著 《心中的信》。臺北：書評書目出版社，民國七五年四月初版。
陳玉珠等著 《自己編的歌兒》。臺北：書評書目出版社，民國六六年四月初版。
張彥勳著 《獅子公主的婚禮》。臺北：國語日報社，民國六二年十二月初版。
張彥勳著 《朔風的日子》。臺北：笠詩刊社，民國七五年二月初版。

十二畫

黃基博著 《看不見的樹》。屏東：太陽城出版社，民國六五年十一月初版。
黃基博、謝武彰合著 《媽媽的心．春》。臺北：書評書目出版社，民國六四年四月初版。
黃基博編 《兒童詩畫選》下册。臺北：將軍出版事業公司，民國六四年十月初版。
黃基博編 《圖象詩》。屏東：仙吉國民小學，民國七三年十一月初版。
景翔選 《兒童詩集佳作選》。臺北：書評書目出版社，民國六四年四月初版。
景翔選 《蝴蝶飛舞》。臺北：書評書目出版社，民國六五年五月初版。
馮喜秀著 《放風箏的手》。屏東：作者印行，民國八一年六月初版。

十三畫

楊喚著 《楊喚詩集》。臺北：光啓出版社，民國五三年九月初版。

詹冰著　《太陽・蝴蝶・花》。臺北：成文出版公司，民國七〇年三月初版。
詹冰等著　《小河唱歌》。臺北：臺灣書店，民國六四年七月初版。

十四畫

趙天儀著　《小麻雀的遊戲》。臺北：欣大出版社，民國七三年十月初版。

十五畫

劉崇善著　《兒童詩初步》。臺北：千華出版公司，民國七八年八月初版。
蔣風編　《中國兒童文學大系・詩歌(一)(二)》。山西：希望出版社，一九九〇年六月初版。

十七畫

薛林等著　《臺灣兒童詩選集》。臺中：臺灣省兒童文學協會，民國八〇年十一月初版。
謝武彰著　《春天的腳印》。臺北：布穀出版社，民國七二年六月初版。
謝新福著　《媽媽有兩張臉》。臺北：同琤出版社，民國六七年六月初版。

十九畫

羅青著《螢火蟲》。臺灣：臺灣書店，民國七六年四月初版。

國家圖書館出版品預行編目資料

兒童詩寫作研究／陳正治著.
--二版.—臺北市：五南，2002［民91］
面；　公分 --(兒童文學系列)
參考書目：面
ISBN 978-957-11-2907-5（平裝）
1.童詩 - 寫作法
815.901　　91009208

1IX4

兒童詩寫作研究

作　　者 — 陳正治(250)
發 行 人 — 楊榮川
總 經 理 — 楊士清
副總編輯 — 黃惠娟
責任編輯 — 蔡佳伶
出 版 者 — 五南圖書出版股份有限公司
地　　址：106台北市大安區和平東路二段339號
電　　話：(02)2705-5066　傳　　真：(02)2706-
網　　址：http://www.wunan.com.tw
電子郵件：wunan@wunan.com.tw
劃撥帳號：01068953
戶　　名：五南圖書出版股份有限公司

法律顧問　林勝安律師事務所　林勝安律師

出版日期　1995年 5 月初版一刷
　　　　　1999年 7 月初版三刷
　　　　　2002年 6 月二版一刷
　　　　　2017年 8 月二版三刷

定　　價　新臺幣400元